Da liegt ein Brief vor meiner Haustür.
Ich heb' ihn auf und seh' ihn an.
Der Absender, ich kenn' den Namen
und ich fang' zu zittern an.
Nur der Name, nicht die Handschrift,
denn die ist mir doch vertraut.
Ich spür' an meinem Herzschlag,
dass sich da 'was zusammenbraut.

Ich reiß' ihn auf und seh' die Zeilen.
Ich spüre, wie mein Herz zerbricht.
Es muss die Handschrift seiner Frau sein,
denn seine ist es nicht.
Sie schreibt: Ich weiß von Dir und ihm
und ich habe Euch verzieh'n.
Er hat mir alles, kurz bevor er starb, erzählt.
Es tut mir leid, jetzt wein'n wir beide.
Es tut so weh, er ging zu früh.

Und was wirklich in ihm vorging,
das erfahre ich wohl nie.
Und ihr letzter Satz, den las ich,
er war ganz klein als PS.
Wahre Liebe kann nicht sterben,
wenn man sie niemals vergisst.

Michelle, Abschied von St. Germain, Text Matthias Reim, Musik Andreas Tristan und Matthias Reim

Zitate auf dieser und der letzten Seite mit freundlicher Genehmigung der Manta Music Verlags GmbH

Leah von Cimmeria

Ein Jahr in einem Tag

Werdegang einer Hauptschülerin

Roman

Bibliografische Information der Deutschen Nationalbibliothek:
Die Deutsche Nationalbibliothek verzeichnet diese Publikation
in der Deutschen Nationalbibliografie; detaillierte bibliografische
Daten sind im Internet unter http://dnb.dnb.de abrufbar.

Umschlaggestaltung: Nirri vanFey

Verlag: BoD · Books on Demand GmbH, Überseering 33,
22297 Hamburg, bod@bod.de
Druck: Libri Plureos GmbH, Friedensallee 273, 22763 Hamburg
© 2025 Leahvon Cimmeria
ISBN: 978-3-8192-7881-5

1

Ich bin Nachwuchsschauspielerin Ethel Buchheister. Wer bisher nichts von mir gehört hat, dem oder der einen Mangel an Bildung oder Informiertheit vorzuwerfen wäre ungerecht. Da ich bisher keine Rolle ergattern konnte, halte ich mich tagsüber als Verkäuferin in einem mittelmäßig frequentierten Supermarkt und abends als Kellnerin in einer Studentenkneipe über Wasser.

Dort reicht mein Talent immerhin aus, um einiges an Trinkgeld einzustreichen, was ich bei den meist einkommenslosen Durstigen als Erfolg werte. Hin und wieder verirrt sich jemand in unsere vier Wände, der nicht zu dieser Spezies gehört, was keineswegs am Outfit, sondern am Alter erkennbar ist. Die Zeiten, als ein Herr, der etwas auf sich hielt, sich nicht anders als in Anzug, Krawatte, weißem Hemd und Lackschuhen in die Öffentlichkeit traute, sind seit langem vorbei. Leider, muss ich sagen, denn woran soll ich Millionäre erkennen, wenn auch sie in Jeans, T-Shirt und Joggingschuhen dem guten Geschmack ein Schnippchen schlagen?

Eines Tages geschah es, dass sich einer dieser Undurchschaubaren an einem Tisch niederließ, ein Kölsch bestellte und nach der Speisekarte fragte. Unser Küchenmeister hat zwar ein bisschen mehr drauf als ‚Wöschje met Schloot‘ – das bedeutet Würstchen mit Kartoffelsalat –, aber der Begriff Gourmettempel wäre etwas zu hoch gegriffen. Ich brachte das Gewünschte und nahm die Bestellung gleich mit, denn allzu lang ist die Auswahlliste nicht. Wohlwollend nahm der Wirt zur Kenntnis, dass er das teuerste Gericht auffahren durfte, das das Angebot hergab. Zugegeben, der Kalbsbraten mit Püree und Gemüse stammen aus der Tiefkühltruhe des Supermarkts, in dem ich wenige Stunden zuvor mein Unwesen getrieben hatte, und ‚frisch zubereitet‘ impliziert Mikrowelle, aber bitte: Was erwarten Sie von einem Etablissement, dessen Gäste sich weitgehend flüssig ernähren?

Genau das sagte ich auch, als der Herr (?) auf den beschriebenen Umstand hinwies. „Wie wär's mit der gehobenen Gastronomie unserer Stadt, in der das Kalb lebend an einer Leine in die Küche geführt und dort geschlachtet wird, um absolute Frische zu gewährleisten."

Der Typ lachte. „Auf den Mund gefallen bist du nicht", antwortete er. Ein gewisses Maß an Anerkennung war seinem Ton anzuhören. Meinerseits anerkannte ich, dass ihm die Gepflogenheiten einer Kölschkneipe bewusst waren, unter anderem die, dass jeder, der sie betritt, sein Recht auf eine Anrede mit ‚Sie' verwirkt hat.

„Was meinst du, was ich hier alles zu hören kriege? Abgesehen davon scheint es dir ja geschmeckt zu haben?!" Trotz der angedeuteten Beschwerde war der Teller sauber leergegessen und ich trug ihn ab. Der Typ – bisher wusste ich seinen Namen ja nicht – hielt einige weitere Kölsch durch, die ich ihm gemäß hiesiger Sitte sofort durch ein volles ersetzte, sobald das vorige leer war, bevor er gezielt auf Anmache ging. Die Tische sind relativ niedrig, sodass sich meine Leuchtturmgröße genötigt sah, beim Glaswechsel eine Verbeugung hinzulegen. Dass er mir dabei unverhohlen in den Ausschnitt schaute, nahm ich ihm nicht übel, denn er verhielt sich nicht anders als 90% aller männlichen, nicht-schwulen Zeitgenossen. Ebenso war mir klar, dass er sich genüsslich meine weitgehend bloßliegenden Beine anschaute, wenn ich an einem Nebentisch bediente. Solange du nur guckst, mein Junge …

Naturgemäß musste er irgendwann einen bestimmten Ort zwecks Druckabbau aufsuchen. Als er wiederkam und die Theke passierte, an der ich gerade mit meinem Zinnkranz stand, um Nachschub zu tanken, spürte ich ein Ziepen auf meiner Pobacke und hörte gleichzeitig ein sattes Klatschen von hinten unten. „Na hör' mal!" tadelte ich.

Er lachte. „Deine Empörung hält sich in Grenzen", urteilte er.

„Aber nur, weil ich hier keine Szene machen will. Für alle Fälle haben wir nämlich zwei effiziente Rausschmeißer an Bord. Pflanz' dich also hin und gib Ruhe." Das tat er, aber nur, um mir mitzuteilen, dass er zu zahlen gedächte. Zum Ausgleich für seine Unverschämtheit gewährte er mir einen für diese Umgebung großzügigen Aufschlag. Außerdem schob er mir eine Visitenkarte zwischen meine exponierten, oben freigelegten Bauteile. „Bevor du sie in den Müll wirfst, studier' sie bitte."

Ich nickte.

Irgendwann schaffte es der Wirt, auch die hartnäckigsten ‚Klävbutzen' – das sind die, deren Hose wie auf dem Barhocker festgeklebt scheinen – zu verjagen, und ich durfte mich endlich auf den Heimweg begeben. Als ich die Jacke ablegte, fühlte ich einen unangenehm harten und kalten Gegenstand zwischen meinen Brüsten. Richtig, die Visitenkarte, erinnerte ich mich! Angesichts der Unverschämtheit ihres Spenders hätte ich korrekterweise sofort ein Streichholz dranhalten müssen, aber die weibliche (?) Neugier fiel mir in die Parade und zwang mich zu lesen, was darauf stand. *Peter Baumeister. Regisseur, Whatsapp …*

Jeder kann sich für kleines Geld Visitenkarten drucken lassen, auf denen sich vor seinem Namen die bonfortionösesten Titel reihen. Andererseits steht heute das Internet zur Verfügung, in dem sich jede vergewissern kann, ob der bonfortionöse Titel den Tatsachen entspricht. Und siehe da, Peter Baumeister erfreute sich eines Eintrags als Regisseur in der Filmbranche. Allerdings – und das trübte meine Begeisterung etwas – eher als einer der zweiten Klasse, der sich durch freizügige Drehs mit wenig bis keinem Tiefgang einen gewissen Ruf verschafft hatte, ohne dass es sich um direkte Pornos handelte.

Hm. Ich stellte mich vor meinen Badezimmerspiegel, der bis zur Decke reichte, in der Kluft, in dem ich bis vorhin gekellnert hatte, und besah mich von allen Seiten. Fürchterlich lang geraten war meine erste Einschätzung, aber – sind das nicht alle models? Und sonst? Schlank, aber nicht frei von Rundungen, vor allem in dem von einem knackengen Minirock umhüllten Becken, wo der Typ, von dem ich jetzt wusste, dass er auf Peter hörte, Hand angelegt hatte. Verlockend, gab ich zu, der Klaps sei dir verziehen!

Ich schwankte emotional hin und her und vermochte mich kaum mehr auf meine Doppeljobs zu konzentrieren. Zwei Tage stand ich durch, dann hielt mich keine warnende innere Stimme mehr zurück, der angegebenen Nummer eine Whatsapp-Nachricht zukommen zu lassen. Zur Rechtfertigung verweise ich auf den Anfang meines Berichts, der meine schauspielerischen Ambitionen durchklingen lässt. Er meldete sich sofort. „Ethel, bist du's?" fragte mich ein Timbre, das ich sofort wiedererkannte.

„Bin ich. Woher weißt du meinen Namen?" Ich gebe zu, dass in diesem Augenblick mein eigenes Timbre leicht zitterte.

„Ich brauchte nur hinzuhören. Deine ganzen Stammgäste haben dich ja immer wieder angesprochen."

„Hm, ja. Da hätte ich gleich dran denken müssen. Ich …; ich meine, äh …"

Peter half mir. „Du möchtest wissen, ob ich eine Rolle für dich habe?"

„Hm, ja. Wenn du mir schon deine Visitenkarte in meine …, ich meine, mir übergibst, schließe ich daraus, dass das einen bestimmten Grund gehabt hat."

„Nicht falsch, deine Überlegung. Es geht um eine Statistenrolle, wie ich bekennen muss. Aber aller Anfang ist schwer."

Ich war ernüchtert. „Mit einer Diva hätte ich mindestens gerechnet." Dann fiel mir eine Alternative ein, die mir gar nicht gefiel. Ob sich nämlich der Filmschaffende auf dem absteigenden Ast befand und … „Sag' mal, das ist doch nicht etwa ein Porno, den du da drehst?"

Er lachte. „Nein, ein Historienschinken, der am Hof des Sonnenkönigs spielt. Allerdings sind einige schlüpfrige Szenen drin, unter anderem, dass die edlen Damen sich immer mal wieder bücken müssen, um den adligen Herren gefällig zu sein."

„Drehen wir in Versailles?" Ich fühlte mich beruhigt und bereits engagiert.

„Ganz so viel Budget haben wir nicht. Schloss Brühl bietet eine glaubwürdige barocke Umgebung."

„Das Treppenhaus von Balthasar Neumann, ich weiß." Ich bemühte mich, nicht allzu enttäuscht zu klingen. Das gelang mir offenbar nicht, denn Peter versuchte mir meinen Einstieg schmackhaft zu machen. „Keine Bange, du bist mehr als Statistin, von der die Zuschauer nur ihre Schinken zu sehen kriegen, wenn sie sich ficken lässt, sondern bist in einer aktiven Nebenrolle auch an einer Intrige beteiligt, die den König ganz schön in Bredouille bringt."

„Und zum Schluss unter der Guillotine landet?"

Ich hatte den wunden Punkt erwischt, denn Peter druckste herum. „Ganz zum Schluss. Will meinen, dass du praktisch die volle Filmlänge präsent bleibst."

Rein strategisch sagte ich wahrscheinlich zu schnell zu, aber ich wollte nun mal unbedingt Schauspielerin werden, und hätte mich wahrscheinlich auch nicht als zu fein empfunden, bei einem reinen Porno mitzuwirken, von mir aus auch den Arsch vollgehauen zu kriegen, aber das brauchte ich ja jetzt nicht mehr preiszugeben. „Morgen gegen Zehn kommst du in mein Büro; wo du es findest, steht ja auf der Visitenkarte. Dann schaust du dir erst das Drehbuch durch und dann unterschreiben wir den Vertrag."

„Ja, super, danke." Ich drückte rasch auf das rote Telefonsymbol, denn Peter in meinen sich unaufhaltsam Bahn brechenden Tränenausbruch einzubeziehen würde meiner vorgetäuschten Coolness schweren Schaden zufügen.

Es wäre übertrieben, das Drehbuch als leuchtendes Beispiel intellektuellen Höhenflugs zu bezeichnen. Gut fand ich, dass sich die mir zugedachte Hofschranze nach den einleitenden Bückszenen in eine Revoluzzermaid wandelt, die auf dem Schafott endet. Ich würde praktisch die weibliche Hauptrolle verkörpern.

„Es gibt ein Gemälde von Eugène Delacroix aus dem Jahr 1830, auf dem eine barbusige Marianne ihr Volk mit fliegender Tricolore in die Freiheit führt", kommentierte ich. „Das wäre doch eine gute Filmszene geworden."

Peter sah mich verdutzt an. „Weißt du nicht, dass es gefährlich ist, zu viel zu wissen?"

Ich lachte. „Was bleibt mit in einer Studentenkneipe anderes übrig, als mich zu bilden, wenn dort lauter Kunsthistoriker und Geschichtswissenschaftler verkehren?"

Peter erwiderte das Lachen. „Du hast Recht. Ich werde mal den Drehbuchautor fragen, warum er diesen spektakulären Auftritt ausgespart hat."

Vermutlich, weil er von ihm keine Kenntnis hatte, dachte ich, sagte das aber nicht laut. Bevor ich endgültig unterschrieb, fragte ich Peter: „Verrat' mir bitte eins: Wie bist du auf mich gekommen? Ich bin mir sicher, dich nie gesehen zu haben, bevor du bei uns deinen Kalbsbraten bestellt hast."

„Ich dich auch nicht, das versichere ich dir. Ich hatte Hunger und das nächstbeste Lokal aufgesucht, das sich mir in den Weg stellte. Nun gibt es kaum Berufe, die mehr den öffentlichen Blicken ausgesetzt sind als Kellnerinnen. Ich hatte super gefunden, wie du meine Beschwerde abgeschmettert, aber weitaus mehr, wie du dich bewegt hast. Dazu deine Größe …"

„Ich hätte nicht gedacht, dass die sich je zu meinen Gunsten auswirken würde. Ich leide unter ihr, denn Männer lieben es nicht, wenn sie zu einer Frau hochgucken müssen."

„Ich suchte halt eine weibliche Führerpersönlichkeit, und zu der eignet sich ein Zwerg nicht, mag er noch so schnucklig sein."

Soso, ein Schnuckelchen bin ich also nicht, dachte ich und sagte: „Wenigstens einmal Glück gehabt." Ich unterschrieb.

Als ich aufstand, sagte Peter zu mir: „Schade, dass du dein Diensttenue nicht anhast."

„Diensttenue?"

„Naja, Spankingrock und offenherziges T-Shirt."

Ich drehte mich um und präsentierte ihm meinen Po. „Dass du meinen Mini als Spankingrock einstufst, finde ich übertrieben und bringt mich ins Nachdenken. Aber es knallt auch auf eng sitzenden Jeans gut. Bitte."

Nach einem schlagenden Kompliment auf meine rückwärtigen Rundungen war ich entlassen.

Als Drehzeit waren sechs Wochen vorgesehen. Solange konnte ich in meinem Supermarkt Urlaub nehmen, ohne kündigen zu müssen, während ich meinen Servierjob vorübergehend an den Nagel hängte. Ich wusste, dass ich in dieser Branche jederzeit wieder Fuß fassen würde, denn Gäste gibt es wie Sand am Meer, aber eine Kellnerin zu finden ... – wie einst Hans Moser in einer seiner unvergessenen Ober-Inkarnationen selbstbewusst abließ.

Wir lachten alle, als es ans Anprobieren der stoffintensiven Requisiten ging und wir uns als unbegabt erwiesen, sie uns souverän überzustülpen. Noch schlechter als uns ging es den Männern, denn die einengenden Kniebundhosen, weißen Strümpfe und Schnallenschuhe forderten Bewegungsabläufe ein, die die Herren der Schöpfung nur unzulänglich beherrschten. „Endlich dürfen wir Frauen uns mal an männlichen Knallwaden ergötzen", amüsierte sich eine Statistin.

„... und wir verhüllen uns unten herum bis zum Boden ...", fügte eine andere hinzu.

„... und ersparen der Putzkolonne, den Staubsauger anzuschmeißen."

„Tja, ein Mann, der damals Frauenbeine zu Gesicht kriegen wollte, musste gleich zwei davon heiraten", war mein philosophischer Beitrag.

Für zwei Tage hatte uns die Stadt Brühl das Schlossinnere reserviert; in dieser Zeit musste Peter die Szenen mit den

Panoramaaufnahmen des prächtigen Treppenhauses abgedreht haben, während solche in Einzelzimmern und im Park keine Aussperrungen des Publikums erforderten.

Das erste Filmdrittel, in dem die Statisten ziellos in Gängen und Räumen wandeln, wäre zum Gähnen, wenn nicht … Weiter davon im übernächsten Absatz.

Wenn ich überlege, in welchem Zustand sich im Barock die Adelsbehausungen befanden, wird mir im Nachhinein übel. Bäder und Toiletten waren Mangelware und der Körpergeruch der gepuderten Protagonisten wurde mit reichlich Parfüm überdeckt. Die Ecken selbst waren vollgepisst und -geschissen und sonderten ein entsprechendes Aroma ab. Zum Glück gibt es (noch?) kein Geruchskino, sodass uns abends im Hotelzimmer oder zu Hause – je nachdem, wie weit die Schauspieler entfernt wohnten – in zivilisierte Menschen zurück zu verwandeln die Möglichkeit geboten war. Auch die Ecken im Schloss waren selbstverständlich frei von jeglichen Fäkalien.

Das mit den Frauenbeinen war so eine Sache. Die langweiligen Klappen, in denen weder Königin Marie-Antoinette noch Ludwig XIV. auftraten, wurden durch lustige Hofschranzereien aufgelockert. Weitgehend bestanden sie darin, dass sich die Adligen an die Damen heranmachten, die so damenhaft gar nicht waren. Wie authentisch dieses Verhalten war, entzieht sich meiner Kenntnis, aber Peter behauptete steif und fest, dass sie das wären. Ich bin der Meinung, dass er seine angeblichen Geschichtskenntnisse aus Jean de Lafontaines schlüpfrigen Gedichten bezogen hatte, aber was sollte es? Sex sells und das war der Sinn der Einstiegsszenen.

Sie bestanden darin, dass Madam, wenn der geile Geck sie überredet hatte, sich über eine Kommode bückte. Der Wust ihrer Unter- und Überröcke mochte verwirrend sein, bot aber den Vorteil, dass er einfach hochzuschieben war. Vorbildgemäß – dass das den Tatsachen entsprach, war auch mir bekannt – hatte sie keine Hose an, sodass für ihn im Beseitigen seiner Oberbekleidung das größte Problem bestand. Aber es gab ja genug stille Kämmerlein.

Mir war ein Statist namens Jerôme zugeteilt, der sich meiner mit besonderer Intensität annahm. Er war etwas kleiner als ich und ich durchschaute zunächst nicht, zu welchem Vorhaben dieses Verhältnis passte. Als er mit seinem Kostüm soweit war, forderte er mich auf, mein Fahrgestell zu einer umgedrehten V-Form zu spreizen. Ohne Argwohn zu schöpfen, folgte ich seiner Aufforderung. Zum Glück gehörte lautes Keuchen zu meiner Rolle, denn unvermittelt spürte ich einen harten, runden Gegenstand – umgangssprachlich Phallus genannt – in meiner Vagina und zwei Sekunden später, wie eine kühle, klebrige Flüssigkeit in sie hineinspritzte. Was für eine Frechheit, vor laufender Kamera!

„He!" flüsterte ich, fragte mich, ob ich Alarm schlagen sollte, um sofort zu erkennen, dass ich damit zu lange gezögert hatte, und beschloss, die ungebührliche Penetration auf sich beruhen zu lassen, nicht zuletzt, weil ich sie als gar nicht so unangenehm empfunden hatte.

Der Phallus gab seine gastliche Unterkunft frei und Jerôme beschied mir: „Fertig, meine Liebe."

Ich richtete mich auf und meine umfängliche Stoffkollektion raschelte zu Boden. „Spinnst du, mich vor laufender Kamera in Echt zu ficken?" Ich flüsterte weiterhin und zur Wand, denn der Kameramann hielt sein unbestechliches Objektiv nach wie vor auf uns gerichtet. „Jetzt läuft mir deine Brühe die Schenkel 'runter!"

„Na und? Dein Fummel verdeckt doch alles."

„Ach du!" Ich war mir bewusst, dass meine Stimme keine Spur von Empörung enthielt, die eigentlich angemessen gewesen wäre. Wahrscheinlich war ich für Typ jetzt wertlos, eine bessere Nutte oder vielleicht nicht einmal das. Schade, denn er gefiel mir. Unauffällig, als die Kamera sich endlich abgewandt hatte und ich mich allein wähnte, versuchte ich, meine untere Etage mit einem Papiertaschentuch notdürftig zu säubern. Ich schaffte das soweit, dass ich zumindest keine verräterischen Tropfen auf dem Boden hinterließ.

Eine zweite Gelegenheit ergab sich nicht mehr, denn der ernsthafte Teil des Films begann, in dem die Jeanne d'Arc – ich! – eine revolutionäre Gruppe anführte, deren fiktiver Aufstand allerdings scheiterte. Wie man weiß, landete nicht der Sonnenkönig, sondern erst sein übernächster Nachfolger Ludwig XVI. unter dem Fallbeil. Während die historischen Szenen abgedreht wurden, grinste mir Jerôme immer mal wieder unauffällig zu. Ich gebe zu, dass ich zurückgrinste. Bei Frauen heißt das lächeln.

Nachdem das Werk fertig war und wir als Schauspieler uns das Ergebnis als Erste zu Gemüte führen durften, betrachtete ich als kleinen Triumph, dass Peter Jerômes und meine nicht geschauspielerte Kopulation nicht herausgeschnitten hatte und gar genau diese Einstellung lobte. „Wie aus dem Leben! Man meint, ihr hättet euch in Echt …"

Unauffällig sah ich mich um und erkannte trotz des flimmernden Lichts einige nach oben gezogene Mundwinkel und gerötete Gesichter. Liebe Mädels oder zumindest einige von euch, ihr habt euch doch nicht etwa auch in Vortäuschung gespielter Tatsachen an den Spieß stecken lassen?

2

Die Schmonzette ‚Der Dirnenaufstand am Hof Ludwig des XIV.' wurde erstaunlich erfolgreich und spülte ein angenehmes finanzielles Polster in meine Privatschatulle. Ich gönnte mir ein paar hübsche Einrichtungsgegenstände, wurde aber nicht so übermütig, mir einen Rolls Royce zuzulegen oder mich in ein Schloss einzumieten, denn ich war mir bewusst, dass ein einmaliger Betrag, und sähe er auch noch so üppig aus, wie Schnee in der Sonne dahinschmilzt, wenn aus ihm keine regelmäßige Einnahmequelle wird. Damit war ich auch gut beraten, denn es folgte keine Anschlussrolle, was mich merkwürdigerweise kaum betrübte. Peter und sein Stab hatten in München ihr Domizil und sich nur für den Dreh in Bonn eingenistet, weil er sich Schloss Brühl als Drehort für seine Barockkulisse ausgeguckt hatte. Jeder ist einmal im Leben für eine Viertelstunde berühmt, heißt es, und meine Viertelstunde lag offenbar hinter mir.

Ich kellnerte sogar wieder, allerdings weniger wegen des Verdienstes, sondern in der Hoffnung, wie ich zugebe, dass ich eines Tages Jerôme Andermann würde bedienen dürfen. Sie war deshalb gering, weil ich wusste, dass er ungefähr 500 Kilometer entfernt, in einer Stadt namens Waldshut am Hochrhein, wohnte. Ich hatte weder von dem Ort noch von dem Gebiet je zuvor gehört und im Straßenatlas suchen müssen, um beides zu finden. Es bestand überdies kein Grund, ihn aufzusuchen, denn sein feuchtes Intermezzo war folgenlos geblieben – zu jenem Zeitpunkt hatten meine Eierstöcke eine Fruchtbarkeitspause eingelegt. Eingedenk Peters Einschätzung meines früheren Outfits zog ich es nunmehr vor, mich eine Stufe züchtig-bedeckter zu geben.

Allmählich verblasste die Erinnerung an Jerôme und er drohte vollends aus dem Schnellzugriff meines Gehirns zu gleiten, als mir nach ungefähr einem Jahr das Schicksal zu Hilfe kam. Ich hatte eine dreitägige Bustour nach Paris

gebucht, die weiter nichts enthielt als die Hin- und Rückfahrt und Unterkunft in einem Zweisternehotel, sprich einer
besseren Bruchbude, die wenigstens den Vorteil bot, sich
in fußläufiger Nähe zur Champs-Élysées zu befinden. Ich
hatte die billigste Variante gewählt, um den Nachteil des
horrenden Einzelzimmerzuschlags abzumildern. Ich frage
mich, wann einer aus der Reisebranche auf die Idee kommen wird, singlegerechte Angebote anzubieten. 40% aller
Kunden gehören in diese Kategorie und die Unternehmen
ignorieren diese Erkenntnis hartnäckig, indem sie ihre Lock-
preise ausschließlich auf Paare ausrichten. Eine einzelne
Person zahlt nur einen symbolischen Betrag weniger als
zwei zusammen.

Ich hatte nicht vor, einen Besichtigungsmarathon zu absolvieren, denn ich war nicht zum ersten Mal in der Stadt der
Liebe, sondern beschränkte mich während des einen vollen
Tages, der mir zur Verfügung stand, darauf, zu flanieren,
hier und da einen Kaffee zu trinken und in ihre einmalige
Atmosphäre einzutauchen. Auf der Champs-Élysées pfle-
gen, wie übrigens auch in Zürich, die Paare nebeneinander
zu sitzen. Ich finde das komisch, aber jedem Tierchen sein
Pläsierchen. Ab und zu findet sich sogar eine Frau allein
wie auch ein Mann, und der da …

Ich sah genauer hin. War er's oder war er's nicht? Ich verlangsamte meine Schritte, obwohl sich das ganz und gar
nicht gehörte, und warf einen Blick auf ihn, der verstohlen
sein sollte, aber vermutlich eher aufdringlich geriet. Was
mein Verhalten rechtfertigte, war seins, denn er taxierte
mich ebenfalls unverhohlen. Möglicherweise handelte es
sich um normales Balzverhalten, denn jetzt, im September,
war es noch warm genug, in Riemchenschuhen, Minirock
und fast durchsichtiger Bluse herumzulaufen – womit ich
beileibe nicht die einzige war. Möglicherweise … Ich wagte
es. „Jerôme?" hauchte ich.

So gehaucht die Silbe war, so gut war sie verstanden worden. „Ethel?" hauchte es zurück, so gehaucht, wie es ein
Mann überhaupt fertigbringt. Ohne darüber nachzudenken,

verhielt ich mich, als gehöre ich dem horizontalen Gewerbe an, und setzte mich ohne Umschweife auf den freien Stuhl an seinem Tisch. Sollte er von mir denken, was er wollte!

Sofort spürte ich eine warme Hand auf meinem bloßen Schenkel. Eine wunderbar warme Hand. „So ein Zufall!" Er weinte fast vor Glück. Ich atmete auf. Merkwürdig, wie rasch sexuelle Erregung eine körperliche Reaktion nach sich zieht. Ich spürte, dass ich unten herum feucht wurde und auch bei Jerôme sah ich, dass sich seine Hose an einer bestimmten Stelle spannte. „Benimm dich", sagte ich so abweisend wie mir möglich war. „Lass' mich einen Kaffee trinken und du musst sowieso warten, bis dein Ding wieder abgeschlafft ist."

Er kicherte, was eines Mannes unwürdig wäre, wären in dieser Phase nicht mildernde Umstände zu gewähren. „Wo wohnst du?" fragte er.

„In einer Absteige ganz in der Nähe, kaum zehn Minuten bis dorthin. Und du?"

„In einem einfachen Hotel in St. Germain. Ich bin für zwei Wochen geschäftlich hier, was hochtrabender klingt, als es ist. Ich bin nicht so auf Rosen gebettet, dass ich mir das Crillon leisten könnte." Unser harmloses Geplänkel bewirkte, dass sich beider Adrenalinspiegel allmählich normalisierte und wir in der Lage waren, uns nach Begleichen der Rechnung wie ein normales Paar zu erheben und Hand in Hand davonzutrippeln – wohin, dürfte klar sein: Zu meiner Unterkunft, gerade einmal zehn Minuten entfernt.

Es war Nachmittag und die Rezeption verwaist. Schnell huschten wir die Treppe hinauf und standen in meinem Etablissement. Das Bett maß 2 Meter mal 1,60, genau richtig, um bei gespreizten Beinen nicht mit den Zehen an die Wand zu stoßen. „Ich hole das große Handtuch", sagte ich und ließ meinen Worten die entsprechende Tat folgen.

Angeblich gehört zu gutem Sex ein langwieriges Vorspiel mit Zärtlichkeiten und Komplimenten, aber das stimmt nicht immer. Wir waren so heiß aufeinander, dass wir kaum Zeit fanden, uns die Klamotten vom Leib zu reißen. Sein Ständer hatte die beeindruckende Länge und Steife angenommen, die ich von dem illegalen Fick vor laufender Kamera in Erinnerung hatte, und meine Vagina hatte gefühlt eine eigene Intelligenz entwickelt, die ungeduldig die anstehende Spermienlieferung erwartete. Jerôme ist wie erwähnt etwas kleiner als ich, sodass es für ihn anatomisch passte, gleichzeitig zu seinen Stößen leidenschaftliche Küsse auf meinen Mund zu platzieren. „Wie habe ich das damals vermisst", stöhnte ich zwischen zwei Ergüssen.

„Was?" keuchte er.

„Na, einfach von hinten 'rein, vollspritzen und wieder 'raus ist doch arg prosaisch."

„Du bist ja eine richtige Poetin."

„Gehört zu einer poetischen Verschmelzung." Zum Lachen kam ich nicht, denn Jerômes nächste Ladung bahnte sich an.

Ich hatte nicht mitgezählt, aber für sechs oder sieben Ejakulationen hatte es gereicht, bevor unser Verlangen gestillt war. Jerôme rollte zur Seite und sagte: „Puh, ist das toll mir dir! Meine Frau …" Erschrocken hielt er inne.

Ich prustete los. „Es hätte mich gewundert, wärst du nicht verheiratet. Hast du Kinder?"

„Hm, ja, zwei. Ein Mädchen von sieben und einen Jungen von vier Jahren", erwiderte er kleinlaut.

Ich streichelte seine Wange. „Macht nichts, mein Lieber. Ich freue mich, wenn du deinen Spaß gehabt hast. Du wolltest mir wohl deine Anerkennung ausdrücken?"

„Hm, ja. Weißt du, seit die Kinder da sind, möchte meine Frau am liebsten gar nicht mehr. Ich habe das Gefühl, das war ihr Ziel und jetzt ist ihr ein Mann nichts weniger als lästig."

Ich setzte mich auf. „Soll ich dir 'was sagen? Ich glaube, es gibt viele meiner Geschlechtsgenossinnen, die so sind. Asexuell nennt man das. Angeblich beträgt ihr Anteil zwei

Prozent, aber ich bin der Meinung, dass es mindestens 50 sind."

Jerôme sah mich fassungslos an. „Du scheinst nicht dazu zu gehören."

„Nein, aber ich bin wählerisch."

„Darf ich das als Anerkennung für mich auffassen?"

„Darfst du."

„Hast du keinen Stecher?"

„Ich scheue mich, eine feste Bindung einzugehen, soviel meine Muschi auch ab und zu nach Fütterung schreit." Ich sah Jerôme ernst an. „Du bist genau das Richtige für mich. Dir ist sicher daran gelegen, dein Familienleben aufrecht zu erhalten, aber ab und zu auf ein Abenteuer aus."

Jerôme nickte. Dann sagte er: „Ich weiß, dass das egoistisch und unfair meiner Frau gegenüber ist …"

„Nein, ist es nicht! Wenn sie nicht gewillt ist ist, auf deine Wünsche einzugehen, muss sie gewärtig sein, dass du dir deine Befriedigung woanders holst. Ich versichere dir, dass ich keinerlei Forderungen stellen werde und meinen Lippen auch kein Sterbenswörtchen entschlüpfen wird, sollten wir uns jemals über den Weg laufen – deine Frau und ich, meine ich."

Jerôme sah mich dankbar an. „Ich weiß nicht …"

„Lass' gut sein. Komm', bei dem schönen Wetter ist es eine Sünde, den Tag in dieser Bude zu verbringen. Paris punktet mit wunderschönen Plätzen und Parks, die es auf die Hörner zu nehmen gilt."

Am Abend begleitete ich Jerôme in seine Unterkunft in St. Germain, die nur wenig komfortabler als meine, aber deutlich geräumiger war. „Als Liebesnest geeignet", urteilte ich. „Schade, dass mich morgen mein Bus wieder nach Bonn kutschiert."

„Ich muss leider morgen arbeiten, denn von etwas muss ich meine Familie ernähren", antwortete Jerôme bedauernd, „aber wir können uns ja periodisch hier treffen."

„Einmal im Jahr, genau in der ersten Septemberwoche wie jetzt." So ernst hatte ich meinen Vorschlag nicht gemeint, aber er biss sofort an. „Quälend lange auf dem Trockenen, aber warum nicht? Ich bin immer mal wieder in Paris, denn zur Zeit ist mein Arbeitgeber ein französisches Studio mit seinem Hauptsitz hier. Eine Dienstfahrt außer der Reihe wäre absolut unauffällig."

„Na schön. Bevor unsere einjährige Trockenphase beginnt, eine Frage: Ist dein angewachsenes Arbeitsgerät wieder einsatzfähig?"

„Vielleicht musst du es ein bisschen stimulieren. Du kennst wohl keine Orgasmusobergrenze?"

„Wenn ich in Fahrt bin, nicht."

Beim zweiten Mal ist die physische Kraft zwar geringer, aber dafür die Ausdauer schier unerschöpflich. Wir beschmusten und streichelten uns die ganze Nacht über und ungefähr alle zwei Stunden versteifte sich Jerômes fünfte Extremität zwecks eines weiteren Besuchs meiner Lustgrotte. Am Morgen musste ich mich beeilen, es zu meinem Hotel zurückzuschaffen, meinen Rucksack zu schultern und zum Busterminal zu hasten, um meine Heimfahrt nicht zu verpassen. Ich verschlief sie nahezu vollständig, da sich über die Nacht ein beträchtliches Defizit an Erholung aufgebaut hatte.

Frisch im Gepäck hatte ich die Buchung für unser Hotel in St. Germain, heute in einem Jahr.

3

Zu Hause angelangt galt es, die neue Situation zu überdenken. Jerôme und ich hatten uns einvernehmlich versprochen, unsere Ein-Tages-Beziehung für uns zu behalten, obwohl für mich kein Grund dazu bestanden hätte – bis jetzt jedenfalls, denn ich war ungebunden. Wem sich die Frage auftut, warum ein einigermaßen attraktives weibliches Wesen, als das ich mich in den Zeilen weiter oben geoutet habe, keinen Partner an seiner Seite hat, dem beantworte ich sie an dieser Stelle.

Ich hatte Jerôme gegenüber angedeutet, dass ich 50% aller Frauen als asexuell veranlagt einschätze. Diese Einschätzung findet ihre Ursache darin, dass ich mich selbst dazu zählen muss. Heute wird praktisch jede sexuelle Orientierung toleriert mit Ausnahme dieser einen. Was hatte ich mir schon Sätze anhören müssen wie „du findest irgendwann den Richtigen" oder „sei doch nicht so anspruchsvoll". Dabei lege ich überhaupt keinen Wert darauf, den ‚Richtigen' zu finden. Nichts wäre für mich ein größerer Albtraum als Papa, Mama und zwei Kinder in der Tretmühle des eingespielten Familienlebens, wobei an mir als Mama die Hauptarbeit hängenbliebe, vor allem, wenn Papa genug Geld verdient, sodass ich mich voll dem Haushalt zu widmen hätte.

Und Jerôme? Meine Willigkeit ihm gegenüber ist ein scheinbarer Widerspruch, den ich mit der Erklärung kontere, dass ich zwar asexuell im Alltag, aber mitnichten frigide bin – da ist es schon der ‚Richtige', auf den ich anspringe. Seine Unverschämtheit, mich sozusagen in aller Öffentlichkeit ungefragt zu nehmen, hatte bei mir ein Tor aufgestoßen, von dessen Existenz ich vorher nichts gewusst hatte. Ich war ihm verfallen; einzig die räumliche Entfernung verhinderte, dass ich mich albern zu benehmen begann. Einmal im Jahr auf neutralem Boden die Nymphe spielen würde goldrichtig sein, das versprach ich mir von unserer Abmachung. Sie enthielt außerdem das strikte Kontaktverbot über alle Medien wie Mailing, Whatsapp, Telefon oder Brief-post.

Das erinnerte mich an eine Geschichte, die mir mein Groß-vater erzählt hatte. Als er jung war, gab es die kommunis-tisch geführte DDR noch und haarsträubende Umstände hatten dazu geführt, dass er sich dort eine Freundin hielt, die zudem in der ‚Partei‘, der SED, Mitglied war. Es war zwar möglich, in das zweite Deutschland zu telefonieren, aber jedes Gespräch aus dem ‚kapitalistischen Ausland‘ wurde aufgezeichnet und direkt mitgehört, sobald Schlüs-selwörter wie ‚Mauer‘ oder ‚Flucht‘ fielen. Selbstverständlich wurde auch jede schriftliche Korrespondenz von der Stasi, der Staatssicherheit, gesichtet. Folglich war mein Opa gezwungen, sich am Ende eines jeden Treffens mit ihr für das nächste Mal zu verabreden, weil zwischendurch keine Absprachemöglichkeit bestand. Was für ein Unterschied zur heutigen, kommunikationsüberbordenden Zeit! Mein Opa hat stets Stein und Bein geschworen, dass ausnahms-los alle Verabredungen geklappt hätten.

Ich war gespannt, ob es zwischen Jerôme und mir genauso funktionieren würde. Zunächst stand mir allerdings ein Jahr Dürre bevor, das ich mit anspruchsvolleren Beschäftigun-gen als Arbeit auszufüllen gewillt war.

Eine gute Woche nach meinem ungeplanten Sexabenteuer geschah etwas Einschneidendes oder vielmehr geschah etwas nicht, nämlich meine Menstruation. Ich war guter Dinge gewesen, dass ich zu jener Zeit nicht empfängnis-bereit war und sah nun, dass ich mich offenbar getäuscht hatte. Die ‚Pille‘ hatte ich nie genommen, weil ich meinen Hormonhaushalt nicht für einen Fall durcheinanderzubrin-gen gewillt war, der nie eintreten würde. Und nun …

Sofort stiegen in mir Überlegungen hoch, entgegen unserer Abmachung bei Jerôme anzurufen und ihm mitzuteilen, dass sie hinfällig wäre, denn er würde zum dritten Mal Vater – diesmal von seiner Seitensprungpartnerin. Ich hatte das Smartphone schon in der Hand, als ich mich zwang, die Sache nochmals zu überdenken. So sehr eilt's ja nicht, sagte ich mir, und außerdem solltest du dich erstmal vergewissern, dass deine Vermutung zutrifft, das heißt du solltest einen Schwangerschaftstest durchführen – mich selbst rede ich, wie jeder an dieser Stelle erkennt, mit ‚Du' an.

Eine Woche ging ins Land, während der ich unschlüssig blieb. Dann half mit ein Zufall aus der Patsche. Das heißt, so ein Zufall war es gar nicht.

Ich habe eine gute Freundin, Linda. Ich verwende das Präsens, denn sie ist es heute noch und wird es bleiben, ‚bis dass der Tod uns scheidet', wie es bei der Trauung ebenso schön wie verbindlich heißt. Wobei der Meine nicht mehr lange auf sich warten lassen wird. Doch der Reihe nach.

Linda ist seit Langem verheiratet, aber ihre Ehe blieb bisher kinderlos. Über die Gründe hatten wir trotz des Status ‚beste Freundin' nie gesprochen, denn dieses Thema ist das heikelste des menschlichen Lebens und zwischenmenschlicher Beziehungen. Eines Tages brach es aus ihr heraus.

Mit ihrem Mann Marcel liege ich zwar nicht in Fehde, aber zu reden weiß ich mit ihm auch nichts Rechtes. Das führte dazu, dass Linda und ich uns so gut wie nie zu Hause – auch bei mir nicht –, sondern wechselweise im Café Fürst in der Fürstenstraße oder im Café Sahneweiß in der Kaiserstraße treffen. Diesmal merkte ich, dass sie bedrückt war. „Was ist?" fragte ich.

Normalerweise sind Bonner Cafés rappelvoll, und solange es einigermaßen schön ist – will meinen, solange kein Dauerfrost herrscht, was am Sackende der sogenannten Kölner Bucht sehr selten geschieht, und es keine Katzen hagelt –, auch draußen, aber heute saßen wir erstaunlicherweise so isoliert da, dass ein intimes Gespräch möglich war.

„Wie du weißt, sind Marcel und ich ein kinderloses Paar."

„Sicher weiß ich das. Und? Ich bin eine kinderlose Single."

„Wie freiwillig ist das?"

Ich seufzte. „So làlà. Ich kann einfach mit einem Mann nichts anfangen, bräuchte aber einen, der mich schwängert, sollte mir danach einmal der Sinn stehen. Du siehst, ich befinde ich in der Zwickmühle." Ich verschwieg, dass sich diese Analyse unter Umständen drastisch gewandelt hatte.

„Hast du jemals getestet, ob du ..., ich meine, ob du ...?"

Doch, hatte ich, aber unfreiwillig. „Nein", log ich, denn mir war plötzlich klar, worauf Linda hinauswollte. Sie erkannte das, denn sie sagte rundheraus: „Wir wissen halt nicht, ob es an Marcel oder an mir liegt."

„Habt ihr euch schon mal untersuchen lassen? Beide, meine ich."

„X Mal, aber die Ärzte fanden keine Hinweise auf Unfruchtbarkeit, weder bei ihm noch bei mir."

„Hm, typisch. Die Ärzte stellen nie 'was fest. Sie legen sich ungern fest. Mir scheint aber, dass ihr euch zu einem Entschluss durchgerungen habt, sonst hättest du das Problem nicht angeschnitten."

„Ja, haben wir."

„Künstliche Befruchtung und abwarten, was daraus wird?"

„Das wäre der zweite angedachte Weg, wenn Marcels Sperma taub wäre. Er hat nämlich ein Manko."

„Welches?"

„Wir hätten keinen Einfluss darauf, wer der leibliche Vater ist, selbst, wenn wir ihn erfahren würden. Man kann natürlich Glück haben."

Ich bemühte mich, ein Grinsen zu unterdrücken. „Du willst also wissen, welches Erbgut du austrägst, beziehungsweise es bestimmen."

„Ich sehe, du hast mich verstanden."

Wir schwiegen eine Weile. Allmählich füllte sich die Lokalität und wir sollten zu unverfänglicheren Gesprächsthemen wechseln. Ich verkniff mir allerdings nicht die logische, leise gestellte Anschlussfrage: „Und der erste Weg?"

„Wenn es an mir liegt – Leihmutter."

Ich lehnte mich zurück. In meinem Schädel läuteten alle Glocken und signalisierten einen Ausweg aus meinem Dilemma. „Ist das dein Ernst?" hörte ich mich fragen.

„Du wirst verstehen, dass das eine Person meines unbedingten Vertrauens sein muss. Ja, es ist mein Ernst, um deine Frage zu beantworten."

Ich musterte Linda nachdenklich. „Eine Person deines unbedingten Vertrauens?!"

Sie musterte mich weniger nachdenklich als vielmehr prüfend. „Kannst du dir nicht denken, wen ich im Sinn habe?"

Doch, konnte ich. Ich druckste pro forma ein wenig herum, aber der Plan formte sich innerhalb weniger Sekunden. Er musste nur baldmöglichst durchgeführt werden, damit die zeitliche Abweichung zu gering blieb, um aufzufallen.

Die zielgerichtete Spermaübergabe fand nur wenige Tage nach besagtem Kaffeeklatsch im Sahneweiß statt, und zwar bei mir zu Hause. Linda hatte verständlicherweise keine Zeugin sein wollen. Ich war guter Dinge, denn ich wusste ja, dass der Erfolg gewährleistet war.

„Komm' 'rein."

„Ja, danke, Ethel." Marcel gab sich wie üblich schüchtern, was darauf zurückzuführen war, dass diese Einschätzung zutraf. Ich fragte mich, wie er es geschafft hatte, Linda zu erobern, denn wir mögen Draufgänger, am besten solche, die uns verachten und schlecht behandeln. Marcel ist eher vom Typ zweibeinige Windelwickel- und Geschirrspülmaschine, dem, den wir uns angeblich wünschen, in Wirklichkeit aber unsererseits verachten. Ich hatte Linda nie gefragt, von welcher Qualität ihr ehelicher Sex war, malte sie mir aber in meiner Fantasie entsprechend langweilig aus: Beine auseinander, 'reinschießen und fertig. Was sollte es, ich musste ja nicht mein Leben lang mit ihm aushalten.

Mir war klar gewesen, dass ich ihm ein Mindestmaß an Reiz bieten musste, und hatte mich in meine frühere Kellnerinnenkluft geworfen: Weiße Stiefeleletten – allerdings keine hochhackigen, denn wie bereits erwähnt bin ich auch ohne Absätze ungebührlich lang geraten –, den beckenumhüllenden Latexfummel, den Regisseur Peter Baumeister zu meiner Bestürzung als Spankingrock bezeichnet hatte, und meine transparente Bluse. Das mit dem Spanking … Mal sehen. Ich selbst sollte wenigstens feucht werden, ohne eine Gleitcrème zu benutzen, und war mir bisher nicht darüber klargeworden, auf welche Weise ich das bewerkstelligen sollte.

„Erst einen Kaffee?"

„Gern."

Als wir uns am Wohnzimmertisch gegenübersaßen, registrierte ich, dass Marcel immerhin versuchte, einen Blick unter mein als Bekleidungsstück getarntes Handtuch zu erhaschen. Ich öffnete meine Schenkel ein wenig und ermunterte ihn: „Du darfst ruhig hingucken. Es wäre ungewöhnlich, wenn ein Mann unter 80 das nicht täte."

Er wurde rot. „Du …, du hast ja gar nichts drunter."

Ich lächelte ich an. „Wozu? Du kennst doch den Zweck deines Hierseins." Ich erhob mich, rollte seinen Sessel zurück und stellte mich mit gespreizten Beinen über ihn. „Sollen wir gleich anfangen? Ich meine, die Gelegenheit ist gut."

„Ich …; ich, äh, ich kriege ihn nicht hoch."

Das habe ich befürchtet, hätte ich beinahe gesagt, beherrschte mich aber und tat, als dächte ich nach. „Okay", sagte ich schließlich, „dann muss ich herausfinden, was dich antörnt." Ich zögerte eine Weile, bis ich fortfuhr: „Bringt es dir 'was, wenn du drunter greifst?"

Er hob die Hand, ließ sie aber gleich wieder sinken. „Ich trau' mich nicht." Liebe Linda, wie kommst du bloß mit dem Waschlappen zurecht? Oder macht ihr gar nichts mehr? Wäre nicht die erste Ehe, die nur nach außen geführt wird. Ratlos stieg ich von seiner Sitzgelegenheit, in die er sich vergraben hatte, als wolle er sie nie mehr verlassen. Als ich mich umdrehte, vernahm ich ein knallendes Geräusch und verspürte ein Kribbeln auf meiner rechten Pobacke. Also doch …!

„Entschuldige", rief Marcel, über sich selbst erschrocken.

Ich war zwar schwanger und schwangere Frauen dürfen keinesfalls geschlagen werden – das war schon in der Antike so und vermutlich in der Steinzeit auch –, aber meine Impfung war erst zwei Wochen her und mein Embryo würde noch nichts merken, beruhigte ich mich. „Warum entschuldigst du dich?" fragte ich provozierend. „Wenn darin die Lösung besteht, darfst du nach Herzenslust loslegen. Wie möchtest du's? Umgedrehtes U über deinem Schoß oder soll ich mich über die Kommode bücken?"

Er entschied sich für die Kommode. Sehr gut, dachte ich, meine Öffnung ist genau in der richtigen Höhe, um sich als Zielscheibe darzubieten, sobald deiner steht. Dann hab' ich's hinter mir und kann gleich nächste Woche gelungenen Vollzug melden.

Marcels erste Klapse gerieten so verhalten, dass ich mich ihn aufzufordern genötigt sah, fester hinzulangen. „Ich will es richtig laut klatschen hören." An der Wand hinter dem Möbelstück, über dem ich gerade vermöbelt wurde, hatte ich einen Spiegel befestigt, in dem ich mein Gesicht beobachten konnte, wie es sich bei jeden Treffer leicht verzog, und meinen Busen unter dem dünnen Chiffon, wie er rhythmisch mitwogte. Ich dachte an Jerôme und dass er sich beim nächsten Mal der Dinger intensiver annehmen sollte. Überhaupt Jerôme … Das war's! Ich merkte, wie meine Vagina bei der Erinnerung an ihn in die Flüssigkeitsproduktion einstieg, und ärgerte mich, dass ich nicht gleich darauf gekommen war. Auch Männer, das wusste ich, neigen dazu, an ihr Schwarm-model zu denken, während sie notgedrungen ihre unattraktive lebende Matratze begatten und dabei über sich selbst hinauswachsen. Was ihr dürft, Kerle, darf ich schon lange! Angenehme Wärme durchströmte mein Gesäß und in mir erwuchs die Frage, ob ich nicht auch

Jerôme auffordern sollte, mich einmal spanken. Nächstes Jahr in Paris würde ich längst entbunden haben und es bestünde keine Gefahr mehr für meinen beziehungsweise Lindas Nachwuchs. Allerdings hatte Jerôme bisher keine Neigung zu dieser Art gezeigt, sich und mich aufzuheizen.

Marcel hielt inne. „Was ist?" Er antwortete nicht, sondern fummelte an meinem Latex herum, das heißt, er schob ihn über die Hüfte. „Schön rosa?" fragte ich.

Er murmelte etwas, was nach Zustimmung klang. Aus den Augenwinkeln sah ich, dass er seine Hosen fallengelassen hatte und schloss daraus, dass nun sein Arbeitsgerät einsatzfähig war. Er schien indes eine weitere Stimulation zu brauchen, denn plötzlich traf mich der erste Hieb auf meinen blanken Hintern. Erschrocken fuhr ich zusammen und schaffte es knapp, ein „aua!" zu unterdrücken.

„Gut, meine Liebe? Oder tut das zu weh?"

Ich atmete tief ein und aus und beschwichtigte. „Nein, nein, schon gut." Hoffentlich, dachte ich, hast du nicht zu viel Geschmack am Spanken gefunden. Und wenn, tob' dich bitte bei Linda aus.

Der Schlussakt hielt sich zum Glück in Grenzen. Ich fuhr ungefähr 20 weitere Schläge ein, die ganz schön brannten. Dann flüsterte Marcel heiser: „Mach' bitte die Beine auseinander."

Na also! Ich tat wie mir geheißen und spürte einen ansatzweise harten Gegenstand in mich eindringen. Nicht im Entferntesten mit Jerômes zu vergleichen, aber für eine Ejakulation reichte es. Ich stöhnte ein bisschen, um meinem Spender das Gefühl zu geben, dass er der Größte wäre, und war erleichtert, als der Krampf nach wenigen Stößen vorüber war.

Ich hatte ein Päckchen Papiertaschentücher griffbereit deponiert und tupfte mich unten herum ab. „Wenn eine der Kaulquappen an ihr Ziel gelangt, reicht's", kommentierte ich während meiner unzulänglichen Säuberungsaktion verlegen kichernd.

Weil ich mich jetzt ja nicht mehr bemühen musste, gute Miene zum – nicht bösen, aber unerfreulichen – Spiel zu machen, spulte sich Marcels Abgang sehr prosaisch ab. Ich lud ihn ein, wenigstens so lange zu bleiben, bis sein hochroter Kopf wieder eine ausgehfähige Farbe angenommen habe, und verabschiedete ihn kühl, als es soweit war. Nachdem die Tür hinter ihm ins Schloss gefallen war, lehnte ich mich aufatmend dagegen. Puh, das wäre geschafft!

Meine Rekapitulation gipfelte in dem Begriff untervögelt. Ich begab ich mich in mein Badezimmer und stellte mich vor dem raumhohen Eckspiegel in Positur. Er erlaubt mir, mich ohne Verrenkungen von hinten zu betrachten. Mich umhüllte immer noch mein Anmach-Outfit und nach Anheben des Spankingfummels, der vor wenigen Minuten zum ersten Mal seinem Zweck zugeführt worden war, leuchteten mir zwei prachtvolle Rückstrahler entgegen. Das Brennen war einem wohligen Prickeln gewichen und das Abfallprodukt Wärme arbeitete sich unaufhaltsam in meine vordere Lustgrotte vor. Wenigstens etwas, dachte ich, half mit den Fingern nach und erzeugte mit geringer Mühe ein an- und abschwellendes Jucken, das jedermann und -frau als Orgasmus bekannt ist. Nachdem es mich ordentlich durchgeschüttelt hatte, überlegte ich, wie ich den willkommenen Ausgleich für den verkorksten Zweiersex verlängern könnte. Probehalber haute ich mir einige Male selbst feste hinten drauf, was mir überraschenderweise keinerlei Pein bereitete, und schaffte auf diese Weise drei weitere Abgänge. Die schienen zu genügen, denn meine verwöhnte Muschi schnurrte nunmehr zufrieden.

Zwei Wochen später unterzog ich mich einem Schwangerschaftstest und siehe da, der Messstreifen bestätigte meine Vermutung. Einen Tag gab ich mir, ob ich dem Leihmuttervertrag zustimmen sollte, den Linda und Marcel aufgesetzt hatten, und entschloss mich dann, das zu tun. Damit wäre das Kind gesetzlich einem leiblichen des Ehepaars Schüller gleichgestellt und ich hätte aller Rechte entsagt. Einerseits kleinliches Paragrafenreiten, andererseits notwendig, sollten sich Vermögenswerte anhäufen. Weder hätte der neue Erdenbürger je ein Erbrecht auf meines noch ich auf seins, sollte sein Ableben vor meinem erfolgen. In armen Gesellschaften sind derartige Vorkehrungen überflüssig. Andererseits ist es in solchen bis heute üblich, dass Eltern ihren Nachwuchs nicht ernähren können und deshalb abgeben, entweder an bessergestellte Verwandte oder Einrichtungen wie SOS Kinderdorf.

Meine Überlegungen beruhten auf reinem Abwägen. Jerôme sollte unter keinen Gewissensbissen leiden und sein drittes Kind, von dessen Existenz er nie etwas erfahren sollte, würde in guten Händen aufwachsen, dessen war ich mir sicher. Natürlich sollten auch Linda und Marcel nie erfahren, dass ihnen ein Kuckuckskind in die Wiege gelegt worden war.

Die ersten Untersuchungen ergaben keine Abweichungen von der Norm – die Haue auf mein rückwärtiges Polster zwei Wochen nach Jerômes Schuss hatte keine besorgniserregenden Folgen gezeitigt. Neun Monate vergingen und meine Schwangerschaft und auch die Entbindung im Sommer des Folgejahres verliefen komplikationslos. Aus nur mir bekannten Gründen war mir wichtig, dass sie ohne Kaiserschnitt vonstatten ging. Die Narbe wäre für immer sichtbar geblieben.

Zwei Wochen Terminfehleinschätzung liegt im Toleranzbereich und das schreiende Bündel galt nicht als Frühchen. Es war ein Junge, den Linda und Marcel kurioserweise ebenfalls Jerôme nannten. Eine Weile begleitete ich das Aufwachsen des Knirpses, aber nachdem ich mich vergewissert hatte, dass alles zur Zufriedenheit lief, zog ich mich zurück und überließ das Paar seinem Glück.

Ich hatte auch anderes im Kopf, denn die erste Septemberwoche stand vor der Tür und die bange Frage, ob sich Jerôme – Jerôme der Ältere, muss ich jetzt wohl sagen – an unsere Abmachung erinnern und pünktlich auf der Matte stehen würde, drängte sich in den Vordergrund.

4

Manchen mag mein ambivalentes Verhalten merkwürdig dünken, aber ich verschwende in meinem männerfreien Alltag keinen Gedanken an Sex. Meine Vereinigung mit Jerôme oder ein pseudo-erotisches Zwischenspiel wie meine vorgetäuschte Leihmutterschaft mögen kurzzeitig an Nymphensymptome gemahnen, aber wenn die abgeebbt sind, gebe ich mich wieder züchtig und unnahbar.

Nachdem ich eingecheckt hatte, setzte ich mich zitternd in einen der altersschwachen Sessel im Foyer, die der Wartenden Kreuze einer harten Belastungsprobe aussetzten, sollten sie länger zu warten gezwungen sein. Würde er mich nicht enttäuschen?

Mein Kreuz wurde keiner harten Belastungsprobe ausgesetzt. Die Tür öffnete sich und ein wohlbekannter Umriss zeichnete sich in ihrem Rahmen ab. Auf die Minute! Ich sprang wie eine Feder, die von der sie zusammendrückenden Klammer befreit ist, auf und fiel Jerôme um den Hals. Er packte mich, küsste mich und wirbelte mich im Kreis herum. In Deutschland hätte unsere Darbietung vermutlich Stirnrunzeln verursacht, aber in Paris ernteten wir ein wohlwollendes Lächeln des Rezeptionisten.

Wir waren auch dieses Mal sofort so heiß, dass wir, nachdem wir unser Zimmer betreten und das Gepäck achtlos in eine Ecke geworfen hatten, übereinander herfielen. Ich hatte mich in dieser Erwartung mit einem weiten, luftigen Rock, der knapp über den Knien endete, und einem Höschen ausstaffiert, das sich im Schritt aufknöpfen ließ. Jerôme brauchte nicht lange, um das herauszufinden. Wie gewohnt fuhr ich seine erste Ladung ohne die Spur eines Vorspiels oder romantischen Gesäusels ein, aber das war das Markenzeichen unserer Liebe. Die üblichen Rituale würden später folgen und ich freute mich darauf, dass im Meer zärtlicher Schmeicheleien und leidenschaftlichen Schmusens weitere intensive Penetrationen lockten.

Als unsere erste Druckwelle abgebaut war und wir keuchend, aber entspannt auf dem Bettrand saßen, entrang sich Jerôme ein Grinsen.

„Was grinst du?"

„Ich hab' 'was gemacht."

„Was hast du gemacht?"

„Machen lassen. Einen kleinen Schnitt, der mich vor weiterem Nachwuchs bewahrt."

Jetzt war es an mir zu lachen. Lieber Jerôme, wenn du wüsstest! „Ich habe auch 'was gemacht, mir nämlich die Antibabypille verschreiben lassen." Das stimmte; unmittelbar nach meiner Entbindung hatte ich diesen Schritt getan, denn dass ich eine weitere Schwangerschaft so elegant in eine alternative Bahn würde lenken können wie bei Jerôme Junior, war nicht zu erwarten.

Jerôme stimmte in mein Lachen ein. „Die kannst du jetzt wieder absetzen."

„Das ist mir lieb, denn sie bleibt für meinen Hormonhaushalt nicht folgenlos."

Da wir uns in Paris bestens auskannten, verzichteten wir darauf, im Laufschritt die üblichen Sehenswürdigkeiten wie Arc de Triomphe, Champs-Élysées, Louvre, Eiffelturm und Montmartre abzuklappern, sondern beschlossen, die wenigen Stunden, die wir füreinander hatten, in unserem Quartier St. Germain zu bleiben. Es liegt auf der linken Seite der Seine und ist vom Ostende des Louvre-Geländes leicht erreichbar. Es genügt, über die Pont des Arts den Fluss zu überschreiten. Dann befindet sich der Kunstsinnige unvermittelt in einem noblen Quartier, das auch als Dorf in der Stadt charakterisiert wird und mit Galerien, Bücherantiquariaten und Straßencafés aufwartet. Die Église de Saint-Germain-des-Prés, wie das ganze Ensemble übrigens vollständig heißt, bildet seinen Mittelpunkt und rühmt sich, die älteste Kirche von Paris zu sein.

Eins der bekanntesten Cafés ist das de Flore, in dem einst Schriftsteller wie Ernest Hemingway ein- und ausgingen. Dort gönnten wir uns einen Kaffee, während wir für das Abendessen eine weniger berühmte und weniger teure Lokation ausgesucht hatten, die uns im vergangenen Jahr über den Weg gelaufen war. In Paris wie auch im restlichen Frankreich verkriechen sich die besten Restaurants in Kellern, in die sich ein ortsunkundiger Tourist nie verirrt.

Noch saßen wir im de Flore züchtig nebeneinander und beobachteten die Passanten. Es war angenehm warm und die Männer scheuten sich ebenso wenig, in kurzen Hosen, wie die Frauen, in kurzen Röcken zu flanieren. „Wie findest du das Angebot bloßer Schenkel?" fragte ich Jerôme.

„Tut mir leid, Ethel, aber ein Männerauge wird von denen halt magisch angezogen."

„Du brauchst dich nicht zu entschuldigen. Ich bin schließlich keine Ehegattin, die eifersüchtig versucht, Girl-watching zu verhindern, und dabei die Energie verschwendet, die sie besser für eine andere Aktivität aufbewahren würde."

Jerôme lachte, aber es klang bitter. Dachte er an seine Frau? Hatte ich einen wunden Punkt berührt? Schließlich gab es einen Grund, warum er den aktuellen Seitensprung riskierte.

„Erzähl' von deiner Familie", forderte ich ihn auf.

Er seufzte. „Da gibt es nicht viel zu erzählen. Normal, normaler, am Normalsten. Felicitas ist nun Acht, Hendrik Fünf und beide machen sich gut. Feli ist gut in der Schule und Hendrik brennt darauf, nächstes Jahr auch dorthin zu dürfen und wie Mama, Papa und die große Schwester lesen und schreiben zu lernen. Marion ist eine Supermutter, der ich Betreuung und Erziehung vorbehaltlos anvertraue."

„Dann ist doch alles in Butter."

„Hört sich so an."

„Aber ereignislos?!"

„Sehr elegant ausgedrückt."

„Ich wollte das Wort langweilig umschiffen."

„Hm-m."

„Und deine …, ich meine Marion? Ein schöner Name, wie ich meine."

„Die Meinung teile ich. Im Alltag ist tatsächlich alles in Butter. Aber es gibt noch anderes …"

Ich verstand ohne weitere Erläuterungen. „Das heißt, auch Marion versucht zu verhindern, dass du anderer Frauen Beine einer Musterung unterziehst."

„Hm, ja. Wobei deine …"

„Hör' auf! Es gibt sicher geradere, rundere Knie und längere …; na gut, da müssen sich meine Konkurrentinnen anstrengen."

Jerôme lächelte und wandte mir sein Gesicht zu. „Es gibt keine Konkurrentinnen. Es geht nicht nur um kerzengrade Beine, pralle Busen oder Apfelsinenhintern, sondern um die Aura, die eine Frau ausstrahlt. Da schwebt deine kometenhoch über allen anderen."

„So ein Un…"

„Weißt du, als du mir vor zwei Jahren bei den Hofschranzereien als Partnerin zugeteilt wurdest, spürte ich das sofort und wusste, dass ich die Fickszene schamlos ausnutzen könnte und du dich nicht beschweren würdest. Bei einer Frau wie Marion hätte ich das nie gewagt."

Ich stieß ein leicht irritiert klingendes Lachen hervor. „Aber bei ihr hat's ja irgendwann auch geklappt."

„Extrem konventionell. Den Hanswurst spielen, irgendwann gnädig beachtet werden, bei Papa um die Hand der Tochter anhalten und brav vor den Traualtar treten. Ich nehme an, sie hat sich nur breitschlagen lassen, weil ihre Mutter das anstrebte. Immerhin war ich das, was man eine ‚gute Partie' nennt. Im Grunde bin ich glücklich, denn ich liebe meine Kinder und Marion …; naja."

„Hast du ein Bild dabei?"

Jerôme sah mich erstaunt an. „Die Frage wundert mich. Ist es nicht so, dass Geliebte von der Angetrauten nichts wissen wollen?"

„Mag sein, das weiß ich nicht. Ich weiß aber, dass ich dich nicht exklusiv habe und das akzeptiere."

Er holte sein Smartphone hervor und zeigte mir einige Fotos von seiner Familie. In die Kinder hätte ich mich gleich verlieben können und Marion gemahnte keineswegs an ein Heimchen am Herd. Auch wenn es mir widerstrebte, musste ich vor mir zugeben, dass sie weiblicher als ich wirkte, irgendwie schnuckliger und weniger von oben herab. Ich nickte anerkennend. „Äußerlich nicht schlecht. Treibst du's denn wenigstens mit ihr noch? Ich meine …"

„Einmal die Woche bequemt sie sich, die Beine breit zu machen. Aber ja nichts Extravagantes. Wie gern würde ich mal belutscht werden oder die 69er-Position ausprobieren."

„Hör' bitte auf, solange wir uns in der Öffentlichkeit befinden, sonst muss ich aufs Klo und mir einen 'runterholen. Sprechen wir von 'was anderem. Wie war die Fahrt?"

„Seit die Neubaustrecke von Mulhouse nach Dijon eröffnet ist, geht es mit dem TGV ab Basel ratz-fatz. Früher musste ich entweder erst mit einem Rüttler nach Biel und von dort mit dem TGV nach Paris, wobei der sich auch bis Dijon über Altbaugleise, das heißt über den größten Teil der Strecke, quälte, oder nach Straßburg, was recht flott ging, und von da aus hierher, oder direkt über Belfort und Chaumont."

„Du kennst dich ja gut aus. Was war deine Lieblingsroute – ich meine, vor der Neubaustrecke Mulhouse – Dijon?"

Jerôme schürzte die Lippen. „Da brauche ich nicht lange nachzudenken. Die über Chaumont. Und weißt du, warum?"

„Du wirst es mir gleich sagen."

„Weil es die letzte Hauptlinie in Westeuropa war, die mit schweren Dieselloks betrieben wurde."

„Wurde?"

„Sie ist bis heute nicht elektrifiziert, aber seit der TGV den Fernverkehr an sich gezogen hat, fahren dort nur noch Regionalzüge."

„Interessant." Ich sagte eine Weile nichts. Dann steuerte ich meine Reiserlebnisse bei: „Trotz Neubaustrecke: Mit den 3½ Stunden ab Köln kannst du nicht mithalten."

„Du hast es ja auch nur halb so weit."

„Zu Beginn der Thalys-Ära waren es vier. Seit Deutschland es nach langem Hickhack endlich geschafft hat, den Postkutschen-Holzbohlenweg Köln – Aachen zu ertüchtigen, konnte eine halbe Stunde gewonnen werden. Mein Vater erzählte mir, dass früher, in der guten alten Zeit …"
„Ach ja, die gute alte Zeit!" „… ein klassischer Schnellzug acht Stunden brauchte, mit Lokwechsel in Aachen wegen unterschiedlicher Stromsysteme und Stürzen der Garnitur in Liège. Dabei war die Entfernung geringer, denn Brüssel wurde nicht angefahren."

Wir schafften es, uns auf das Abendessen zu konzentrieren und es zu genießen, nicht zuletzt, weil es wirklich ausgezeichnet geraten war und es eine Schande gewesen wäre, es einfach in sich hineinzuschaufeln. Dazu gönnten wir uns eine gute Flasche Rotwein, obwohl nicht nötig war, uns mit Alkohol zu stimulieren.

Irgendwann gegen Elf waren wir zurück auf unserem Zimmer. Uns war bewusst, dass wir nicht viel Schlaf finden würden, aber im Zug morgen Richtung Heimat konnten wir ihn getrost nachholen, denn Neubautrassen bieten auch in Frankreich so gut wie keine visuelle Ablenkung.

Das Kitzeln im unteren Bereich hatte sich bereits zu Wort gemeldet, aber wir waren willens, die Sache nunmehr langsam angehen zu lassen. „Hast du nicht im Lauf des Nachmittags die 69er-Position erwähnt?" fragte ich so beiläufig wie mir möglich war.

Jerôme strahlte. „Du weißt, was das ist. Wunderbar!"

„Davon gelesen. Ich behaupte nicht, dass ich eine begnadete Schwanzlutscherin bin."

„Keine Bange, mir geht auch jede diesbezügliche Erfahrung ab. Ich habe einmal ein Foto in einer Zeitschrift gesehen, von der Marion nie erfahren darf, dass ich mir die zu Gemüte geführt habe, und das steht mir seitdem vor meinem geistigen Auge."

„Frau oben oder unten?"

„Oben!"

Ich lächelte. Das Foto schien ihm wirklich präsent zu sein, sonst hätte er sich nicht an jede Einzelheit darauf erinnert. „Na schön. Machen wir's zuerst so 'rum."

Unsere ersten Versuche anders denn als Krampf zu bezeichnen wäre beschönigend. Bis unsere Zungen endlich ihre Ziele gefunden hatten ... Meine Aufgabe bestand darin, Jerôme nicht zu früh kommen zu lassen, damit er seine Kräfte nicht vorzeitig zu verausgabte. Als es dann soweit war, erachtete ich das Gefühl als seltsam, um nicht zu sagen als bizarr, Lust gleichzeitig zu empfangen und zu spenden. Ich spürte, wie meine Brüste gegen Jerômes Lenden drückten. Durch das Stillen, das ich erst kurz vor der Abfahrt abgeschlossen hatte, waren sie beträchtlich angeschwollen und sorgten durch den Widerstand von unten für die zusätzliche Stimulation meiner erogenen Zonen.

Als sich sein Erguss anbahnte, steigerte sich das Jucken meiner Grotte ins Galaktische. Hatte ich je einen intensiveren Abgang erlebt?

Als wir nach den Doppelorgasmus keuchend nebeneinander lagen, griff Jerôme wie hypnotisiert nach meinen oberen Wölbungen und drückte und knetete sie eine Weile. Als er wieder genug Luft für ruhige Atemzüge geschöpft hatte, sagte er: „Ich hatte vorher gar nicht bemerkt, was für tolle Dinger du hast."

Ich schnurrte: „Du hast mich bisher nicht vollständig abgeweidet."

„Dann bleibt ja reichlich zu tun."

Während der Nacht arbeiteten wir weitere gymnastische Übungen ab. Besonderen Gefallen fand ich an der Hündchen-Position, bei der ich einfach nackt vor dem Bett knie, mich auf der Liegefläche abstütze und er sich von hinten an mich drückt. Dabei kann er seine Hände nach vorn ausstrecken, unter meine ‚Dinger' schieben und diese ausgiebig durchwalken, während er mich penetriert und die Erfüllung uns beide überwältigt. Ich hätte nie gedacht, welch' einen Lustgewinn es für mich bringt, wenn mein Vorbau zart, aber dennoch fest stimuliert wird. Die Stellung wird auch als Schubkarre bezeichnet, obwohl es gewisse Abweichungen gibt.

Von ganz tief unten meldete sich ein Teufelchen zu Wort, das mir einzureden versuchte, wie schön es wäre, dieses Unterleibserdbeben öfter als einmal im Jahr zu genießen.

Als der Morgen dämmerte, schaffte Jerôme noch einmal ‚normal', bevor es an der Zeit war, uns zu säubern und anzukleiden. Wir hatten nämlich ein Sektfrühstück aufs Zimmer bestellt und das würde in wenigen Minuten anrollen.

Mein Zug fuhr später, sodass ich Zeit hatte, Jerôme zum Gare de Lyon zu begleiten, bevor ich mit der Métro zum Gare du Nord dislozierte, um dort meinen Thalys nach Köln zu besteigen. Wie leidenschaftlich unser Abschied ausfiel, brauche ich wohl nicht zu beschreiben. Immerhin würde es der letzte Kuss für ein Jahr sein.

5

Rasch hatte mich der Alltag wieder eingeholt. Ich hatte es unterdessen in meinem Supermarkt zur Filialleiterin gebracht und kellnerte nur noch, wenn ich Lust und Zeit hatte. Mit Linda traf ich mich seltener als früher, einerseits wegen meines gestiegenen beruflichen Engagements, andererseits, weil Jerôme Junior einen Gutteil ihrer Ressourcen verschlang Ab und zu klappt es aber doch, und eines Tages saßen wir im Café Fürst zusammen wie in der guten alten Zeit. Bonn als nördlichste italienische Stadt erfreut sich zwar einer Open-air-Saison von Mitte Februar bis Mitte November, aber irgendwann ist es endgültig zu kalt für einen gemütlichen Draußen-Hock. Das Obergeschoss in besagtem Café ist großmütterlich eingerichtet und wir sanken in den Sesseln etwas tiefer, als es dem ungetrübten Trinkgenuss dienlich war. Ich sah sofort, dass Linda Wichtiges zu berichten hatte. Ihre Augen blitzten förmlich. „Ich bin schwanger", eröffnete sie mir unvermittelt.

„Gratuliere!" Mein Glückwunsch war ungekünstelt. Ich hatte zwar Marcel als lausigen Liebhaber erlebt, aber nun hatte er sein fünftes Gliedmaß offenbar doch hochgekriegt und seine Hoden veranlasst, das Ihre zum Backen beizutragen. Ein bisschen neugierig war ich, wie er das bewerkstelligt haben mochte, und äußerte mich dementsprechend. Wir Frauen reden über intime Angelegenheiten wesentlich freizügiger als Männer. So musste ich nicht lange locken, bis ich Aufklärung erhielt.

„Naja, allzu oft schafft er's nicht, aber es gibt eine bestimmte Methode, ihn zu reizen."

„So? Welche?"

„Ich präsentiere ihm meine nackten Pobacken und er haut mit der Handfläche drauf, bis sie rosarot leuchten. Das versetzt ihn in Erregung und irgendwann ist er soweit, sich gegen meine heißen Schinken zu drücken und in mich zu ergießen."

Ich bemühte mich, mir mein inneres Grinsen nicht anmerken zu lassen. Da hat er bei mir Substanzielles gelernt! flüsterte meine innere Stimme mir ins Ohr.

Linda interpretierte mein Schweigen falsch. „Hältst du das für pervers?"

Ich sah sie ernst an. „Nein, überhaupt nicht. Alles, was beiden Spaß macht, ist erlaubt. Darfst du ihn denn auch …?"

„Hab' ich nie gefragt, denn das interessiert mich überhaupt nicht."

„Interessiert dich überhaupt, ich meine …"

„Nicht besonders. Weißt du, unsere Ehe wurde zum Zweck des Nachwuchserzeugens geschlossen und nun ist das Zweite unterwegs. Von mir aus kann ab heute Schluss mit der Schweinerei sein!"

Die Aussage erinnerte mich an Jerôme – Jerôme den Älteren – und seine Marion. Und ich hatte von mir angenommen, ich wäre asexuell! Eher festigte sich bei mir die Überzeugung, mir wäre als einziger Female daran – der Schweinerei, wie Linda sich auszudrücken beliebt hatte – gelegen. Naja, ein paar andere Geschlechtsgenossinnen mit hungriger unterer Etage wird's wohl geben!

Voller Grübeleien begab ich mich auf den Heimweg. Das zweite Kind würde hoffentlich nicht zur Vernachlässigung Jerômes führen, denn das Ehepaar Schüller war ja überzeugt, dass Marcel der Vater wäre. Es könnte höchstens geschehen, dass sich Linda eher dem Zweiten zuwenden würde, denn das wäre ja nachweislich von ihr. Sollte es allerdings gar zu unausgewogen werden, dachte ich, würde ich mich Jerômes annehmen und auch über den Sachverhalt aufklären. Unentschieden blieb ich, ob ich auch den wahren Vater einweihen sollte. Eher nicht, dachte ich, aber in diesem Augenblick reifte in mir der Entschluss, den Sohn einzuweihen, sobald – nein, nicht, sobald er volljährig, sondern von Linda und Marcel unabhängig würde, auch dann, wenn sein Aufwachsen tadellos verliefe. Wenn er dann darauf besteht, mit seinem leiblichen Vater in Verbindung zu treten, erhielte er von mir die nötigen Informationen. Hätte ich damals geahnt, dass es dazu nie kommen würde!

Das Teufelchen meldete sich. Im Winter ist ein Kennenlernen schwerer als im Frühling, denn warme Oberbekleidung verhindert Einblicke, die Männer lieben. Auch wenn das moderne Strafrecht außer Acht lässt, wenn sich ein weibliches Wesen offenherzig gibt, steuert frau mit ihrem Outfit sehr wohl, ob und wie aufdringlich sie angemacht wird. Während der dunklen Jahreszeit träumte ich öfter vom nächsten September, in dem meine Muschi wieder auf ihre Kosten kommen würde, und verschwendete den einen oder anderen Gedanken daran, ob ich ihr nicht früher den Gefallen tun könnte. Nur – mit wem? Wenn ich an Marcel dachte, zog sich besagter Körperteil mit einem Ausdruck des Bedauerns in sein Schneckenhaus zurück.

Durch Lindas Unabkömmlichkeit saß ich nunmehr häufig allein in einem unserer Stammcafés. Wie die Reisebranche ignoriert auch das Gaststättengewerbe die Existenz der bereits früher angesprochenen 40% Singles sträflich, weil Vierertische als Mindestgröße des Verköstigungsstandards vorgesehen sind und der Einzelperson, die sich an einem solchen Monumentalmöbel niederlässt, ob der gefühlten Platzverschwendung ein schlechtes Gewissen beschert. Ein Soziologe von einem anderen Kontinent oder Stern muss zu der Auffassung gelangen, die Spezies Mensch gäbe es in Europa beziehungsweise auf Erden ausschließlich im Doppelpack.

Bistros sind für halbierte Doppelwesen angenehmere Aufenthaltsorte, denn in ihnen finden sich meistens Zweierensembles, die diesen das Gefühl vermitteln, den zur Verfügung stehenden Raum lediglich zur Hälfte und nicht zu drei Vierteln oder mehr zu vernichten.

Zum ersten Mal seit Jahren erlebte ich, dass an der benachbarten Kleinstfläche ein Typ allein saß. Ich war zunächst überzeugt, dass sich seine Begleiterin kurz aufs ‚Örtchen‘ zurückgezogen habe, aber als diese nach zehn Minuten immer noch nicht aufgetaucht war, wuchs in mir die Überzeugung, dass sie nicht existierte. Sollte sich tatsächlich ein männlicher Single außerhalb einer ordinären Kölschkneipe auf die freie Wildbahn getraut haben? Ich ertappte mich dabei, ständig zu ihm hinüber zu schielen, und ihn, dass er in meine Richtung dasselbe tat. Ich wog die Varianten ab. Solltest du mich ansprechen, werde ich positiv reagieren, war die eine. Glaub' aber ja nicht, dass ich das von mir aus tun werde, die andere.

Zufällig hatte ich meinen Kaffeelöffel so unglücklich unter Spannung gesetzt, dass er beim Loslassen katapultartig davonflog und genau vor den Füßen des Typs landete. Was soll's, dachte ich, früher ließen die vornehmen Damen vor den Augen der hinter ihnen her sabbernden Galanen ihr Taschentuch fallen …

Ich schaute wie Dummblondchen aus der Wäsche, als der Typ nach dem Löffel griff und aufstand, ohne ihn mir zu überreichen. „Soll ich ihn zur Theke tragen und für Sie einen neuen verlangen?" fragte er.

„Ach nein …" Dann sah ich den Angriffspunkt. „Oje, ich habe mich eines Kaffeespritzers auf Ihrem Hemd schuldig gemacht. Ich werde versuchen, es davon zu befreien."

Milchkaffee auf Stoff ist natürlich nicht mit einem bisschen Mineralwasser zu beseitigen, und so mühte ich mich eine Weile vergeblich damit ab und sah mich angesichts erkennbarer Erfolglosigkeit schließlich gezwungen, dem Besitzer des besudelten Textils ein Angebot zu unterbreiten. „Da hilft nur Fleckentferner, den ich natürlich nicht zur Hand habe."

Er lachte. „Und ich ziehe hier sicher nicht mein Hemd aus, um es Ihnen mitzugeben."

„Sie können's mir ja schicken – oder bringen, falls Sie nicht zu weit weg wohnen."

„Das ist nicht der Fall. Sie wohnen demnach auch in der Nähe?!" Er ließ sich auf dem zweiten Hocker nieder, der meinem winzigen Dreibein beigestellt war, und bestellte zwei weitere Latte macchiati.

Notgedrungen hockten wir nunmehr beinahe aufeinander, was ihn nicht zu stören schien – und mich unziemlicherweise auch nicht. Als unsere Tassen geleert waren und wir uns erhoben, erklärte sich der Sardinenbüchseneffekt. Ich als 1,80-Lulatsch atme ja erste Höhenluft, aber der Typ überragte mich um Haupteslänge. Ich lachte verlegen. „Wie heißt du eigentlich?"

„Christian, Chris genannt."

„Ein schöner Name. Ich bin Ethel. Bringst du mir dein Hemd heute Abend?"

„Unsinn, das kann ich gut allein waschen. Aber eine Einladung auf ein Bier nähme ich an."

Der Abend artete zum merkwürdigsten Date meiner Sammlung aus. Gut, allzu viele hatte ich bisher nicht hinter mich gebracht, denn Jerômes erster Vorstoß – in des Wortes wahrster Bedeutung – verdiente auch bei größtem Wohlwollen nicht diese Bezeichnung. Chris war geistreich, belesen und sprühte vor Charme, aber eins tat er nicht, nämlich mich anzumachen. Ich hatte mich aus Gründen der Seriosität in ein zurückhaltendes Outfit geworfen, denn frau soll ja niemals bei der ersten Zweisamkeit Sex zulassen, aber bald erkannte ich, dass diese Maßnahme übervorsichtig gewesen war. Meine erste Vermutung, das zurückhaltende Outfit wäre die Ursache für Chris' Reserviertheit, stellte sich als Irrtum heraus, als ich vorschützte, mir wäre warm, und die Bluse weit genug öffnete, um Ansätze meiner Brüste sichtbar zu machen.

Keine Reaktion.

Gegen Zehn sagte er: „Zeit, meine Liebe, den Heimweg anzutreten. Ich bedanke mich für Speis' und Trank und wünsche dir einen schönen Abend." Sprach's, erhob sich, ließ sich von mir zum Ausgang geleiten und reichte mir höflich die Hand. Nachdem die Wohnungstür ins Schloss gefallen war, lehnte ich mich mehrere Minuten gegen sie und dachte nach. War ich wirklich so hässlich? Ich weiß, dass ich keine ‚Schnucklige', aber auch nicht gerade eine

Gesichtsfünf bin. Was meine Überlänge angeht, die viele untergroße Galane abschreckt, war Chris gerade der, dem sie überhaupt nichts ausmachen dürfte. Und – und dieser Gedanke krönte meine Grübelei – welche Speis' mochte er gemeint haben? Bier gilt in Bayern als Grundnahrungsmittel, aber um richtig feste Nahrung handelt es nicht.

Ich beherrschte mich mit übermenschlicher Anstrengung, aber als ich die Bettdecke über mich zu ziehen im Begriff war, gelang mir nicht mehr, mich zurückzuhalten, und fingerte an einer bestimmten Stelle meines Körpers herum. Geübt, wie ich war, holte ich mir zwar erfolgreich einen 'runter, aber seufzend diagnostizierte ich, dass das nur als kümmerlicher Ersatz durchging. Noch einen? Der klappte zwar auch, aber wie gehabt …

Chris meldete sich nicht mehr und ich hütete mich, mich anzubiedern, obwohl er mir seine Mobilfunknummer anvertraut hatte. In folgenden Frühling, als längst genug Gras über die Nicht-Affäre gewachsen war, dass ich sie als vergessen einstufte, löste sich das Rätsel. Auf einem der Kieswege, die die Hofgartenwiese kränzen, kam mir ein Paar Hand in Hand entgegen, dessen linker Teil den rechten um mehr als geschätzte 30 Zentimeter überragte. Hat sich doch wieder ein Zwergenweibchen so einen Riesenkerl geangelt, durchfuhr es mich voller Zorn; können die die nicht uns Leuchttürmen überlassen? Dann offenbarten sich mir zwei Dinge: Dass das vermeintliche Zwergenweibchen männlichen Geschlechts war und ich den Riesenkerl kannte: Chris! Im ersten Reflex wollte ich mich umwenden und so tun wollen, als hätte ich mich anders besonnen, aber dann dachte ich: Wer ist es denn, der verlegen ein müsste? Betont lässig schlenderte ich an den beiden vorbei, grüßte und passierte sie. Ich erhielt ein zwangloses „hallo" zur Antwort und die Angelegenheit lag für immer hinter mir.

Lindas Bauch erlaubte keinen Zweifel mehr, in welchem Zustand er sich befand. Mein Daumendrücken half, denn im Frühsommer gebar sie einen Philip, der von Anfang an seinem leiblichen Vater wie aus dem Gesicht geschnitten war. Jerôme Junior, der mittlerweile sein erstes Lebensjahr vollendet hatte, sah weder Linda noch Marcel ähnlich. Leider auch mir nicht, aber vielleicht irgendeinem aus der vorigen Generation? Jerôme Senior, dessen Gene immer deutlicher erkennbar wurden, war dem Elternpaar unbekannt und müsste es auch für immer bleiben! Naja, dachte ich, das dürfte nicht allzu schwer werden. Waldshut liegt 500 Kilometer von Bonn entfernt und die Familien werden sich nie über den Weg laufen – dachte ich damals.

Der September nahte und es wurde Zeit, den Thalys nach Paris zu stürmen.

6

Der Thalys ist mit dem französischen TGV – dem Train à grande Vitesse – baugleich. Das bedeutet, dass die 2. Klasse nur für Passagiere unter 1,70 Metern Lebendgröße zumutbar ist. Auch die Bretterklasse in Flugzeugen und der ICE werden immer effizienter, das heißt, die Insassen immer dichter aufeinander gepfercht, aber der TGV schlägt in Europa alles. Sinn meiner Erläuterung: Ich musste mir nolens volens die 1. Klasse gönnen, um nicht als handlicher Würfel vor Jerômes Füße zu kullern.

Unterwegs grübelte ich ein wenig über menschliche Beziehungen nach. Einmal im Jahr – ist das der Schlüssel zum Glück? Die wenigen Stunden sind zu kostbar, um sie mit einem Streit zu verderben. Bisher war nie ein Wort des Haders zwischen uns gefallen und ich fand das großartig. Mal sehen, wie lange diese seltsame Form von Glück anhalten würde.

Ich hatte eigens eine Fahrplanlage gewählt, dank der ich nach Jerôme eintreffen würde, und siehe da, er wartete freudestrahlend im Hotelfoyer auf mich. Test geglückt! Ich schloss die Augen und atmete tief durch, während ich seine Arme meinen Körper umschlingen fühlte. „Den ersten Kuss bitte erst, wenn wir allein sind", hauchte ich.

„Fällt mir schwer, aber genehmigt!"

Der erste Kuss geriet natürlich zu einem Dauerbrenner. Unsere Zungen weideten die jeweils andere Rachenhöhle ab, bis kein Quadratmillimeter mehr unerforscht war. Dann erst besannen wir uns darauf, dass unsere Münder auch mit Stimmbändern ausgestattet sind.

„Machen wir einen auf gemütlich am Ufer der Seine?"

Ich nickte. Es war früh genug, sodass die unbesetzte Bank, die wir fanden, uns für eine längere Zeit Asyl gewähren würde. In griffiger Entfernung von uns schwang die Pont des Arts ihre Bögen über den Fluss und vis-à-vis beherrschte der wuchtige Louvre das Panorama. Verträumt

sah ich die niedrigen Ausflugsboote mit gewölbten Glas-
dächern an uns vorbeigleiten und stellte mir vor, ich säße
darin und würde fernen Ufern zusteuern, immer weiter, die
Stadt hinter mir lassen, dem mäandrierenden Lauf des Flusses folgen und bei Le Havre in den Ärmelkanal wechseln.
Das Meer war ruhig, der Himmel blau und kein Lufthauch
bedrohte mich mit Ungemach. Links erhob sich die Küste
der Bretagne und rechts die von Sussex. Ich war mir nicht
sicher, ob das geografisch korrekt war, aber bald verschwanden die letzten Landmarken und beförderten diese
Grübelei ins irrelevante Abseits.

Ich glitt über die Weiten des Atlantik und wusste, dass ich
Kurs Südwest hielt, ohne dass mir das ein Kompass bestätigte. Wie gewünscht landete ich an der Copacabana an
und machte außer dem Strand auch Rio de Janeiro unsicher, fuhr auf den Zuckerhut, den Corcovado und den auf
halber Höhe liegenden Ortsteil Mirante dona Marta, der den
schönsten Ausblick auf Stadt und Bucht gewährt. Einst
hatte es sich dabei um eine verrufene Favela gehandelt;
heute ist es ein normaler Vorort, in dem der Tourist getrost
zu Fuß herumlaufen darf – gegen Eintrittsgeld.

Ich kehrte zu meinem schwimmenden Untersatz zurück,
der längst kein Pariser Ausflugsschiffchen mehr, sondern
ein Auslegerboot der Südseeinsulaner war und dennoch mit
erstaunlicher Geschwindigkeit vorwärtsstrebte. Ich umrundete mühe- und gefahrlos die Insel Kap Hoorn und bald
geriet die Osterinsel mit ihren einmaligen und allen Inter-
pretationsversuchen zum Trotz immer noch rätselhaften
steinernen Standbildern in Sichtweite. Ich sah mir die Wunderwerke staunend an, wusste aber auch keine Lösung zu
ihrer Entstehung und Fortbewegung anzubieten.

Weiter ging es nach Tahiti in Französisch-Polynesien, zu
der Insel, die einst – viel schöner! – Otaheite geheißen
hatte. Papeete war noch nicht gegründet und ich wandelte
durch eine jungfräuliche Tropenwelt, deren Bewohner noch
nie einen Weißen gesehen hatten, denn ihre ‚Entdeckung‘
durch James Cook stand ihnen erst bevor. Die Glücklichen!

Neuseeland und Australien interessierten mich weniger, aber die Insel Tasmanien befand ich eines Besuchs für wert. Mittlerweile saß ich in einem modernen Motorboot, das den Weiten des Pazifischen Ozeans gewachsen war.

Westlich des fünften Kontinents schließt sich der Indische Ozean an, der einzige, den Rudyard Kiplings als Einheit betrachtete und nicht in Nord und Süd unterteilte wie den Atlantik, den Stillen Ozean und das Polarmeer. Ich umrundete das Kap der Guten Hoffnung und fuhr entlang der Wüste Namib nach Norden, zurück nach Europa.

Als ich in die Mündung der Seine einbog, hatte sich mein Fortbewegungsmittel wieder in ein Pariser Ausflugsboot zurückverwandelt, das mich dort absetzte, wo es mich aufgenommen hatte. Ich spürte sanftes Streicheln über meinen Oberarm. Ich schreckte hoch und sah mich benommen um. „Warst du eingeschlafen, meine Liebe?" fragte Jerôme.

„Sagen wir eingedöst", murmelte ich. Dann fügte ich mit erstarkender Stimme hinzu: „Mein Dösen hat mir eine Weltreise beschert."

Jerôme lächelte mich an. Seit ich ihn kannte, fragte ich mich, was an dem Mann so anders war als an allen anderen, die in mir nicht die geringsten Gefühle weckten. Nun war ich dem Geheimnis einen Schritt auf die Pelle gerückt. Er hatte ein untrügliches Gespür, wann zu schweigen geraten war. „War sie denn schön?"

„Sehr mystisch. Sie erlaubte mir, in einem polynesischen Einbaum mühelos den Pazifik zu durchqueren."

„Schade, dass das in Wirklichkeit nicht geht." Und nach einer Pause: „Wollen wir zu Abend essen? Wir haben gleich zehn Uhr." Tatsächlich griff die Dämmerung um sich. In Paris, das westlicher als Deutschland, aber in derselben Zeitzone liegt, wird es eine Dreiviertelstunde später dunkel als im elf Längengrade entfernten Berlin und um Mitternacht ein Mahl zu sich zu nehmen ist durchaus üblich. Das war uns aber doch zu spät, denn auch ich verspürte allmählich Hunger.

„Wie lange war ich denn weggetreten, Jerôme?"

„Beinahe drei Stunden, meine Liebe."

Deshalb fühlte ich mich so steif! Ich glückste. „Eine wahrlich ausgedehnte Weltreise. Normalerweise hätte ich jetzt Bedenken, dass ich nachts nicht einschlafen kann, aber ..."

Jerôme fiel mir ins Wort: „Das spielt heute keine Rolle. Hoffentlich knacke ich dir nicht plötzlich weg." Nun lachten wir beide, während wir dem Restaurant zustrebten, das sich beim letzten gemeinsamen Aufenthalt bewährt hatte.

„Hoffentlich", und mit diesen Worten schloss ich das Kapitel Traum-Weltreise ab, „habe ich deine Geduld nicht überstrapaziert."

Ich vermag nicht zu schildern, welch' intensive Liebe in Jerômes Blick lag, als er antwortete: „Dir zuzuschauen, wie du friedlich geschlummert hast, ist das höchste denkbare Glück auf Erden."

Die französische Esskultur unterscheidet sich von der deutschen diametral. Während unsere auf Effizienz ausgelegt ist, das heißt das Ziel, so schnell wie möglich satt zu werden, sieht die französische darin eine Zeremonie mit mehreren Gängen und Pausen dazwischen, damit der Geschmack des vergangenen nicht gleich wieder überdeckt wird. So zieht sich ein Dîner über zwei bis drei Stunden hin und hinterlässt bei dem mengenorientierten Teutonen ein leichtes Hungergefühl, gewährt aber auch genügend Zeit für ein ausgedehntes Gespräch über halbgefüllte Weingläser hinweg.

„Weißt du, was neptunisch beziehungsweise plutonisch bedeutet?" fragte ich Jerôme.

„Weiß ich", antwortete er, „aber wie kommst du darauf?"

„Ich bin ein bisschen literaturbeflissen und beschäftige mich häufig und gern mit Goethe. Besonders faszinierend finde ich, dass er sein langes Leben mit einem fundamentalen Irrtum abschloss."

„Welchem?"

„Er war der Meinung, dass sein wissenschaftlicher Beitrag an die Welt Bestand haben, sein dichterischer hingegen innerhalb kürzester Zeit in Vergessenheit geraten würde."

Jerôme schmunzelte. „Ein schwerer Irrtum, fürwahr! Seine Farbenlehre hat allerdings überdauert."

„Die ist aber auch nur Insidern bekannt. Richtig konsequent war er nicht. So hatte er ein umfangreiches Werk über den Kosmos geplant, das aber nie vollendet. Ich bin mir nicht sicher, ob er es überhaupt begonnen hat."

„Das hat sein Landsmann Alexander von Humboldt an seiner Statt mit ‚Kosmos, Versuch einer physischen Weltbeschreibung' getan. Darf ich erfahren, was diese Personen mit neptunisch und plutonisch verbindet?"

„Nur Goethe. Als er mit Freiherrn von Stein den Laacher See in der Eifel besuchte, sagte er sinngemäß, dass er von seiner neptunischen Weltsicht nicht lassen könne. Was meinte er damit?"

„Neptun ist der Meeresgott und folglich für alles zuständig, was mit Wasser zu tun hat, und Pluto der des Gesteins. Zu Beginn des 19. Jahrhunderts war unter den Wissenschaftlern eine heftige Diskussion ausgebrochen, ob die Erde neptunischer oder plutonischer Natur oder gar innen hohl sei."

„Du bist ja bestens informiert."

„Ich habe mal Geologie studiert und mich dort gern in den Vorlesungen herumgetrieben, die sich mit der Fachgeschichte befassten. Meine berufliche Laufbahn hat sich dann doch an meinem Hauptfach orientiert, weil sich meine künstlerische Ader als stärker denn meine wissenschaftliche erwies. Doch das nur nebenbei. In jener Zeit, dem anbrechenden 19. Jahrhundert, begann der feste Glaube an die biblische Lehre zu bröckeln."

„Wie das?"

„Die Genesis basiert auf dem Mythos, dass die Sintflut die Erde geformt habe. Das bedeutet, dass ihr Inneres aus

Wasser besteht, um das herum eine feste Kruste das Landleben erlaubt. Als Beweis galt, dass drei Fünftel der Erdoberfläche aus jenem Fluidum besteht. Das wusste man damals schon. Leonardo da Vinci hatte diese kirchenkonforme Theorie entwickelt und der Engländer John Woodward vertrat sie an vorderster Front. Und, das muss ich sagen, auch Goethe. Er war einer der letzten, der an die neptunische Ausprägung unseres Muttergestirns glaubte, weil sie immer unwahrscheinlicher wurde. Man nennt sie auch diluvianische."

„Dann hat sein wissenschaftlicher Instinkt in diesem Punkt versagt?!"

„Muss man so sagen, meine Liebe. Auf der anderen Seite standen René Descartes und Athanasius Kircher, die das Zentralfeuer beschworen."

„Der berühmte Universalgelehrte?"

„Genau der. Er lebte von 1601 bis 1680 und schrieb 1655 sein Buch ‚Mundus subterraneus', zu Deutsch die unterirdische Welt, in dem er annimmt, dass der feste Körper von Feuerströmen durchzogen sei. Du siehst, er war deutlich weiter als Goethe 150 Jahre später. Dabei waren seine Theorien zu seiner Zeit gefährlich."

„Inwiefern?"

„Sie widersprachen der Kirchenlehre. Nur 22 Jahre zuvor hatte sich Galileo Galilei gezwungen gesehen, sein Eintreten für das kopernikanische Weltbild zu widerrufen. Warum Kircher ‚durchkam', ist unerklärlich. Vielleicht hatten die Inquisitoren sein ‚Mundus' übersehen."

„Diese plutonische Betrachtungsweise unterscheidet sich gar nicht so sehr von der neptunischen. Einzig, dass der Kern nicht von Wasser, sondern von glutflüssigem Gestein gebildet wird."

Jerôme zeigte sich amüsiert. „Die biblische Sintflut sieht aber kaltes Wasser als Schwimmgrundlage für die Arche vor. Die wäre auf Lava ziemlich schnell verbrannt."

„Verrückt, wie ein bloßer Glaube nachgewiesene Erkenntnisse einfach verbietet."

„Eratosthenes hat vor über 2.200 Jahren die Erde als Kugel ausgemessen und sich lediglich um wenige Kilometer geirrt. Das Wissen ging im Mittelalter verloren. Auch heutzutage werden meiner Meinung nach Erkenntnisse unterdrückt, die der Obrigkeit nicht passen."

„Wie meinst du das?"

„Ein Hochschuldozent, der nicht in das Geschrei von der menschengemachten Erderwärmung einstimmt oder ethnische Unterschiede benennt, sieht sich sofort seiner Professur beraubt, unabhängig davon, ob seine Argumente Hand und Fuß haben oder nicht. Sie werden weder gehört noch diskutiert."

Ich schwieg, weil ich eine solche Betrachtung bisher nie angestellt hatte und sie – neben der Mahlzeit – erst einmal verdauen musste. Als ich zu der Frage anzusetzen gedachte, ob Jerôme das so meinte, wie er es gesagt hatte, kam der Nachtisch und lenkte uns beide ab. Danach fuhr er mit dem ursprünglichen Thema fort, als hätte er nichts Heikles geäußert: „Die abwegigste Theorie erschuf der britische Astronom Edmond Halley, der behauptete, die Erde wäre innen hohl und in ihr drehten sich zwei weitere Kugeln mit unterschiedlichen Geschwindigkeiten. Wie er auf ausgerechnet drei kam, hielt er vor dem Rest der Welt geheim. Sie faszinierte vor allem Dichter wie Edgar Allan Poe, Jules Verne und Howard Phillips Lovecraft."

„Jules Verne? Der hatte seine Werke doch der Wissenschaft verschrieben?!"

„Er steckte in einem Dilemma. Er wollte gern einen Roman über die Beschaffung der tektonischen Schichten verfassen und zu diesem Zweck seine Helden unter Tage schicken. Bei einem glutflüssigen Kern wären die aber nicht weit gekommen und er hätte sein Projekt von vornherein aufgeben müssen. Da hielt er sich an die damals populären Veröffentlichungen des englischen Chemikers Humphrey Davy, der die Zusammenhänge ungefähr so darstellte, wie er sie brauchte, und den er deswegen auch erwähnt. Er war wohl selber vom glutflüssigen Inneren überzeugt, weil er diese Ansicht in den Mund des Ich-Erzählers Axel Lidenbrock legte, und begnügte sich mit dem Kompromiss, dass die drei Entdecker nur 140 Kilometer tief kamen. Dort herrschen bereits geschätzte 300° Celsius, was der Hamburger Gelehrte und seine Begleiter kaum überlebt haben dürften."

„Außerdem wäre das Meer verdunstet."

„Den nach unten steigenden Luftdruck hat Verne berücksichtigt. Bei 100.000 bar liegt der Verdampfungspunkt von Wasser deutlich höher. Ob über 300 Grad, kann ich dir aus dem Handgelenk heraus nicht sagen. Nachdem die Gruppe den störenden Felsen beseitigt hatte – übrigens mit einer Sprengstoffmenge, die zu schleppen sie unmöglich fertiggebracht hätte –, räumte der Autor endlich dem Zentralfeuer seinen gebührenden Platz ein, indem er dank eines Ausbruchs des Stromboli seinen Helden erlaubte, wieder an die Oberfläche gespuckt zu werden."

„Wie tief sind wir denn heute in realo vorgedrungen?"

„Um die zwölf Kilometer. Empirisch, das heißt durch eigene Anschauung, hat demnach der Mensch seine Erkenntnisse bisher nicht zu beweisen vermocht."

„Wie sieht es mit Jules Vernes Katholizismus aus? Ich meine, er hätte doch auch die neptunische Anschauung teilen müssen."

„Die war 1864 nicht mehr haltbar. Sein ganzer Charakter war zwiespältig. Er war erzkatholisch und Royalist, bediente sich in seinen Werken aber modernster Techniken. Die Inspiration dazu bezog er aus Zeitungsberichten."

„Royalist auch?"

„Das merkst du, wenn du seine Romane im Original liest. Da ist von Klaftern, Lieus und Fuß die Rede, obwohl in Frankreich das metrische System seit 1793 gilt."

„Was hat das mit Royalist zu tun?"

„Die Revolutionäre haben es eingeführt, und deren Errungenschaften boykottierte er, solange es ging, weil er mit deren Ideen haderte. Erst in den 1880er Jahren stellte er sich langsam auf die Realität ein."

Ich lachte. „Ein Realitätsverweigerer also."

Jerôme erwiderte mein Lachen. „Die findest du bis heute zu Hauf, vor allem unter Politikern. Übrigens ist der bekannteste Komet des Sonnensystems nach Edmond Halley benannt, obwohl er sich als Irrläufer erwies – der Astronom, meine ich, nicht der Komet."

Eine Turmuhr schlug Mitternacht. Die Bedienungen zeigten erste Anzeichen von Lust, Feierabend zu machen, und Jerôme und ich besannen uns auf das Hotelbett, das auf angenehme Weise anzuwärmen uns bevorstand.

7

Mir gelang eine Art Karriere, sofern im Einzelhandel so etwas möglich ist. Ich stieg nämlich von der Filialleiterin zur Disponentin für den Einkauf auf und war in dieser Funktion für ganz Nordrhein-Westfalen zuständig. Das brachte so viel Arbeit mit sich, dass ich kaum eine Nische fand, meine mir zustehende Freizeit zu beziehen. Da nützte mir mein beträchtlicher Gehaltszuwachs wenig. Ich machte aus der Not eine Tugend und legte mir ein Auto zu, das ich bisher zu brauchen nicht für nötig befunden hatte. Natürlich keinen ökologischen Schmutzfink mit aufladbaren Lithium-Ionen-Batterien, sondern ein Brennstoffzellenfahrzeug. In einer Agglomeration gibt es zum Glück genügend Betriebshöfe der öffentlichen Busverkehrsgesellschaften, die ein privater Nutzer zum Tanken aufsuchen darf.

Der Hochsommer ist für Geschäfte eine Flautezeit, weil die Kunden entweder verreist sind oder die warmen Sonnentage nutzen, um am Badesee zu liegen und sich bräunen zu lassen. Folglich schaffte ich es irgendwann irgendwie, drei Wochen Urlaub am Stück zu ergattern. Die gedachte ich in den Schweizer Bergen zu verbringen, weil ich dort keine Furcht zu hegen brauchte, dass meine vorgesehene Reisekasse zu üppig ausgestattet wäre. Die Wahl zwischen den drei konkurrierenden Spitzen-Touristengebieten Engadin, Berner Oberland und Oberwallis fiel mir schwer; schließlich entschied ich mich für die dritte Variante, denn das Matterhorn hat nun mal keins der anderen zu bieten. Angesichts dieses Umstands verzichtete ich von vornherein auf meinen fahrbaren Untersatz, denn erstens hätte ich auskundschaften müssen, wo ich notfalls zwischentanken könnte, und es zweitens sowieso in Täsch stehenlassen müssen, den Zermatt ist autofrei. Täsch ist neben einigen Häusern eine riesige Parkplatzfläche, die entgegen eidgenössischen Gepflogenheiten eigens zu diesem Zweck angelegt sind. Es gibt dort auch Übernachtungsmöglichkeiten, die wesentlich preiswerter als weiter oben sind, aber dann hätte ich jedes Mal in den Schmalspurzug der Matterhorn-

Gotthardbahn steigen müssen, um das ausgedehnte Wander- und Klettergebiet des Matterdorfs in Angriff nehmen zu können. Wobei ich als ungeübte Flachlandtirolerin keine Klettersteige zu bezwingen gedachte. Gedachte.

Bis Basel SBB nutzte ich eine personifizierte Billigfahrkarte; ab dort galt mein vorher erworbenes Ausländer-GA 1. Klasse. GA steht für Generalabonnement, mit dem ich außer ausgesprochenen Bergbahnen alle Züge, auch die von Privatbahnen, in Anspruch nehmen durfte. Bergbahnen gewährten mir mit immerhin 50% Ermäßigung eine augenfällige Einsparung.

Da ich keinen Reiseführer verfassen möchte, erwähne ich für Faule lediglich das Kleine Matterhorn und den Gornergrat, die mit Seil- beziehungsweise Zahnradbahn bezwungen werden können. Das Kleine Matterhorn ist mit 3.883 Metern der höchste Punkt der Alpen, der ohne Anstrengung erreichbar ist – zum Ärger der Franzosen, deren Aussichtspunkt Aiguille du Midi, der freie Sicht auf den höchsten Alpenberg, den Mont Blanc, 41 Meter darunter bleibt. Die höchste Plattform des Kleinen Matterhorn vermittelt das Gefühl, das große, eigentliche Matterhorn in Griffweite zu haben.

„Es gab einmal ein Projekt, eine Seilbahn da 'rauf zu bauen", sagte eine Frau, die neben mir stand. „Zum Glück wurde es im letzten Augenblick abgeblasen, weil die weltberühmte Silhouette zu sehr darunter gelitten hätte." Ihrer Aussprache nach war sie Schweizerin, die bemüht war, sich für Nordlichter verständlich auszudrücken.

„Es wäre schon toll, da oben zu stehen", erwiderte ich bedauernd.

„Es ist toll, das versichere ich Ihnen."

„Standen Sie denn schon dort?"

Die Frau lachte. „Ungefähr 140 Mal."

Ich sah sie mir genauer an. Sie sah normal aus, jedenfalls normaler, als ich mir eine Bergführerin vorgestellt hatte –

denn nichts anderes konnte sie ja sein. Ich stellte eine entsprechende Frage.

„Stimmt, bin ich."

„Ich hätte nicht gedacht, dass Frauen diesen Job machen."

„Ich bin auch ein seltenes Gewächs. In der Schweiz haben wir ungefähr 1.500 männliche und 30 weibliche von dieser Sorte."

„Dann alle Achtung! Leider werde ich Sie nicht in Anspruch nehmen, denn weder Kondition noch Können reichen aus, mich dieser Herausforderung zu stellen."

Die Frau, die kaum kleiner als ich war, begutachtete mich von oben bis unten und kam zu einem Schluss. Ein verschwörerisches Grinsen umspielte ihren Mund, als sie fragte: „Wie lange sind Sie noch hier?"

„1½ Wochen."

„Wissen Sie was? Morgen habe ich einen Gast, der, glaube ich, ziemlich fit ist und mit dem ich gegen Mittag zurück sein sollte. Wenn Sie auf der Hörnlihütte auftauchen, schauen wir, was sich machen lässt. Zumindest bis zum Ersten Couloir sollten wir zusammen problemlos vorstoßen."

Ich wand mich. „Bringt das denn etwas? Ich meine, erst der Gipfel ist doch wohl die Erfüllung."

„Sie haben Recht, aber die Aussicht wird mit jedem Höhenmeter besser. Es geht ja auch nur um das Schnuppererlebnis."

Kurz und gut, ich ließ mich breitschlagen. „Also abgemacht", erklärte die Frau und erwartete keinen Widerspruch, „morgen Mittag auf der Hörnlihütte, Sie mit wenigen Habseligkeiten und in Bergstiefeln und Funktionsklamotten und ich mit allem, was als Kletterhilfe nötig ist. Übrigens ..."

„Ja?"

„Ich bin Martina Scherrer, allen als Tina geläufig, und über 2.000 Metern ist das ‚Sie' abgeschafft. Wie heißt du?"

„Ethel Buchheister, also Ethel."

„Ein schöner Vorname. Buchheister klingt schweizerisch, irgendwie bündnerisch."

„Ich glaube, einen Großvater hat's mal der Liebe wegen von Chur ins Rheinland verschlagen."

„Super, dann findest du jetzt ja zurück zu deinen Wurzeln. Bis morgen."

„Bis morgen."

Am Mittag auf der Hörnlihütte hört sich nach mehr Zeit an, als mir zur Verfügung stand. Bis zur Bergstation Schwarzsee in 2.583 Metern fährt eine Seilbahn, aber die restlichen 677 Höhenmeter sind nur zu Fuß überwindbar. Der Weg ist ungefährlich, aber wenn der Wanderer für tausend Höhenmeter drei Stunden zu veranschlagen hat, egal ob es kurz und steil oder lang und flach aufwärts geht; gelten für zwei Drittel der Strecke adäquat zwei Stunden. Weil ich keine Langschläferin bin, war ich nichtsdestoweniger pünktlich oben. Kurt, der Wirt, fragte mich sofort nach meinem Begehr. „Wie wär's mit einer Gemüsesuppe?" schlug ich vor. „Außerdem bin ich mit Tina verabredet."

Ich merkte sofort, wie ich in der Achtung des Mannes stieg. „Für den Aufstieg ist es an sich zu spät", verkniff er sich nicht zu bemerken.

„Hab' ich auch nicht vor. Es geht um Auskundschaften des Gebiets."

Kurt sah mich ungläubig an. „Dass sie sich darauf eingelassen hat", murmelte er als Antwort.

Tina kam gegen halb Eins mit ihrem ‚Gast' an und nickte mir zu, als sie meiner ansichtig wurde, kümmerte sich indes zunächst um dessen Verabschiedung. Dann erfrischte sie sich und setzte sich zu mir. „Alles gut?" fragte sie.

„Sicher. Warum nicht?"

„Hat dich der Weg hier herauf angestrengt?"

Ich lachte. „Was denkst du, was mein täglich' Brot mir abverlangt? Trotz Disponententitel, theoretisch ein Bürojob, muss ich bei unserem notorischen Personalmangel oft genug mit anpacken, einen Lkw entladen oder sowas."

„Dann steht unserem kleinen Ausflug ja nichts im Weg?!"

„Nicht, dass ich wüsste. Sag' mal, warum sollte ich Schlafanzug und Zahnbürste mitbringen?"

„Je nachdem, wie lange wir unterwegs sind, kannst du hier übernachten. Im Dunkeln solltest du nicht ins Tal und außerdem fährt irgendwann die letzte Seilbahn ab Schwarzsee. In welchem Hotel wohnst du?"

Ich sagte es ihr. Dabei fiel mir auf, dass sich Kurt in verdächtiger Nähe aufhielt. Das vergaß ich allerdings rasch wieder.

„Wenn du fertig bist, lass' uns aufbrechen. Du solltest noch etwas trinken."

„Ich bin fertig und trinken tue ich, wenn ich Durst bekomme."

„Das gilt als zu spät."

Ich schüttelte den Kopf. „Was soll das bedeuten? Sterbe ich dann?"

„Natürlich nicht. Aber der Wasserhaushalt sollte ausgeglichen sein."

„Wenn er das nicht mehr ist, sagt mein Körper mir das. Wenn ich mich im Vorfeld einer Anstrengung mit Wasser zuschütte, kriege ich kein Podest mehr bestiegen. Außerdem muss ich dann nach einer Viertelstunde das erste Mal pinkeln."

Tina sah mir prüfend ins Gesucht. „Wenn du meinst. Du nimmst aber eine Flasche mit?"

„Klar. Wenn ich Durst bekomme, sollte ich auch Wasser zur Hand haben."

„Und zu essen?"

„Eher nicht. Ewig werden Tipps abgelassen, bei Anstrengung ununterbrochen Energieriegel in sich hineinzustopfen. Das halte ich für kontraproduktiv, denn bei mir meldet sich nach kurzer Zeit Seitenstechen und ich fühle mich wie eine Achtzigjährige. Ich bin gut genug genährt, um einige Stunden ohne Nahrungszufuhr zu überleben."

Auch diese Aussage quittierte Tina mit bedenkenschwangerem Schädelwiegen, akzeptierte sie aber. Meine Nachtutensilien ließ ich einfach liegen, denn ich betrachtete es als gewährleistet, dass nichts abhanden kommen würde. Tina passte mir einen Schutzhelm an und setzte sich ihren auf. Ich klemmte ihre Steigeisen unter meine Schuhe und schlang ihr Seil um meinen Bauch. Um ein Uhr marschierten wir los.

„Das hier", belehrte Tina mich nach einer Weile, „ist der Einstieg."

„Puuh, ganz schön heavy", quittierte ich die Bemerkung.

„Vom lieben Gott perfekt geschaffen, sage ich immer."

„Wie das?"

„Ab hier scheiden sich die Geister. Wer den Einstieg schafft, schafft auch die Fortsetzung."

„Soso." Ich nahm mir vor, vorsichtshalber mit meinem Atem hauszuhalten.

Wir standen auf einer kleinen Plattform. Ich kramte meine Systemkamera hervor und verfertigte einige Aufnahmen. „Das ist der Erste Couloir."

„Sehr schön."

„Wie fühlst du dich?"

„Bestens."

„Dann gehen wir ein Stück weiter." Ich zuckte mit den Achseln und folgte Tina.

Die zweite Aussichtsplattform hieß – kaum überraschend – Zweites Couloir. Wir kletterten weiter, bis wir zu einer wenig einladenden Stelle gelangten. Es nannte sich Eisloch, enthielt aber nur wenig des besagten Aggregatzustands. Ich erbat eine Pause, um einen Schluck zu trinken, denn inzwischen verspürte ich Durst. Tina nickte zufrieden, tat es mir nach und forderte mich auf, einen exponierten Felsen zu erklimmen, den aus gutem Grund die Bezeichnung Foto-turm ehrt.

Tina nutzte meine Bewunderung, um aus ihrem Erfahrungs-schatz zu erzählen. „Jedes abgelaufene Jahr wird uns wieder als das bisher wärmste seit Beginn der Messungen verkauft. Blödsinn. Weißt du, welches das bisher wärmste der vergangenen hundert Jahre war?"

„Na, das vergangene."

Tina lachte. „Du sitzst also auch unseren gelenkten Statis-tikern auf. Das Horu sagt etwas anderes, nämlich 2003. Da stieg die Schneegrenze auf 4.500 Meter und wir konnten im T-Shirt bis zum Gipfel vordringen. Sonst liegt ab dem Unteren Dach ein Eispanzer, der neben den Steigeisen auch Pickel und Seilschaft, vor allem aber eine dicke Jacke, Handschuhe und Mütze verlangt."

„Dann war das ein gutes Jahr."

„Überhaupt nicht. Der Berg ist nämlich kein monolithischer Block, sondern besteht aus einzelnen Felsen, die vom Eis zusammengehalten werden. Dieser Mörtel schmolz damals weg und am 15. Juli kam es zum schwersten Felssturz, seit Menschen das Mattertal bewohnen. Über 80 Bergsteiger mussten mit Hubschraubern aus den Wänden gerettet wer-den, weil ihre Pfade zurück in die Tiefe gestürzt waren."

„Das hätte ich nicht gedacht." Ich erinnerte mich an einen Begriff, den Tina verwendet hatte. „Du hast gerade ein Horu erwähnt. Was ist das?"

Die Befragte lachte laut heraus. „Entschuldige, ich wollte mich nicht über dich lustig machen. Horu sagen wir Walliser und auch die Berner für das Horn, das Matterhorn."

„Wie kommt man denn auf sowas?"

„Die Ursprünge kenne ich auch nicht, aber männliche Vor-namen enden bei uns häufig auf ‚u' und die erste Silbe wird verschluckt. So wird aus Martin Tinu und aus Theodor Doru. Und aus dem Matterhorn eben Horu."

„Das heißt, es handelt sich bei ihm um einen Mann?!"

„Gut erkannt. Komm', lass' uns weitergehen."

Während des weiteren Aufstiegs sinnierte ich über das Geschlecht natürlicher Landschaftsformen. Gewässer können weiblich und männlich und Berge männlich oder sächlich sein. Eine Ausnahme ist die Rigi in der Innerschweiz, aber da hege ich Bedenken. Der Ort an ihrem Fuß, der an den Vierwaldstättersee grenzt, heißt nämlich Vitznau am Rigi – wäre die Erhebung weiblich, müsste sich der Ort Vitznau an der Rigi nennen. Ich denke, das mit dem weiblichen Berg ist eine Nachkriegskoketterie. Egal, jetzt befand ich mich im Wallis und nicht in der Innerschweiz.

Über dem Steinschlagcouloir – benannt nach dem von Tina beschriebenen Ereignis – gaben Bohrlöcher besseren Halt. „Das ist aber nicht Messner-like", keuchte ich, „er erlaubt keinerlei Hilfsmittel in der Wand."

„Reinhold ist Südtiroler und kein Schweizer", tönte es trocken von oben zurück. „Spar' dir besser deine Puste."

Wir erreichten eine verfallene Schutzhütte, ohne dort zu verweilen. Nachdem wir das Faule Eck und das Gebiss passiert hatten, hielt Tina für einen Kurzvortrag inne. „Die beiden Moseleyplatten – wir stehen hier auf der unteren – verdanken ihre Namen einem tragischen Ereignis. Es war im August 1879, als ein Dr. William Moseley aus Boston zusammen mit seinem Freund W. E. Craven den Gipfel stürmte. Beim Abstieg fühlte er sich so sicher, dass er von seinem Führer verlangte, dass er ihn allein hinabklettern lassen solle. Dieser wollte das zunächst nicht zulassen, aber als der Amerikaner auf seinem Ansinnen beharrte, berief er seinen berühmten Kollegen Alois Lerjen, der sich mit einer anderen Seilschaft in der Nähe befand, zum Zeugen, dass das Lösen auf ausdrücklichen Wunsch des Gastes erfolge. Kaum war das geschehen, geriet Moseley ins Rutschen und stürzte die Ostwand hinunter. Das passierte auf der oberen Platte. Auf dieser hier schlug er auf." Tina strengte sich sichtlich an, dass ihr nicht die Tränen in die Augen traten. Nach einer Weile hatte sie sich von ihrem emotionalen Vortrag erholt und fuhr fort: „Gleich erreichen wir die Solvayhütte. Die ist einfachster Machart und nicht als Übernachtungsstation gedacht, sondern nur als kurzfristiger Schutz im Fall eines Wettersturzes."

Sie bietet auch keine Terrasse, sondern als ebene Fläche lediglich eine Felsnase vor der Tür, auf der wir stehend eine weitere Trinkpause einlegten. Dann trieb Tina mich weiter. Langsam näherte ich mich dem Ende meiner Kondition, und als wir den Unteren Roten Turm hinter uns hatten, schnaufte ich ganz schön. „Wollen wir nicht umkehren?" fragte ich hoffnungsvoll. Mir war bewusst geworden, dass ich längst auf Gedeih und Verderb auf sie angewiesen war, denn allein hätte ich nie und nimmer ohne direkte, aber tödliche Abkürzung hinuntergefunden.

„Nur noch ein paar Punkte, dann geleite ich dich zurück", lautete die tröstend gemeinte Antwort.

Plötzlich sah ich neben mir das untere Ende eines Fixseils. „Siehst du, du bist fast wieder in der Zivilisation", beschied Tina mir, und ich glaubte ihr das tatsächlich. Es ist für Ungeübte wie mich auch nötig, denn wir überwanden mit seiner Hilfe einige heikle Stellen, denen meine Geschicklichkeit nicht gewachsen gewesen wäre. „Es wurde bereits 1868, gerade mal drei Jahre nach der Erstbesteigung, angebracht", informierte Tina mich. „Da begann ein solcher Matterhorn-Boom, dass die Dörfler beschlossen, unterstützende Maßnahmen zu ergreifen."

Als das Seil zu Ende war, wurde auch der Weg weniger steil. „Noch über das Untere und Obere Dach, und wir dürfen ans Aufhören denken."

Endlich, dachte ich, bei dem Riesenmarsch hätte ich gleich eine Gipfelbesteigung buchen können. Tina reichte mir die Hand und zog mich auf eine verschneite, aber sanft gewellte Kuppe. „Wie nennt sich diese Stelle?" fragte ich arglos.

Tina grinste mich dreckig an, sofern diese Charakterisierung bei einer Frau zulässig ist. „Sieh dich mal um!"

Ich sah mich um. „Wo geht's denn 'lang?" wollte ich wissen, denn ich sah keinen Pfad, der weiter in die Höhe führte. Immer noch war ich arglos.

„Willst du weiterfliegen? Liebe Ethel, du bist auf dem Gipfel. Gratuliere!"

Ich reagierte wie ein Kind und presste erschrocken meine Hand vor den Mund. Eine ganze Weile wusste ich nichts zu sagen. Hatte dieses hinterhältige Weib mich doch bis zum oberen Ende der Hörnliroute bugsiert, ohne dass ich das gewünscht hatte, oder, um genauer zu sein, es mir vorgenommen zu haben. Nicht wider Willen, aber sozusagen aus Versehen. Neugierig sah ich mich genauer um. Das Matterhorn ist zwar ‚nur' der dritthöchste Berg der Schweiz, aber dem Bezwinger liegt gefühlt der Rest der Welt zu Füßen. Ich grub wieder meine Kamera hervor und versuchte, jede Einzelheit des Punkts, auf dem ich aller Voraussicht nach nur jetzt, in diesem Augenblick, stehen würde, festzuhalten. Ich wiederholte meine Panoramasicht ohne störendes Gerät vor meinem Gesicht, bevor ich sagte: „Schade, dass ich nicht rauche."

Über die Verblüffung in Tinas Miene amüsierte ich mich köstlich. „Wie kommst du denn darauf?" fragte sie fassungslos.

„Na, 'ne Zigarette als Krönung eines gelungenen Vorhabens hätte doch eine starke Symbolkraft. Vor allem, weil ich das Vorhaben gar nicht vorgehabt hatte."

Tina schnaufte erleichtert auf – offenbar war ich doch keine Masochistin. Sie sah auf ihr Smartphone. „Um halb Fünf, nach 3½ Stunden, waren wir oben. Eine sehr gute Zeit trotz Pausen und Fotostopps. Um Fünf sollten wir an den Abstieg denken, damit wir vor Einbruch der Dunkelheit in der Hörnlihütte sind und uns ein währschaftes Nachtessen 'reinhauen können."

„Ein was?"

„Ein deftiges Abendbrot. Schon Appetit? Dann los!"

„Noch einen Wimpernschlag, bitte. Den Anblick möchte ich eine Weile genießen und natürlich einen Haufen Erinnerungsfotos machen. Und du stehst im Mittelpunkt."

„Nein, du."

Um fünf Uhr brachen wir auf. Tina hatte mir erzählt, dass eine Nachfahrin der ersten Bergführer Peter Taugwalder Vater und Sohn, Karin, beinahe auf den Tag genau 150 Jahre nach der Erstbesteigung unter der Führung von Helmut Lerjen den Spuren ihrer Vorfahren gefolgt war. Sie war längst nach Hawaii ausgewandert, aber für diesen Zweck noch einmal in die Schweiz zurückgekehrt.

Während des problemlosen Abstiegs sprachen wir weniger als aufwärts. Ich dachte an jene Erstbesteigung, über die ich einiges gelesen hatte. Edward Whymper, der am 14. Juli 1865 als Sieger oben stand, war ein verantwortungsloser Geselle gewesen, der, um wirklich der Erste zu sein, kurz vor dem Ziel wohl das Seil durchgeschnitten hatte und allein den Endspurt angegangen war. Die Taugwalders hatten das bemerkt und das Seil geflickt, aber zu unzulänglich, als dass es vier Personen zu halten vermocht hätte. So stürzten Charles Hudson, Robert Hadow, Michel Croz und Francis Douglas in den Tod. Die Taugwalders, vor allem der Vater, machten sich bis an ihr Lebensende Vorwürfe, dass dieser grandiose Tag so tragisch endete, und gaben sich teilweise die Schuld daran.

Kurz nach Acht langten Tina und ich in der Hörnlihütte an, in der Kurt bereits das ‚währschafte Nachtessen' gerichtet hatte. „Ich sollte bei mir im Hotel anrufen, um dort zu melden, dass sie heute nicht auf mich warten sollen", bemerkte ich zwischen zwei Bissen.

„Längst erledigt", beschied mir der Wirt. Ich sah ihn fest an und äußerte in gespieltem Zorn: „Soso. Dann war das Ganze folglich ein Komplott von Tina und dir."

„Ich würde es Spiel nennen."

Mein Blick wanderte zu Tina hinüber, die genüsslich kaute. „Du warst heute zwei Mal oben. Zehrt das nicht an den Kräften?"

Sie nickte. Als sie den Mund leer hatte, erwiderte sie. „Dafür habe ich morgen frei."

„Dann fährst du wieder aufs Kleine und baggerst ahnungslose Touristinnen an?"

Sie lachte. „Nicht doch. Das mit dir war ein Zufall. Als du dich für unfähig erklärtest, das Horu zu bezwingen, und ich dich ansah und dachte ‚wenn es eine schafft, dann du', war mein Ehrgeiz geweckt."

Ich stimmte in das Lachen ein. „Weißt du, worüber ich froh bin?"

„Dass du's geschafft hast?!"

„Genau. Ich führe das darauf zurück, dass ich vorher sparsam gegessen habe. Jetzt, da alles vorbei ist, schmeckt's mir umso besser."

Obwohl Tina vor Müdigkeit beinahe die Augen zufielen, bestand sie darauf, mit mir noch einen Kübel zu trinken. Kübel ist ein großes Bier vom Fass und Stange ein kleines. Mit halbem Ohr lauschte ich den Unterhaltungen an den Nachbartischen. Eine Gesprächspause nutzte ich, um Tina mit der Behauptung zu konfrontieren, dass die Schweizer Armee einen unschätzbaren Vorteil auf ihrer Seite habe.

„Welchen?"

„Sie braucht nichts zu verschlüsseln."

„Äh …?"

„Im Zweiten Weltkrieg setzte die US-Army indigene Einwohner als Funker ein, die in einer Sprache miteinander kommunizierten, die nur noch 50 Personen auf der Erde beherrschten."

„Was hat das mit der Schweizer Armee zu tun?"

„Sie braucht nur Oberwalliser an die entsprechenden Stellen zu platzieren und die Inhalte der Meldungen bleiben geheim. Ihr sprecht zwar theoretisch deutsch, aber kein Mensch auf der Welt versteht euch."

Tinas Heiterkeitsanfall erregte die Aufmerksamkeit der anderen in der Bar. „Da ist 'was dran. Selbst innerhalb der Eidgenossenschaft ... Die Zürcher behaupten steif und fest, wir redeten kein Schwiizerdütsch, sondern irgendwas."

Wir glucksten in Seelenverwandtschaft vor uns hin. Ich streckte mich wohlig und fand zu unserem Ausflug zurück. „Ahnst du, was ich am besten bei unserem Ausflug fand?"

„Neben dem Gipfelerfolg?"

„Dass wir erst mittags los sind. Soweit mir bekannt ist, ist normalerweise um Vier Aufstehen, Frühstück, und dann geht's in stockfinsterer Nacht los, angeblich, um den Sonnenaufgang am Berg zu erleben. Abgesehen davon, wie vielen dieser Sonnenaufgang wirklich vergönnt ist, rennst du an schönen Tagen wohl in einem Riesenpulk mit. Wir waren allein, weil alle anderen Tagestouris schon wieder hier waren."

„Hat 'was, das stimmt. Neben der Tradition geschieht es allerdings häufig, dass sich mittags der Himmel zuzieht und du plötzlich im Nebel stehst. Wir hatten Glück. Ich hätte natürlich beim ersten Anzeichen eines Wetterumschwungs zum Rückzug geblasen."

„Das glaube ich dir. Ich denke, dass bei dir neben allem sportlichen Ehrgeiz die Verantwortung für deine Schützlinge an oberster Stelle steht."

„Natürlich." Tina wurde nachdenklich. Ich merkte, dass ihre Gedanken eine andere Richtung eingeschlagen hatten. „Weißt du, wie gut wir Frauen es heute haben?"

„Findest du?"

„Ich meine im Vergleich zu früher. 1867, nur zwei Jahre nach Edward Whympers Pioniertat, versuchte sich Félicité Carrel, die Tochter des Bergführers Josef Carrel, als erste Frau am Horu. Damals eine Tollkühnheit, denn sie ging ihre Aufgabe in einem Baumwollkleid mit Krinoline an, in der sich der Sturm verfing und sie fast vom Grat geweht hätte. Sie scheiterte deswegen, kam aber wenigstens nicht zu Tode."

Schlagartig erwachten meine Lebensgeister wieder. „Das wär' doch was?! Morgen erstehe ich im Dorf so ein Ding und nehme übermorgen einen neuen Anlauf. Und du wirst mich führen "

Ich schaffte es, Tina aufzuschrecken. „Das ist doch nicht dein Ernst?!"

Ich lachte. „Nicht wirklich. Aber ein bisschen Schaulaufen brächte uns sicher zahlreiches Publikum."

„Das denke ich auch."

Plötzlich brach sich ein Versäumnis in meinen Gehirnwindungen Bahn und veranlasste mich, Tina mit gesenkter Stimme zu fragen: „Wie sieht's eigentlich mit der Bezahlung aus? Was kriegst du von mir?"

„Nichts. Du hattest mich ja nicht gebucht."

„Das kommt gar nicht in die Tüte. Du lebst von den Führungen und ich bezahle dir den üblichen Satz, und wenn du dich auf den Kopf stellst."

„Gut, dann stelle ich mich auf den Kopf. Tüte heißt bei uns übrigens Säckli."

Wir einigten uns dann doch auf eine Summe und waren's zufrieden. Nach diesen zähen Verhandlungen merkten wir, dass wir uns kaum mehr auf den Beinen zu halten vermochten, in einem Fort gähnten und mehr als bettreif waren.

Für den Rest meines Aufenthalts in Zermatt trafen wir uns hin und wieder auf ein Bier; danach blieben wir für eine Weile über soziale Medien in Kontakt, aber im Lauf der Jahre schlief der irgendwann ein. Abschließend zu meinem Aufenthalt im Wallis sei erwähnt, dass ich doch keine Krinoline kaufte, obwohl in Zermatt schier alles erhältlich ist, was durchgeknallten Touristinnenschädeln in den Sinn kommt.

Mein GA nutzte ich, um an einem Tag Lausanne und Montreux einen Besuch abzustatten. Montreux schrieb einst Popgeschichte, einmal durch den Casinobrand am 4. Dezember 1971, als Frank Zappa sein Konzert abzubrechen gezwungen war und den Deep Purple mit seinem Titel ‚Smoke on the Water‘ verewigte, und durch das drei Meter hohe Bronzedenkmal Faruk Bulsaras alias Freddy Mercurys, der mit seiner Gruppe Queen deren letztes Album ‚Made in Heaven‘ in der Stadt am Genfersee einspielte.

An einem anderen nahm ich über Interlaken, Grindelwald und die Kleine Scheidegg das Jungfraujoch auf die Hörner. Es birgt den mit 3.454 Metern höchstgelegenen Bahnhof Europas und ist allein dadurch bereits eine Sehenswürdigkeit. Die krumme Zahl ist angelsächsischen Besuchern geschuldet, denn die Schwellenhöhe beträgt nach deren Maßeinheiten exakt 10.000 Fuß.

Die Ostschweiz mit Graubünden und dem Engadin gedachte ich mir für einen anderen Urlaub aufzusparen, um diesen nicht mit zu vielen Eindrücken zu überfrachten.

Dann waren die drei Wochen um und ich begab mich auf die Heimreise, um dem Ernst des Lebens erneut die Stirn zu bieten. Denn das Matterhorn versehentlich bestiegen zu haben ist eine Tat, die ich nur in Form einer Anekdote weitererzählen darf, will ich fürderhin ernst genommen werden.

8

Im Schweizer Bahnhof von Basel buchte ich die Fahrt durch Deutschland auf die erste Klasse um, weil ich die Annehmlichkeiten dieses Upgrades seit meinen Erfahrungen in der Schmalspurbahn schätzen gelernt hatte. Seit Hartmut Mehdorns Wüten den ICE mit dem TGV in Bezug auf Effizienz, das heißt auf Sardinenbüchsenambiente, konkurrenzfähig umgestaltet hat, fühlen sich in der zweiten Klasse ein Meter achtzig geradezu wie eine Missbildung an.

Neben der größeren Beinfreiheit bietet die Erste eine 2+1-Sitzanordnung in der Breite, sodass sich niemand neben mich würde wuchten können, sofern ich einen Platz an der Schmalseite fände. Dort! Eine Zweiergruppe hatte nur eine nicht allzu große Frau belegt, die offenbar seit Zürich dort saß. „Ist hier frei?" fragte ich höflich, obwohl ich zu einer verneinenden Antwort keinen Anlass sah.

„Ja, gern." Die Dame schien sichtlich froh, dass sie sich für die nächsten Stunden einer Geschlechtsgenossin gegenübersehen würde. Ich musterte sie aus den Augenwinkeln. Nadelstreifenkostüm, das zwar im Sitzen die Knie freiließ, aber außer diesem Zugeständnis an die Bequemlichkeit hochgeschlossen und abweisend wirkte. Sie selbst war eher zierlich und unauffällig, um nicht zu sagen unscheinbar. Ich mochte mir durchaus vorstellen, dass sie entschieden aufzutreten verstand, wenn es um ihre Interessen ging. Ich war gespannt, ob sie einer Unterhaltung mit einer Touristin, als die ich klar erkennbar war, aufgeschlossen gegenüber stünde. Ein guter Ansatzpunkt war das Buch, das sie gerade aufgeschlagen in der Hand hielt, in dessen Lesegenuss ich sie jedoch gestört hatte. „Ungewöhnlich, dass eine Geschäftsfrau nicht auf ihrem Smartphone herumnavigiert, damit die Reisezeit nicht ungenutzt bleibt."

Zu meiner Überraschung ließ die Frau das Buch sinken und lächelte mich an. „Sie werden es nicht glauben, aber meine Geschäfte sind für heute beendet und ich gedenke mich nicht auch noch in meiner Freizeit damit herumzuschlagen."

„Entschuldigen Sie meine aufdringliche Neugier. Ihr Kostüm …“

„Ich hatte auch keine Lust, mich nach der Verhandlung auf der Toilette umzuziehen. Ich gebe Ihnen aber Recht, dass es einen unbeteiligten Beobachter zu falschen Schlüssen hinreißen könnte.“

Der ICE rollte los und bog in die weite Linkskurve ein, die das Gleis in Richtung Rheinbrücke zwingt. In wenigen Minuten würden wir in den Badischen Bahnhof einlaufen, der eine deutsche Enklave auf Schweizer Boden bildet. Unmittelbar danach folgt die Grenze, ab der Deutschland erreicht ist. Die nächste Station wäre dann Freiburg im Breisgau. „Sie sind Hamburgerin?“ Ich hatte den leicht herausklingenden s-pitzen S-tein diagnostiziert.

„Und Sie Rheinländerin?“

„Ich bilde mir immer ein, das wäre nicht herauszuhören.“

„Die Klangfarbe ist unverkennbar. Wie mein Küstenslang allerdings auch.“ Die Frau packte das Buch in ihre Handtasche, denn ihr schien die Aussicht auf ein Gespräch verlockender zu sein, als dass ihre Nase von trockenem Papier zum Niesen gereizt würde. Ich erhaschte einen Blick auf den Umschlag und erkannte Peter Straubs ‚Geisterstunde‘. „Mich wundert, dass Sie in diesem Zug sitzen“, fuhr sie fort, „denn Sie wollen sicher weiter nach Köln.“

„Nach Bonn, um genau zu sein. Sie haben es erkannt: Ich muss in Mannheim umsteigen. Ursache sind die Geheimnisse des DB-Tarifdschungels. Eine direkte Verbindung nach Bonn/Siegburg eine Stunde früher hätte mich fast das Doppelte gekostet.“

„Die sind begehrter und deshalb teurer. Nennt sich Marktpreise, obwohl es sich mitnichten um solche, sondern um diktierte handelt.“

„Sie sind Marktwirtschaftlerin?“

„Als Geschäftsfrau zwangsläufig. Was, schätzen Sie, ist meine Profession?“

Ich dachte nach. Irgendwie sah nicht aus, als ‚mache' sie in Kosmetik. „Mode?"

„Kalt."

„Ich meine selbstredend Entwürfe und Schnittmuster, keine Näharbeiten."

„Schmeichelhaft, aber trotzdem kalt."

„Architektur?"

„Nicht direkt, aber wärmer."

„Das heißt, irgendwas Technisches?!"

„Fast dran."

„Da ich eher nicht glaube, dass Sie mit Schraubstock und Hobel hantieren, denke ich, dass es mit Informatik zu tun hat. Da spricht man ja auch von Architektur."

„Richtig. Ich bin Gräuben Bischoff, die eine Hälfte der Hamburger Softwarebude Goldie GmbH …"

„Sie werden es nicht glauben, aber die kenne ich."

„Das überrascht mich. Darf ich fragen …?"

„Wir sind Kunde von Ihnen. Ich habe auch schon Ihren Namen gehört, aber bisher nicht direkt mit Ihnen zu tun bekommen. Ich bin Ethel Buchheister."

„Ich glaube, den kenne ich auch. Sie arbeiten mit unserem Entwickler Hester Scholz zusammen?"

„Genau. Ganz unwichtig scheinen wir als Kunden wohl nicht zu sein, wenn die Chefin … Sie sind doch die Chefin?"

„Ko-Chefin. Die zweite ist Gerlinde. Ursprünglich waren wir zu viert und hatten Blanche und Rosalinde mit im Boot, aber die Dritte kam uns per Heirat abhanden und der Vierten gefiel es in Deutschland nicht mehr und sie wanderte nach San Francisco aus."

Soso, auch ihr vornehmen Hanseaten duzt euch gegebenenfalls, durchfuhr es meine Gehirnzellen. Auf neutrale Betonung bedacht erwiderte ich: „Das kann ich sogar verstehen. Wie kamen Sie auf die Idee zu Ihrer Firma, falls das keine zu indiskrete Frage ist?"

72

„Warum sollte sie das sein? Wir waren Informatikstudentinnen, Studentinnen unter lauter Männern, die zu einer Arbeitsgemeinschaft zusammengefunden hatten. Wir schlossen mit Bombennoten ab und fanden es erprobenswert, weiterhin zusammenzuarbeiten." Der ICE glitt aus dem Badischen Bahnhof. Abrupt wechselte Frau Bischoff das Thema. „Hier ist mir mal 'was Merkwürdiges passiert."

„Sie machen mich neugierig."

„Die Situation war fast die gleiche wie vorhin im Schweizer Bahnhof. Der Platz mir vis-à-vis war frei und eine Frau fragte, ob sie sich zu mir setzen dürfe. Kaum hatte sie Platz genommen, packte sie ein Buch aus und begann zu lesen, das heißt, sie wollte es, sah dann aber das, das ich in der Hand hielt, und fragte höflich, ob wir das gleiche läsen. Kurz und gut, es war so."

„Meine weitere indiskrete Frage werden Sie sich denken können?!"

„,Laura oder die Reise in den Kristall' von George Sand, also beileibe kein Bestseller. Dieser Zufall machte uns zu Freundinnen. Sie war von hier, wohnte aber in Hamburg, weil ihr Vater zur Marine gegangen war."

„Eine Alemannin in der Hansestadt. Da hatten zwei Antipoden zusammengefunden."

„Sie kam und kommt gut zurecht wie ihr Vater auch. Ihre Mutter allerdings war im kühlen Norden zugrunde gegangen wie eine Primel ohne Wasser."

„Das tut mir leid."

„Ist schon eine Weile her." Frau Bischoff wies mit dem Finger schräg hinter sich, weil sie in Fahrtrichtung saß. „Sie stammt aus einem Dorf irgendwo hinter Waldshut."

Waldshut! Schlagartig wurde mir bewusst, wie nah ich im Augenblick Jerôme und seiner Familie war. Ich zwang mich zum Zuhören, denn mein Gegenüber hatte den Faden seiner Firmengeschichte wieder aufgenommen. „Wir gründeten die Goldie GmbH und mussten uns zu Beginn ganz schön abstrampeln, um Aufträge zu ergattern. Was glauben Sie, mit wem wir die größten Schwierigkeiten hatten?"

„Mir den Herren der Schöpfung, die Tussies keine technischen Fähigkeiten zutrauen?"

„Das kam bei älteren Auftraggebern vor, aber die wurden immer mehr durch junge ersetzt. Nein, bei den Zicken, Chefinnen genannt. Die witterten Konkurrenz und versuchten, unsere Anwesenheit geheim zu halten." Eine Art Grinsen zuckte über Frau Bischoffs Gesicht. Sie beugte sich vor und senkte für das folgende Geständnis ihre Stimme. „Zu Beginn gaben wir uns offen verführerisch. Rosalinde schwebte in einem roten, Blanche in einem blauen, Gerlinde in einem gelben und ich in einem grünen Kleidchen, die nahezu jeden Quadratzentimeter unserer Beine der Besichtigung preisgaben, durch die Gänge."

Ich lachte. „Wie hat Ihre Firma da Bestand haben können? Ich meine, Sie müssten doch alle Vier beim ersten Auftrag von bestverdienenden Managern weggeheiratet worden sein?!"

Frau Bischoff lehnte sich zurück. „Überhaupt nicht. Zu Anfang hatten wir keine Angestellten und entwickelten jede bestellte Software selbst. Das vertrieb die Männer, die erst sabberten und dann erschraken. Gockel mögen keine Frauen, die ihnen technisch etwas vormachen."

„Darf ich daraus schließen, dass Sie bis heute …" „… Single bin, richtig. Lediglich Blanche hat es geschafft, einen weniger Eingebildeten zu angeln. Ob sie nun glücklicher ist, sei dahingestellt."

„Haben Sie nie …" Erschrocken hielt ich mir die Hand vor den Mund, denn ich war drauf und dran, eine Unverschämtheit auszusprechen. Zu meiner Überraschung fiel die Reaktion moderat aus. „Doch, doch. Aber ich musste mir so viel Mühe geben, nicht als Klugscheißerin aufzutreten, dass ich keinen richtigen Spaß empfand. Wenn die Kerls dann spitzkriegten, dass ich eine Frau Doktor bin, lösten sie sich von sich aus in Luft auf."

Unwillkürlich fragte ich mich, ob ich Jerôme deshalb gefiel, weil er mich als Servierdüse kennengelernt und ich gesellschaftlich weit unter ihm gestanden hatte. Ich hatte mich inzwischen weiterentwickelt, aber das hatte ich in unserer einen Nacht im Jahr nie thematisiert. Plötzlich sinnierte ich, was eigentlich seine Profession wäre. Immerhin hatte auch er sich trotz Geologiestudium als Statist in einem mittelmäßigen Historienschinken hergegeben. Das roch nicht gerade nach einem super-verantwortungsvollen Job. Sollte ich ihn das nächste Mal diesbezüglich aushorchen?

Frau Bischoff unterbrach das eingetretene Schweigen mit einem Seufzer. „Zu Anfang war es eigentlich schöner. Wir haben jetzt etwas über hundert Angestellte, einer davon Ihr Kontaktmann Scholz, und wir – das heißt Gerlinde und ich – sehen keinen Sourcecode mehr. Ich frage mich, ob ich überhaupt noch programmieren könnte."

„Kaffee, die Damen?" unterbrach uns ein Kellner aus dem Bistro, der ein Tablett durch den Gang balancierte.

„Gern."

„Der Preis bei dieser Qualität ist eigentlich Straßenraub", nörgelte ich, als ich die Tasse ansetzte, deren Inhalt das Attribut heiß nicht verdiente.

„Wenn, dann Eisenbahnraub. Aber wissen Sie was? Oder anders herum: Waren Sie schon einmal in Zürich?"

„Nein. Vielleicht beim nächsten Schweizurlaub …"

„Es ist nicht so, dass es dort keine anständigen Lokale gäbe. Der Zeughauskeller am Paradeplatz ist auch nicht billig, aber du kriegst richtig 'was zu essen. Dagegen sind die, die sich zwischen den Bahnhöfen Hardbrücke und Wipkingen unter den umgenutzten Viaduktbögen der Gleise nach Oerlikon breitgemacht haben, ein Musterbeispiel an Abzocke. Dort zahlst du für einen Teller mit Roastbeef und Salat 40 Franken, wobei du durch die vier Fleischscheibchen Zeitung lesen könntest und die vier Salatblättchen vom Wind weggeblasen werden. Für ein kleines Mineralwasser bist du dann nochmal zehn Stutz los."

„Und wieso lassen die Kunden sich das gefallen?"

„Weil es zum Geschäftsmodell passt. Weißt du …, äh, wissen Sie, die Schweizer zelebrieren ein Mittagsessen wie die Franzosen. Es dauert locker zwei Stunden und Geschäftspartner sind nach ungeschriebenem Gesetz verpflichtet, daran teilzunehmen. Nun sollten Kanarienvögel wie ich figürlicherseits tunlichst nichts essen. Du …, äh …"

„Ich heiße Ethel und fühle mich geschmeichelt, von einer hochkarätigen und welterfahrenen Geschäftsfrau wie dir mit so viel Vertrauen bedacht zu werden. Gräuben, wenn ich mich recht erinnere?!"

Gräuben sah mich dankbar an. „Beschäm' mich bitte nicht. Und du erinnerst dich richtig. Normalerweise bin ich nicht so schnell mit dem Du, aber ich meine, zwischen uns eine Geistesverwandtschaft entdeckt zu haben."

Als ich kurz vor Mannheim meine Sachen an mich nahm, hatte ich Gräuben meine Adresse und Handynummer angedient und sie mir wie in der guten alten Zeit ihre Visitenkarte überreicht. Außerdem hatten wir ein Komplott ausgeheckt, dass ich bei der nächsten Konferenz zwischen ihrer Firma und meinem Arbeitgeber anwesend zu sein hätte.

Gräuben schien magische Kräfte in sich zu bündeln, denn ungefähr vier Wochen nach unserer Begegnung im ICE von Zürich nach Hamburg beschied mich mein Bereichsleiter zu sich und eröffnete mir, dass in der kommenden Woche eine Konferenz mit der Goldie GmbH betreffend der Erweiterung unserer Lagersoftware anstünde und ich mit nach Hamburg reisen solle. „Und, stellen Sie sich vor, Frau Buchheister, eine der beiden Firmenleiterinnen und -eigentümerinnen gibt sich die Ehre, unserer Sitzung beizuwohnen." Er brauchte mir nicht zu verraten, welche der beiden uns diese Ehre geben würde.

Mich über die Sitzung ausführlich auszulassen wäre arg langweilig. Es ging um effizientere Lagerbewirtschaftung, für die eine Art permanente Inventur einzuführen von Vorteil wäre. Der hätten sich alle Filialen anzuschließen, denn immer wieder geschah es, dass Waren als vorrätig registriert waren. für die das nicht zutraf. Gräuben hatte angeblich darauf bestanden, dass bei den Verhandlungen ein ‚Mann von der Front' präsent sein sollte und durchblicken lassen, dass dieser ‚Mann' idealerweise eine Frau sein solle. Während der Sitzung verhielten wir uns neutral und vermieden es, uns direkt anzusprechen, denn es wäre uns albern vorgekommen, uns mit Sie zu titulieren, während wir uns in Wirklichkeit duzten.

Wie bei Zusammenkünften mit den Goldies zu erwarten gewesen war, erreichten wir ein für beide Seiten zufriedenstellendes Ergebnis und trennten uns im besten Einvernehmen. Der hinzugezogene Programmierer, wie üblich Herr Scholz, versprach, sich unverzüglich in die Arbeit zu stürzen.

Ich hatte mir einen freien Folgetag ausbedungen und fragte die Chefin, was in der Stadt sie als sehenswert empfehlen könnte. „Wie wär's mit meinem Büro?" raunte sie mir zu. „Dort entwerfen wir einen Einsatzplan."

Gräubens Büro war beeindruckend. Die Goldie GmbH hatte sich in einem Hochhaus eingemietet, dessen obere Stockwerke einen herrlichen Blick über die Hafenanlegen gewährten. Das Büro lag in dem obersten Stockwerk. „Boah", stieß ich in wenig gepflegter Ausdrucksweise hervor.

„Wir haben uns mit wachsendem Gewinn allmählich hochgearbeitet", sagte Gräuben. „Zu Anfang hatten wir unser Domizil in meinem Elternhaus in Blankenese eingerichtet."

„Elternhaus? Nicht eher Villa? Blankenese ist, soweit mir bekannt ist, ein recht nobles Viertel."

„Ist es. Weil diese Villa aber nicht auf meiner eigenen Leistung, sondern auf der meiner Vorfahren beruht, hänge ich das nicht an die große Glocke. Das hier ..." diese Worte begleitete eine ausschweifende Handbewegung „... ist dagegen von uns Erwirtschaftetes. Mein Kompagnon Gerlinde residiert ähnlich. Ich werde sie dir nachher vorstellen."

Die ‚Residenz' war weder ungebührlich dimensioniert noch übermäßig prunkvoll. Ich wusste aber, dass die kühlen Metallmöbel, die sie dominierten, aus Schweizer Produktion stammten und atemberaubend teuer waren. Gräuben komplimentierte mich an einen Konferenztisch und startete in der Küchenecke die Kaffeemaschine. „Du hältst dir keinen Gigolo, der das für dich erledigt?" fragte ich ein wenig provozierend. Ich erschrak wieder einmal vor mir selbst, aber Gräuben nahm die Spitze als das, als das sie gedacht war, als Scherz. „Könnte ich, aber als Hanseatin bin ich zu demokratisch erzogen, als dass ich das für gut befände. Ich werde aber ...", mit diesen Worten trat sie an ihren Schreibtisch und betätigte einen Knopf „... etwas Gebäck 'ranschaffen lassen, denn das würde zu viel Zeit kosten und meine Verdienste als Gastgeberin schmälern." Sie sah mich an. „Zufrieden, meine Liebe?"

Meine Liebe. So redete mich auch Jerôme häufig an. Ich errötete. Gräuben deutete das fehl und sagte entschuldigend: „Habe ich dich getroffen? Tut mir leid, ich pflege manchmal einen Humor, den andere als verletzend empfinden."

Ich winkte hastig ab. „Nein, nein, ich hatte nur gerade an etwas anderes gedacht. Ich sehe mich nämlich gezwungen, mir als Rheinländerin dasselbe Verhalten zuzugestehen." Ich schnüffelte hörbar. „Sag' mal, was ist das denn für ein Kaffee? Der duftet ja richtig. Das kriegt Tchibo nicht hin."

„Ich beziehe ihn von einem Mittelsmann direkt aus Tansania. Der tansanische Kaffee ist der beste der Welt. Probier' ihn!"

Gräubens Lobpreisung hatte nicht übertrieben. Mein Gaumen übermittelte mir eine schiere Geschmacksexplosion und das tat ich auch Kund. „Wenn ich da an das Gebräu im ICE denke ..."

„Danke." Gräuben errötete in sichtlichem Stolz. Nachdem ein – männlicher – dienstbarer Geist das angeforderte Gebäck mit geisterhafter Schweigsamkeit auf einem silbernen

Tablett vor uns abgestellt hatte, begann der inoffizielle, das heißt gemütliche Teil unserer Konferenz. Ganz ohne dienstliche Fragen lief er indes nicht ab. „Weißt du, was mich wundert, Gräuben?"

„Was?"

„Das mit Herrn Scholz, eurem Programmierer. Ich dachte, solche Leute gäbe es nicht mehr, nachdem die KI – die künstliche Intelligenz – solche Arbeiten erledigt."

Gräuben prustete laut heraus: „Soso, du glaubst diesen Blödsinn mithin auch." Sie fing sich sofort wieder und wechselte in eine ruhigere Tonlage. „Jetzt entschuldige ich mich ernsthaft. Gewisse Geheimnisse unserer Branche kannst du nicht wissen und sie – die Branche, meine ich – gibt sich alle Mühe, sie zu vertuschen."

„Jetzt hast du mich neugierig gemacht."

„Bevor ich weitere Erläuterungen abgebe, als Erstes meine felsenfeste Überzeugung: KI existiert nicht."

„Aber alle Welt ..." „... spricht davon oder von AI für Artificial Intelligence, was dasselbe in Englisch bedeutet. Missversteh' mich nicht, denn ich relativiere nicht die ungeheure Rechenleistung eines heutigen Prozessors oder den mikrosekundenschnellen Zugriff auf alle Daten, die im Netz verfügbar sind, das heißt auf das gesamte Wissen der Menschheit. Das hat aber nichts mit Intelligenz zu tun, wie ich sie verstehe, nämlich mit schöpferischer oder kreativer."

„Was ist der Unterschied? KI wie ChatGPT schreibt von allein ganze Romane oder Gedichte."

Gräuben lächelte. „Zunächst einmal ist ChatGPT ein von Menschen geschriebenes Chatpot von OpenAI. Das bedeutet, dass jeder bei der Programmierung mitwirken und jeder das Tool kostenlos nutzen darf, du also ins Internet einsteigen und dir einen Roman schreiben lassen darfst, wenn dir danach ist."

„Was hast du dagegen einzuwenden?"

„Dass auf diese Weise nichts Neues entsteht, sondern lediglich eine Wörter- und Satzfolge aus Millionen und Milliarden vorhandener Texte zusammengestückelt wird. Das erkennt natürlich keiner auf Anhieb, denn keiner ist so belesen, dass er sämtliche Bücher im Kopf hat, die je erschienen sind – in allen Sprachen wohlgemerkt."

Ich griff mir einen Keks und setzte die Tasse an, um die Krümel hinunterzuspülen. In Wirklichkeit suchte ich in meinen Gehirnwindungen nach Gegenargumenten im Wissen, dass Gräuben und mitnichten ich die Fachfrau war. Schließlich brachte ich hervor: „Angeblich kann ich mit ChatGPT Gespräche führen, als spräche ich mit einem Menschen."

Gräubens Lächeln vertiefte sich. „Es gibt ganz schön viele Gespräche mit echten Menschen, die auch nichts weiter sind als die Wiedergabe von Klischees und Vorurteilen."

„Aber diese Alexa …"

„Hast du etwa eine?"

„Nein, aber hin und wieder bin ich bei Leuten zu Besuch, die sie besitzen und mir stolz ihre Fähigkeiten vorführen. Frappant, muss ich sagen."

„Und ein geduldeter digitaler Spion im eigenen Haushalt. Doch das nur nebenbei. Ich habe hin und wieder eine getestet und schaffte es ohne weiteres, sie – im Klartext, die sich hinter ihr verbergende Software – zum Absturz zu bringen. Du musst sie nur mit widersprüchlichen Befehlen eindecken."

„Wie wirkt sich so ein Absturz, wie du es nennst, aus?"

Gräubens Lächeln mutierte zu einem nicht mehr wegzudiskutierenden Grinsen. „Überhaupt nicht."

„Du verstehst, dass ich gar nichts verstehe."

„Ganz einfach. Sofern nicht die Basissoftware, auch Betriebssystem genannt, betroffen ist, reagiert jedes Programm oder jede Applikation, wenn dir dieser Ausdruck lieber ist, auf sogenannte On-Conditions. Die simpelste ist On Error, wohin die Befehlsfolge springt, wenn ein nicht detailliert behandelter Fehler auftritt, denn für alle voraussehbaren Eingabefehler – wozu auch solche von gesprochenen Eingaben zählen – lassen sich wunderschöne und vermeintlich schlüssige Reaktionen schreiben. Kommt nun On Error zum Tragen, springt meine Applikation zu dieser Stelle. Anhand eines gesetzten oder nicht-gesetzten Schalters oder sonst eines abprüfbaren Zustands erkennt sie, ob Alexa gerade eingeschaltet wurde oder bereits eingeschaltet war. Im ersten Fall sagt sie ,ich erwarte deine Befehle' und im zweiten ,ich habe deinen Befehl nicht verstanden. Würdest du ihn bitte wiederholen?'."

Ich war bis an die Stuhlkante vorgerückt und mein Blick wäre vermutlich mit ,anhimmeln' korrekt beschrieben, säße ein Mann vor mir. Nach mehreren Minuten der Atemlosigkeit brach es aus mir hervor: „Du hast Alexa entworfen, gib's zu."

Zum ersten Mal vernahm ich Gräubens glockenhelle Lache, wenn ihre Gemütslage zwischen amüsiert und gebauchpinselt hin und her irrlichtert. „Nein, leider nicht, obwohl das ein verdammt lukrativer Auftrag gewesen wäre", sagte sie, nachdem sie sich einigermaßen beruhigt hatte. „Ich weiß deswegen auch nicht ganz exakt, ob meine Beschreibung stimmt. Ich hätte es einfach so gemacht, hätte ich vor dieser Aufgabe gestanden. Wie ich vorhin ausführte, geschieht diese Abfolge so blitzschnell, dass du als Mensch die zeitliche Lücke nicht wahrnimmst und dir selber die Schuld gibst, genuschelt zu haben. Genial, nicht?"

„Und wie kriegst du einen Absturz hin?"

„Wie gesagt durch widersprüchliche Befehle. Wenn du von ihr zum Beispiel verlangst, gleichzeitig einen bestimmten Musiktitel zu spielen, den es nicht gibt, und ihn gleichzeitig zu löschen. Dann ist ihr ,ich habe dich nicht verstanden' doch eine plausible Aussage."

„Ist das ein Absturz oder interpretierst du einen hinein?" Ich meinte verstanden zu haben, was ein Informatiker meint, wenn er von Absturz spricht. Der in einer Kneipe nach 50 Kölsch spielt in einer anderen Liga.

Gräuben sah mich prüfend an. „Wie ich sehe, bist du immer noch skeptisch. Ich fange an einer anderen Ecke an. Du musst doch sicher hin und wieder beim Einloggen einem Chaptcha bestätigen, dass du ein Mensch und kein Roboter bist?!"

„Wem passiert das nicht?"

„Eben. Dazu musst du einen Test absolvieren, um das zu beweisen. Wie sieht so ein Test aus?"

„Entweder bekomme ich ein Quadrat aus neun Fotos vorgesetzt, in dem ich die bestimmen soll, in denen irgendein Motiv abgebildet ist, oder ich muss einen wild ineinander verwobenen Zeichensalat aus Majuskeln, Minuskeln und Ziffern entschlüsseln und eigenhändig eintippen."

„Wunderbar. Ist das nicht der Beweis?"

„Ich verstehe nicht ..."

„Bei den Bildern entsinne ich mich an Leitern oder Bagger, und zwar aus jedem Winkel oder nur teilweise sichtbar. Ich gebe an, dass auf Foto 1, 4, 5 und 9 eine Leiter zu sehen ist, und werde freigeschaltet, wenn die Antwort korrekt ist. Verstehst du nun, worauf ich hinaus will? Die sogenannte künstliche Intelligenz kann nur auf Eindrücke reagieren, die ihr vorgegeben sind. Trifft sie auf eine nicht vorhersehbare Situation, versagt sie. Für die Folge der Zeichen gilt dasselbe. Ineinander verwobene, auch als Ligaturen bezeichnete sind für einen Roboter nicht auflösbar, außer es handelt sich um als Makro hinterlegte."

„Wie meinst du das?"

„Nimm als Beispiel Marlen Haushofers Roman ‚Die Wand'. Der Titel ist auf dem Cover in Majuskeln, in Großbuchstaben, ausgeführt. Nun stehen bei einfachem Erfassen das W und das A optisch unschön weit auseinander, weil ein Textsystem erst ein Zeichen abschließen muss, bevor er das nächste aufruft. Um die hässliche Lücke zu schließen, muss sich ein Programmierer 'ransetzen und ein Makro basteln, das aus den beiden Buchstaben einen macht. Bleibe ich auf derselben Plattform, erkennt sie in Zukunft dieses Makro. Jedes andere scheitert daran."

Mir kam eine Erleuchtung. „Wenn die aufgabenstellende Software und die -lösende identisch sind, kann sie jedes Rätsel entwirren. Wenn also der Roboter, der sich einloggen will, den kennt, der es präsentiert, weiß der die Lösung auch."

„Das ist natürlich richtig, allerdings im Augenblick extrem unwahrscheinlich." Gräuben seufzte. „Wenn es eines Tages soweit sein sollte, dass es weltweit nur einen alleskönnenden Prozessor gibt, wandele ich hoffentlich nicht mehr auf ihr, denn dann würde Orwells ‚Großer Bruder' endgültig die Menschheit beherrschen. Es ist ja jetzt schon schlimm genug." Mit einer entschlossenen Geste leerte sie ihre Tasse und erhob sich, um der dafür geschaffenen Maschine eine neue abzuringen. „Möchtest du auch noch eine?"

Für den nächsten Tag wies Gräubens Terminkalender eine weiße Fläche auf. „Einen in der Woche halte ich mir frei. Normalerweise räume ich dann auf, ordne meine zukünftigen Projekte oder mache einfach blau. Das werde ich auch morgen, denn wir unternehmen zusammen eine schöne und ausgedehnte Hafenrundfahrt, wenn's dir Recht ist." Das war mir sehr Recht. „Und auf den Michel jage ich dich auch."

9

Das erste Septemberwochenende nahte und ich wurde wieder kribbelig. Unser ‚Jahr in einem Tag' wiederholte sich nunmehr zum dritten Mal. Marions und Jerômes Kinder Felicitas und Hendrik zählten nunmehr elf und acht Lenze und wir Erwachsenen litten bisher nicht unter dem bedrohlichen Schicksal, unaufhaltsam älter zu werden.

Unser Dîner nahmen wir wieder in unserem Stammlokal ein und ich hatte das Gefühl, dass die Kellner uns wiedererkannten, obwohl wir nur jeden 366. Abend hier auftauchten. Wir wurden jedenfalls ausnehmend zuvorkommend bedient.

Ich besann mich, eine beim letzten Mal übergangene Frage nachzuholen. „Du sprachst von deiner künstlerischen Ader. Ich hatte nicht nachgehakt, weil wir beim Thema neptunische und plutonische Kräfte waren und ich es nicht abrupt wechseln wollte. Später habe ich vergessen, dich das zu fragen, was ich dich jetzt frage: Worin besteht deine künstlerische Ader? Offenbar hast du sie zu deinem Beruf erkoren?!"

Jerôme räusperte sich. Ich hatte keinen heiklen Punkt angesprochen, denn sein Gesicht glühte förmlich vor Stolz. Nach einer übermäßig ausgedehnten Kunstpause gab er schließlich preis: „Ich bin Bühnenbildner."

„Boah. Da hört sich ja richtig gut an."

Jerômes Gesicht erglühte stärker. „Weißt du, ich war in unserem gemeinsamen Schinken über den Hof Ludwig XIV. nicht zufällig Statist. Ich kannte Peter von früher und hatte ihm ab und zu Kulissen vorgeschlagen und einige davon auch eigenhändig verwirklichen dürfen."

„Was hast du denn studiert – über deinem Nebenfach Geologie, meine ich?"

„Kunst und Gestaltung an der Universität Freiburg im Breisgau."

Ich gab mir keine Mühe, mein Bedauern zu unterdrücken. „Schade, dass du nicht in Bonn studiert hast. Dann wärst du über kurz oder lang in der Kneipe aufgekreuzt, in der ich gekellnert habe, und wir hätten uns viel früher kennengelernt."

„Ist das eine für Kunsthistoriker und angehende Designer?"

„So ziemlich. Dort bin ich Peter über den Weg gelaufen und er war erstaunt, dass ich einigermaßen über die Branche Bescheid wusste, obwohl ich als Einzelhandelskauffrau eher als Minderbemittelte gelte."

„Du hattest damals schon ausgelernt? Wieso bist du dann kellnern gegangen?"

„Weißt du, wie beschissen man in der Branche verdient? Selbst jetzt, da ich zur Disponentin mit weitreichenden Kompetenzen aufgestiegen bin, schwimme ich beileibe nicht im Geld. Nicht umsonst trägt das mittlere Management bis in die höchsten Ränge den Titel Disponent und nicht Abteilungsleiter, weil der laut Stellenbeschreibung viel besser bezahlt werden müsste. Der Disponent entzieht sich auf wunderbare Weise jeder Einstufung. Außerdem ..." Ich legte eine Kunstpause ein, um die Wirkung meiner Worte zu verstärken: „... hatte ich den Drang, mich mit ein wenig Geist zu umgeben. Der Einzelhandel geht da nicht allzu sehr in die Tiefe."

Jerôme lachte. „Sag' bloß, Peter hatte sich in dein Etablissement verirrt?!"

„Genau das."

„Und da bist du ihm aufgefallen?"

„Er gab mir einen Klaps hintendrauf und ich erklärte ihm, dass er dafür ein sattes Trinkgeld abzulassen hätte, oder er bekäme eine saftige Backpfeife von mir. Das hat ihm anscheinend imponiert, denn er fragte mich sofort, ob ich auch mit einer Filmdivarolle zufrieden wäre." Ganz stimmte die Geschichte nicht, aber ich fand, dass sie wenigstens glaubwürdig klang.

„Das zog natürlich?!"

„Natürlich. Zu Anfang war ich enttäuscht, weil es sich nur um eine Statistenrolle handelte, aber als ich das Drehbuch durchlas, fiel mir auf, dass sie umso gewichtiger wurde, je näher es gegen Schluss ging. Und dann die spektakuläre Hinrichtung …"

„Stimmt, du konntest dich nicht beklagen. Ich fickte einige Kurtisanen und das war's dann vor der Kamera."

„Hast du eigentlich auch die anderen …?"

„Nein, das habe ich mich nur bei dir getraut."

„Anscheinend sehe ich geil aus, aber anscheinend auch nur für dich. Was soll's. Gut, dass Peter unser Fisternöll-chen nicht bemerkt hat, sonst hätte er uns 'rausgeschnitten und zumindest mich wohl auch 'rausgeworfen."

Jerômes Grinsen glitt ins Dreckige ab. „Dass du dir da nur nichts einbildest. Peter liebt realistische Szenen und eine realistischere als unsere ist kaum denkbar."

Ich errötete nachträglich. „So einer ist das, ein Spanner!"

„Mach' dir nichts draus; wir waren nicht die einzigen."

„Das Gefühl hatte ich irgendwie auch. Aber zurück zum Ge-schäft. Du arbeitest für Peter?"

„Früher selten und seit damals überhaupt nicht mehr. Sein Stern ist auch im Sinken. Ich bin selbstständig und die fran-zösische Agentur, dank der ich immer einmal wieder unauf-fällig hier aufkreuzen kann, vermittelt mich. Mein neuestes Mandat ist das Zürcher Schauspielhaus."

„Züricher?"

„Nein, es heißt wirklich Zürcher. Auch die Einwohner nen-nen sich so. Normalerweise darf nur ein ‚e' wegfallen wie beim Münchner Kindl oder bei der Basler Fastnacht, aber hier liegt eine Ausnahme vor." Ich erinnerte mich, dass auch Gräuben sich stets so ausgedrückt hatte, wenn es um die Stadt an der Limmat ging. Dann musste es wohl stimmen. „Und dort bastelst du die Kulissen zusammen?"

„Nicht alle, aber zwei oder drei im Jahr sind mir sicher. Die lasten mich auch aus."

„Was ist denn dein nächster Auftrag?"

„Brechts Dreigroschenoper. Da freue ich mich riesig drauf. An sich bestimmt der Regisseur das Format, aber was die Machbarkeit betrifft, arbeiten wir zusammen. Weißt du, um Aufmerksamkeit zu erregen, muss alles immer aufwändiger gestaltet werden. Nachdem bei den Progressiven in den 70er und 80er Jahren die Bühnen immer karger wurden, kehrt das Theater jetzt zu den pompösen Ausstattungsstücken à la Jules Verne zurück. Ob die immer geschmackvoll ausfallen, sei einmal dahingestellt. Für mich bedeutet diese Tendenz jedenfalls ein gutes Auskommen."

Dreigroschenoper in Zürich. Warum nicht, dachte ich mir. „Wie lange läuft das Stück denn?"

„Während des vollen Monats Juni."

Ich werde Gräuben fragen, ob sie zu der Zeit dort einen Termin hat. Vielleicht hänge ich mich dran, ohne dass das Jerôme erfährt. Verträumt besah ich mein leeres Weinglas und fragte: „Sollen wir noch eins oder uns in die königlichen Gemächer zurückziehen?"

„Es ist gleich Geisterstunde. Ich ziehe die Idee mit den Gemächern vor."

Der nahende Winter schickte sich an, meinem klammen Herzen weitere Kälte zuzuführen. Die Nacht mit Jerôme war wie immer wunderschön und erfüllt gewesen, aber nun drohte ein volles Jahr Enthaltsamkeit. Ein bisschen beneidete ich ihn, denn auch wenn Marion nicht für Spielchen zu haben war, wie wir sie spielten, war sie nichtsdestoweniger zum Abladen seiner klebrigen Absonderungen nütze, wenn ihm danach war.

Ich bin wahrlich keine Partygängerin, aber wenn Linda und Marcel mich zu ihrer Silvesterfeier einladen, wäre es undankbar, diese Einladung nicht anzunehmen. Weihnachten verbringe ich traditionsgemäß bei meinen Paten, deren Vorhaltungen anzuhören kein reines Vergnügen sind. Welchen

Inhalts sie sind, ist nicht schwer zu erraten, nämlich mein unbemannter und dem daraus resultierenden kinderlosen Zustand. Während meiner Leihschwangerschaft hatte ich mich bei ihnen nicht blicken lassen, sodass sie ihnen verborgen geblieben war. Nun näherten sie sich ihren wohlverdienten Ruheständen und ihre Furcht verstärkte sich, dass sie keine Enkelkinder mehr erleben würden, denn sie wussten ja nicht, dass sie biologisch längst Patengroßeltern waren. Ich überlegte seit einem Jahr hin und her, ob ich sie nicht doch einweihen sollte, was es mit Jerôme Junior auf sich habe, obwohl mir das untersagt war und ich keinerlei Rechte an dem Kind geltend machen durfte, war aber bisher zu keinem Entschluss gelangt. Über meinen, Jerôme nach Erreichen seiner Unabhängigkeit, also irgendwann in zwei Dekaden, aufzuklären, berichtete ich bereits.

Das beklemmende Weihnachtsfest war glücklich überstanden und eine Silvesterparty hat die Aufgabe, von Besinnlichkeit zu Ausgelassenheit überzuleiten. Zum Glück war eine überschaubare Anzahl von Gästen anwesend, die alle einmal anzusprechen im Bereich des Möglichen lag. Im Hintergrund plätscherte die den Anlass begleitende Sendung des öffentlich-rechtlichen Fernsehens dahin, die brüllend laut einzustellen Marcel zu meiner Erleichterung unterlassen hatte. Beide gehören der Fraktion an, für die diese Form der Informationsbeschaffung Alltag bedeutet, während die Jüngeren sich gänzlich anderer Kanäle bedienen; darin bestand der Grund, warum die Obrigkeit vor einiger Zeit durchgesetzt hatte, dass jeder Haushalt die Gebühren dafür zu zahlen habe, egal, ob er das Angebot nutzt oder nicht – andernfalls wären ARD und ZDF über kurz oder lang die Einnahmen weggebrochen.

Ohne dass es mir zunächst bewusst wurde, hielt ich mich außer an meinem Sektglas auch für eine ungebührliche Spanne an Roger fest, an dem ich einige mentale Gemeinsamkeiten mit meinen entdeckte. Zunächst waren allerdings die technischen Daten, wenn ich sie so nennen will, an der Reihe. „Woher kennst du die Schüllers?"

„Marcel seit ewigen Zeiten, denn wir waren Klassenkameraden."

„Ununterbrochener Kontakt? Ich frage, weil ich Linda seit ewigen Zeiten kenne, von dir aber bisher keine Rede war."

„Wir hatten uns während der Ausbildung und auch während der Phase, als Linda ihre beiden Jungs austrug, eine Weile aus den Augen verloren, aber weil wir beide immer noch in Bonn ausharren, laufen wir uns immer mal wieder über den Weg, und vor einigen Wochen fragte Marcel mich, ob ich Lust habe, mit ihnen Silvester zu feiern." Aus dieser Bemerkung schloss ich, dass Linda offensichtlich nicht an die große Glocke gehängt hatte, nicht die leibliche Mutter von Jerôme zu sein. Wer täglich mit ihr Umgang gehabt hatte, hätte unbedingt bemerkt, dass sie nicht schwanger war. Oder hatte sie ein Umstandskleid erstanden und im Verlauf des voranschreitenden Embryo-Heranwachsens ihren Bauch mit immer dickeren Kissen ausgestopft? Amüsiert erwog ich, sie bei Gelegenheit danach auszuquetschen. „Was lächelst du?"

Ich hätte meinen Gesichtsausdruck eher als Grinsen qualifiziert, aber vielleicht wollte Roger lediglich höflich bleiben. „Wenn ich denke, seit wie lange sich Marcel und Linda Nachwuchs wünschten …" „… und dann schnackelte es gleich zweimal nacheinander. Du hast Recht, die Natur vollführt seltsame Sprünge."

Bald waren unsere Hobbys an der Reihe und siehe da, auch Roger erwies sich als belesen und kulturbeflissen. Dass ich meine Beflissenheit als Kellnerin in einer Studentenkneipe erworben hatte, verschwieg ich verschämt, denn ein bisschen fühlte ich mich neben den ganzen Abiturienten und Akademikern minderbemittelt. Immerhin schien mein Defizit keinem aufzufallen. Sich gepflegt auszudrücken ist in einem Etablissement wie besagtem offenbar erlernbar.

Um Mitternacht eilten wir auf die Straße, um den gen Himmel steigenden Raketen zuzuschauen und dem Lärm explodierender Böller zuzuhören. Wer eigene Krachmacher mitgebracht hatte, zündete sie nunmehr, während die, die nicht unmittelbar beschäftigt waren, sich zuprosteten. Roger wagte es, seinen rechten Arm unter meinem hindurchzuführen und mit den Worten „um unser ‚Du' zu legalisieren" mir einen Kuss auf die Lippen zu hauchen, bevor unsere Gläser gegeneinander klirrten und wir einen Schluck auf das Neue Jahr und unsere beschlossene Freundschaft die Kehle hinunterrinnen ließen. Wir – Roger und ich – schieden mit der Verabredung für nächste Woche, uns gemeinsam das Musical ‚Der Bikini-Skandal' von Frank Schmidt zu Gemüte zu führen.

Trotz des Erfolgs der Uraufführung in Bad Säckingen mit mehr als 24.000 Besuchern in 40 ausverkauften Vorstellungen erlaube ich mir, das Stück als seicht zu beurteilen. Vor allem bin ich nicht sicher, ob in den 1950er Jahren ein Bikini ein solcher Skandal war, wie das Stück es behauptet, denn in Windischs Fotoschule aus dem Jahr 1938 werden bereits äußerst freizügige Strandbilder präsentiert. Der Minirock fand allerdings erst 1966 Eingang in den Alltag.

Seicht oder nicht seicht, der Grund unserer Anwesenheit lag mitnichten darin, unseren Bildungsgrad zu erhöhen. Relativ bald parkte Roger seine Hand auf meinem Oberschenkel, ohne dass das indes zu Hautkontakt führte. Im Januar ist es für Mary Quandts Erfindung trotz Klimaerwärmung auch in Bonn ohne wollene Strumpfhose zu kalt, und festliche Kleidung wie ‚das kleine Schwarze' wirkt in einem Studententheater eher peinlich.

Zu ihm nach Hause gingen wir mit um des anderen Taille gelegtem Arm und uns in periodischen Abständen küssend. Es war klar, dass ‚es' geschehen, und ich war gespannt, was Roger mir zu bieten haben würde.

Er hielt sich zunächst zurück, wie ich anerkennend registrierte. Zunächst schenkte er uns einen Cognac ein, der uns nach ausgiebigem Schwenken wohltuend alle Winkel der Mägen erwärmte. Aus den Augenwinkeln hatte ich die Poster begutachtet, die die Wände seines Wohnzimmers zierten, und war zu dem Schluss gekommen, dass er ein

Oldtimer-Fan sein musste. Einige wie den Jaguar E oder den Mercedes-Flügeltürer der Baureihe 300 SL aus den 1950er Jahren kannte ich, aber die meisten der Typen, die er mir voller Begeisterung zeigte und deren Daten er mir aus dem Handgelenk herbetete, waren mir unbekannt. Das galt auch für einen Gutteil der Hersteller wie Studebaker oder Henri Chapron. Erst als mir Roger mit hörbarem Herzblut verriet, dass Chaprons SM Opéra eigentlich ein Citroën mit Maserati-Motor sei, der in den 1970er Jahren den französischen Präsidenten als Staatskarosse gedient hatte, blitzte so etwas wie Verständnis in mir auf. Nichtsdestoweniger begann ich mich zu langweilen und mich zu fragen, wann …

Als er, sich immer tiefer in die Materie vergrabend, schwergewichtige Bildbände aus dem Regal stemmte, die die Geschichte von Kultfirmen wie Hispano-Suiza, Facel Vega oder Bugatti in aller Ausführlichkeit ausbreiten, und begann, Querverweisen und Fußnoten nachzugehen, dämmerte mir, dass er meine Anwesenheit vergessen hatte. Probehalber sagte ich: „Tschüss, ich muss morgen wieder arbeiten." Ich erhielt ein zerstreutes „tschüss" zur Antwort und nahm sie als Hinweis, dass ich ihn beim Erarbeiten wichtiger historischer Zusammenhänge störte, packte meine Handtasche, ergriff vom Kleiderständer meine Jacke und schlich zur Haustür. Ich öffnete sie, achtete darauf, dass sie möglichst lautlos hinter mir zuglitt, und stand wenige Sekunden später kopfschüttelnd auf der Straße. Kein Wunder, lieber Roger, dass du trotz vermeintlicher Attraktivität bisher frauenlos bliebst. Ist das spezifisch Mann? Ob eine meiner weiblichen Bekannten so etwas auch schon einmal erlebt hatte, wäre eine Erkundigung wert.

Eine halbe Stunde später empfingen mich meine eigenen vier Wände. Wäre es gescheiter gewesen, unsere Schritte hierher zu lenken? Dann hätte Roger keine Ablenkung gefunden, denn Stadtpanoramen von Venedig, Sana'a und Valparaíso, die bei mir für Auflockerung sorgen, dürften ihn kaum vom Hocker gerissen haben. Oder doch? Wie dem auch sei, ich verspürte eine innere Leere und wusste, wie ich sie füllen könnte. Ich grub meinen Dildo aus der untersten Schublade meines Nachttischschränkchens und setzte ihn sofort an, so vehement meldete meine Lustgrotte Bedarf. Nachdem es mich drei Mal durchgeschüttelt hatte und ich hoffte, dass die Batterien des Freudenspenders aufgeladen genug wären, um für einige weitere Vibrationen gut zu sein, dislozierte ich ins Badezimmer. Hier bot sich mir der Vorteil, dass ich während der Abgänge im Spiegel mein Gesicht betrachten konnte, was das Erlebnis um eine weitere Stufe intensivierte. Nachdem meine erogene Zone endlich Erschöpfung signalisierte, ließ ich mich aufs Bett fallen, steckte das Gerät sofort ans Netz und überlegte, wie ich das mit dem Betrachten der eigenen Züge, während sie sich vor Vergnügen verzerren, mit Jerôme bewerkstelligen sollte. Hatte er mich außer bei der 69er-Pose je belutscht? Auf jeden Fall eine Anregung für unser nächstes Treffen: Ich vor dem Spiegel stehend und einen Zungenorgasmus spannend! Er wäre mit ganzem Herzen dabei, da hegte ich keinen Zweifel.

Elektrische Lusterfüllung ist zwar kraftvoller als organische, lautete mein Resümee, aber ihr geht das Kuschelige ab. War das ‚Abenteuer' deshalb als verkorkst zu betrachten? Ohne ein endgültiges Urteil gefällt zu haben, dämmerte ich irgendwann ins Reich der Träume hinüber.

Es sei angemerkt, dass ich von Roger nie wieder etwas hörte.

10

Der Juni war angebrochen und ich hatte mich mit Gräuben in Zürich verabredet. Sie kannte die Stadt, in die sie ihre Geschäftsinteressen immer wieder führten, wie ihre Westentasche, aber zu meiner Überraschung so gut wie nichts aus anderen Teilen der Schweiz. „In Bern residieren weitgehend Behörden, darunter die Schweizerischen Bundesbahnen, aber die berücksichtigen ausschließlich heimische Firmen."

„Ich meine nicht Bern oder andere Städte, obwohl auch unter denen Perlen zu finden sind, sondern das, wofür die Eidgenossenschaft bekannt ist, nämlich ihre Berge. Nicht umsonst ziert das Cover einschlägiger Reiseführer nicht wie bei fast allen anderen Ländern Menschengemachtes wie das Brandenburger Tor, der Eiffelturm oder Big Ben, sondern das Matterhorn."

„Der Zuckerhut von Rio ...?"

„Von mir aus. Ich will das auch nicht weiter ausführen. Ich habe zwei Touren ausbaldowert, die einen wunderschönen Einblick in die hiesigen Befindlichkeiten gewähren."

„Und die wären?"

Wir schrieben Donnerstagabend. Gräuben hatte ihre Termine abgearbeitet und wir hatten uns zum Nachtessen in der Spaghetti Factory eingefunden, weil wir für unseren in Kürze fälligen Besuch des Schauspielhauses leichte Kost als passender vorgezogen hatten. Im Zeughauskeller wird der Gast satt, und zwar so satt, dass es für die Konzentration einer Theatervorführung peinlich werden könnte. Für morgen hatte sich Gräuben einen freien Tag zugebilligt, obwohl für Selbstständige weniger die Kosten eines Ausflugs als der entgangene Gewinn eine Rolle spielen. „Den Bernina Express oder die Vier-Pässe-Fahrt."

„Was hat es damit auf sich?"

„Das eine ist eine Bahnfahrt auf Meterspur über den einzigen offenen alpinen Schienenübergang in der Schweiz, nämlich besagten Bernina-Pass, bis ins italienische Tirano. Innerhalb von vier Stunden erlebst du drei Klimazonen, nämlich gemäßigte, Hochgebirge und Subtropen."

„Hört sich gut an. Wie hoch ist der Pass?"

„2.253 Meter. Der Zielort Tirano liegt auf 441 Metern. Die ‚Kleine Rote‘, wie die Bündner liebevoll ihre Staatsbahn nennen, steigt auf der Südrampe folglich auf 38 Kilometern 1.812 Meter in die Tiefe, und das ohne Unterstützung von Zahnrädern."

„Gut auswendig gelernt."

„Die Bahn hat mich immer schon fasziniert und ich freue mich, sie alsbald auf die Hörner zu nehmen."

„Dann ist's ja schon entschieden. Was wäre die Alternative, die Vier-Dings…, äh …?"

„Vier-Pässe-Fahrt. Für die müssen wir erst im Zug nach Meiringen, bevor es mit dem berühmten gelben Bus weiter geht. Sag‘ bitte nie Postbus; es heißt hier Postauto. Reisebusse heißen hier übrigens Car."

„Interessant. Und was für Pässe sind das?"

„Grimsel, Nufenen, Gotthard und Susten."

„Gotthard hört sich gut an. Von den anderen habe ich bisher nie etwas gehört. Kennst du sie?"

„Nur von Fotos. Umso heißer brenne ich darauf, sie mit eigenen Augen zu sehen."

„Wer ist nun dein Favorit?"

„Ich werde beides machen …"

„Da bin ich dabei. Über das Wochenende habe ich ja auch frei."

„Also gut. Werfen wir eine Münze." Nachdem das Geldstück entschieden hatte, dass wir am morgigen Freitag über den Bernina-Pass fahren würden und am Samstag über die vier anderen, war zu dislozieren an der Zeit. Zum Schauspielhaus war es nicht weit, sodass wir in unserem Outfit keine große Distanz im Freien zurückzulegen hatten. Gräuben war ja Nadelstreifenkostüme gewohnt, aber ich kam mir im ‚kleinen Schwarzen‘, das im Bonner Studententheater mehr als verzichtbar ist, albern vor. Erst bei der Rückfahrt ins Hotel sollte mir auffallen, dass die Zürcher – bitte ohne ‚i‘ – sich nicht zieren, in Abendgarderobe eine Straßenbahn, dort wie in München Tram genannt, zu besteigen – ein für Deutschland unvorstellbares Verhalten.

Als wir den Bellevue überquerten, vertraute mir Gräuben eine Erfahrung an. „Weißt du, dass von den Geschäftsleuten hier bestenfalls jeder Dritte jemals in den Bergen war?“

Bevor die Vorstellung begann, inspizierte ich neugierig das Bühnenbild, wusste ich doch, dass Jerôme es entworfen hatte. Ich will nicht behaupten, dass es der Hauptgrund meines Hierseins war, aber sicher in einem höheren Maß als für Gräuben, die ihm – zumindest soweit sie es sich anmerken ließ – keine Beachtung schenkte.

Die Premiere lag zwei Wochen zurück und ich nahm an, dass Jerôme, sofern überhaupt, hinter den Kulissen anwesend war, um einzugreifen, sollte Unvorhergesehenes wie der Einsturz einer Pappwand geschehen, und sich ansonsten eines Jobs zum Gähnen erfreute. Von dort mochte er die Zuschauertribünen überschauen können, aber dass ausgerechnet ich in seinen Fokus geriet, hielt ich für unwahrscheinlich. Ich hatte bei dieser Überlegung allerdings meine weibliche Überlänge nicht einkalkuliert, ertrug ich sie doch schon mein ganzes Erwachsenenleben, ohne mich ständigen Gedanken über sie hinzugeben. Die zierliche Gräuben mühte sich erkennbar mehr, immer alles im Blick zu behalten. Wenigstens ein Punkt für mich.

Der erste Akt der ‚Dreigroschenoper‘ spielt im Laden des Jonathan Jeremiah Peachum, der sich als Bettlerfreund ausgibt und sein Geschäft auch so nennt, seine Schützlinge jedoch in Wirklichkeit ausbeutet. Im Lauf der Handlung wechseln die Szenen zwischen dem Laden, einem Pferdestall, einem Mädchenzimmer, einer Gefängniszelle und weiteren Innenräumen, die auf der Drehbühne in rascher Folge vorgeführt werden. Shakespeare, dachte ich, hätte das mit ein paar Schildern bewältigt, die die Schauspieler hochhalten, und auf jede technische Spielerei verzichtet. Andererseits, beschwichtigte mich mein innerer Engel, hat Jerôme dadurch sein Auskommen.

Ich bedauerte, dass nirgends ein Straßenzug des Londoner Elendsviertels Soho gezeigt wurde. Das lag nicht in der Absicht Bert Brechts, der die zeitliche Verortung der Geschichte mit Absicht verschleierte. Ihre Vorlage, John Gays ‚Beggar's Opera' von 1728, sollte nicht allzu deutlich hervortreten. Deren Personen beruhen auf solchen, die tatsächlich gelebt haben. Polly und Lucy Lockit fanden ihre Vorbilder in den verfeindeten Sopranistinnen Faustina Bordoni und Francesca Cuzzoni. Jonathan Wild saß im Schuldturm ein und wurde schließlich wegen eines Raubüberfalls gehenkt und der Volksheld Jack Sheppard endete ebenfalls am Galgen, während Robert Walpole, die zwielichtigste der sich über die Bretter tummelnden Gestalten, das Amt des Schatzkanzlers der Königin ausübte, bevor es geschaffen worden war. Der Dank dafür war mitnichten der Strick, sondern das Geschenk des Hauses Downing Street № 10, bis heute der Amtssitz des britischen Premierministers. Gay hatte sich dieser fragwürdigen Gerechtigkeit durchaus satirisch angenommen. Ich bedauerte, nicht der Originaloper beizuwohnen, und nahm mir vor, nach einer Aufführung von ihr in erreichbarer Nähe zu fahnden. Unbenommen von dieser Überlegung blieb Kurt Weills Musik, die nachgerade als himmlisch zu bezeichnen ist.

Bis der finale Vorhang hinter den unzähligen Verbeugungen der Schauspieler gefallen war, ging es auf Mitternacht zu. Wir erwischten einen Spätbus nach Tiefenbrunnen, wo wir uns aus Kostengründen eingemietet hatten, und verabschiedeten uns zügig, denn morgen früh galt es um halb Acht am Gleis 5 im Zürcher Hauptbahnhof zu stehen, um rechtzeitig zur Abfahrt des Bernina Express in Chur einzutreffen. Eine Bemerkung verkniff ich mir allerdings nicht, bevor wir uns trennten. „Die Zürcher reden ein Deutsch, dessen Sinn anderen verborgen bleibt. Wenn sie sich Mühe geben, äußern sie sich verständlich, aber unverkennbar. Die Schauspieler, die wir heute Abend genießen durften, sprachen perfektes Hochdeutsch. Sind die alle Gastarbeiter aus dem Norden?"

„Die werden gedrillt. Lieselotte Pulver, Josef Meinrad und Lukas Amman, um die bekanntesten zu nennen, hast du ihre Schweizer Herkunft auch nicht angehört – es sei denn, in einem Heimatfilm. Es lässt sich alles lernen."

„Oje. Ich fürchte, meine rheinische Herkunft kriege ich nicht mehr abgelegt."

Gräuben kicherte. „Ich meine hanseatische genauso wenig. Machen wir uns nichts draus. Wir sind ja keine Schauspielerinnen. Gute Nacht."

„Gute Nacht."

Ich irrte zwischen absurd angeordneten Wänden umher, aus denen kein Ausgang führte. Mal war ich allein, was ich als beklemmend empfand, mal befand ich mitten zwischen Menschen, denen ich indes mein Anliegen nicht klarzumachen verstand. Alle redeten ein Kauderwelsch, in dem ich keine europäische Sprache herauszuhören vermochte. Bedrohte mich etwa ein Gorilla wie in der rue Morgue, dessen Artikulation ja auch kein Zeuge zuzuordnen fertigbrachte. Ja, da war er – oder doch nicht? Der Pferdestall, in den ich mich nun verschanzt hatte, erschien mir als die sicherste Burg. Aber warum war er so hoch oben eingeschoben? Tief unter mir wandelten ganz normale Leute auf ganz normalen Straßen, blieben aber für mich unerreichbar. Gerade als Jerôme zu mir trat und sagte: „Komm', liebe Ethel, ich geleite dich hinaus", piepste mein Smartphone und ermahnte mich, dass Zeit zum Aufstehen wäre.

Verstört richtete ich mich auf und blickte um mich. Ich bezweifle nicht, dass mich Träume heimsuchen wie alle anderen Zeitgenossen auch, ohne mich nach dem Erwachen auch nur ansatzweise an sie zu erinnern, aber dieser ... Sicher war die Verbindung zu Jerômes Bühnenbildern Ursache meiner gehirninternen Eskapaden gewesen, denn er hatte eindeutig eine Rolle darin gespielt. Jerôme als Schauspieler …? Egal, auf jetzt und fertiggemacht! Heute geht's bis Italien, bis zu den Palmen des Olivengürtels.

Bevor wir aufbrachen, empfahl ich Gräuben, ihre Jacke wieder in ihrem Zimmer zu deponieren, denn es würde ein heißer Tag werden. „Aber es geht über 2.000 Meter …?"

„Auch dort werden locker die 20°C überschritten. Außerdem sitzen wir am Cambrena-Gletscher im Zug."

„Cambrena-Gletscher?"

„Das ist der, der auf der gegenüberliegenden Seite des Lago Bianco auf den Scheitelpunkt der Strecke bei Ospizio Bernina strahlt. Dem Fahrplan nach hält der Bernina Express dort nicht."

Wie formuliert es Dr. Faust auf seinem Osterspaziergang? „Mir ist so infernalisch wohl als wie 500 Säuen." Der Satz sprach mir an jenem Morgen aus dem Herzen, denn in T-Shirt, Jeans und Joggingschuhen fühle ich mich nun mal unendlich befreiter als in vornehmem Gefummel. Gräuben merkte ich keine Befreiung an, aber wie mir am Abend zuvor aufgefallen war, war sie ja solches Zeug gewohnt.

Im Zürcher HB, wie die Einheimischen ihren Hauptbahnhof bezeichnen, herrschte zur Abfahrtszeit bereits eine Bullenhitze. Die klimatisierten Doppelstockwagen der SBB glichen die Hitze mehr als aus, obwohl sie wenigstens nicht auf Kühlschranktemperatur heruntergeregelt waren, wie es Amerikaner und Südostasiaten in Räumen praktizieren. Aufgrund intensiven Kartenstudiums wählte ich bis Chur die linke Wagenseite aus, damit wir den Zürich- und den Walensee auf dem Präsentierteller geboten bekamen. Nach dem Umsteigen in den Meterspurzug komplimentierte ich Gräuben auf die rechte, denn hinter Thusis präsentierte dort der uns entgegenfließende Hinterrhein die berühmte Via Mala und nach Wechsel der Strecke aufs rechte Albulaufer wendeten sich alle weiteren Ausblicke zu unseren Gunsten – der Albula-Oberlauf mit dem spektakulären Abschnitt von Bergün nach Preda, der berühmte Morteratsch-

Gletscher und besagter Lago Bianco mit dem Cambrena-Gletscher. Lediglich das Domleschg, wie das Tal des Hinterrheins heißt, bevor er sich bei Reichenau mit dem am Lai da Tuma entspringendem Vorderrhein vereinigt, läge auf der anderen Seite.

Gräuben musterte begeistert das Wageninnere. „Gewölbte Scheiben, welch' ein technisches Meisterstück!"

„Ich hatte davon gelesen, aber keine Vorstellung gehabt, wie das aussehen sollte. Der Sinn ist klar: Der Fahrgast hat uneingeschränkte Aussicht auf die Bergspitzen Ich bin genauso begeistert wie du!"

Einen Speisewagen führt der Bernina Express abweichend vom bekannteren Glacier Express nicht mit, denn 70‰ Steigung bzw. Gefälle auf dem Abschnitt ab Pontresina lassen nicht zu, so viel nicht-kommerzielles Gewicht mitzuführen. Eine Minibar, die eine Hostess durch die Wagen schiebt, bietet gegen den ärgsten Durst und Hunger heiße und kalte Getränke beziehungsweise belegte Brötchen und süßes Gebäck an.

Ich gestehe, dass mich landschaftliche Schönheit bisher nie so beeindruckt hatte wie während dieser Eisenbahnfahrt. Wer glaubt, das Albulatal wäre nicht zu übertreffen, wird auf der nächsten Etappe über den Bernina-Pass eines Besseren belehrt. Ob die Fahrt durch die Rockies über die alte Linie der verflossenen Denver & Rio Grande Western Railroad von Denver über Grand Junction und Green River nach Salt Lake City, die heute vom California Zephyr der Amtrak bei Tageslicht bedient wird, tatsächlich schöner ist, wie eingefleischte US-Fans behaupten, sei dahingestellt.

In der Station Alp Grüm, die hinter dem Scheitelpunkt als nächste folgt, legt der Zug dankenswerterweise eine viertelstündige Pause ein, die allen erlaubt, sich die Beine zu vertreten und dem Piz Bernina unverhohlene Bewunderung zu schenken. Die Station ist ein Gasthof mit Übernachtungsmöglichkeit, der nur per Schiene oder zu Fuß erreichbar ist. Die Passstraße, die es auch gibt, führt in beträchtlicher

Entfernung an ihm vorbei. „Stimmt", bestätigte mir Gräuben, „hier kannst du ohne weiteres im T-Shirt herumlaufen, obwohl uns wir uns laut Anschlagsbrett immer noch auf 2.103 Metern Höhe befinden."

„Hab' ich's dir nicht gesagt?"

Der Abstieg ins Val Posciavo sprengte jede Vorstellung, wozu eine Eisenbahn fähig ist. Laut Faltblatt, das den Fahrgästen zur Verfügung steht, sind die Kurvenradien bis 40 Meter verengt, sodass sich der Zug an einigen Stellen selbst zu begegnen scheint. Nachdem die ärgsten Windungen überwunden geglaubt sind, hält die ‚Kleine Rote' einen finalen Höhepunkt in der Hinterhand, den offen angelegten Kreiskehrviadukt von Brusio. Über ihn fährt der Bernina Express, dessen Gattungsbezeichnung seiner Assoziation von Geschwindigkeit Hohn spricht, buchstäblich über sich selbst hinweg. „Schade, dass wir keine 20 Wagen dran haben", bedauerte Gräuben, „dann führen die hinteren Wagen tatsächlich über die vorderen hinweg."

Die Schaffnerin, die sich gerade an unseren Sitzen vorbeihangelte, vernahm die Bemerkung und fühlte sich bemüßigt, darauf zu reagieren. „Das ist aufgrund der engen Kurven und extremen Steigungen nicht möglich, meine Dame. Die Wagenzahl ist auf acht beschränkt, bei GmPs – das sind Güterzüge mit Personenbeförderung – bis zu zehn, aber dann müssen die leichteren Wagen hinten hängen."

Kurz vor Mittag trafen wir in Tirano ein. „Wir haben eine Tageskarte", erinnerte ich Gräuben, „sodass uns freigestellt ist, wie wir weitermachen."

„Was sind denn die Alternativen?"

„Wir können mit einem Bus der RhB durch die Lombardische Tiefebene am Comer und weiter am Luganer See entlang nach Lugano fahren."

„Und dann?"

„Dann in einen Zug der SBB steigen, der uns durch den Gotthard-Basistunnel auf dem schnellsten Weg nach Zürich zurückbefördert. Oder in Bellinzona in einen, der über die alte Passstrecke und den Scheiteltunnel fährt. Das würde eine Stunde länger dauern."

„Überqueren wir nicht auf der Vier-Pässe-Fahrt auch den Gotthard-Pass?"

„Auf der überqueren wir ihn tatsächlich und fahren nicht unter ihm durch."

„Und die angedeutete Alternative?"

„Wir fahren einfach mit dem Bernina Express oder einem Regionalzug dieselbe Strecke zurück."

„Wieviel Zeit haben wir hier?"

„Ungefähr zwei Stunden. Wir können in eine Pizzeria …"

„Muss das sein? Gibt es hier etwas Sehenswertes?"

„Die Basilika Madonna di Tirano. An der sind wir vorhin vorbeigefahren."

„Dann los! Einverstanden?"

„Einverstanden!"

Nach erstem Augenschein ist der Ort nicht groß, aber wir stellten fest, dass der Weg vom Bahnhof bis zur Basilika sich respektabel in die Länge zog. Obwohl nicht mehr im Barock-, sondern im Renaissance-Stil erbaut, schmerzen Besucherinnen und Besuchern schier die Augen, sofern sie nicht an goldene Pracht gewöhnt sind. „Puuh, katholischer geht's nimmer", kommentierte Gräuben, als wir wieder im Sonnenlicht standen.

Auf dem Rückweg beglückten wir eine Eisdiele mit unserer Anwesenheit, denn mittlerweile verspürten wir Hunger. Da wir uns auf italienischem Boden befanden, kamen unsere Euros wieder zu Ehren.

Um uns die Rückfahrt nicht durch krachende Mägen verderben zu lassen, nutzten wir den Halt in Alp Grüm, um dem Bernina Express den Rücken zu kehren und uns je eine Kalbsbratwurst mit Röschti und Zwiebelsoße zu gönnen. Auf den Unterschied zwischen Kübel und Stange bin ich weiter oben eingegangen, sodass hier der Hinweis genügen mag, dass wir versoffenen Weiber uns jede zwei Kübel hinunterschütteten.

Mit dem Regionalzug, der uns eine Stunde später aufnahm, fuhren wir bis St. Moritz durch, um dort nach 40 Minuten Aufenthalt den Engadin Express zu stürmen. Der folgt zunächst dem Inntal, biegt hinter Susch in den Vereina-Tunnel ab steuert nach dem Austritt durch das Prättigau Landquart an, woselbst der Umstieg auf die ‚Große' mit 1.435 Millimetern Spurweite erfolgt. Auch der Name Prättigau hat nichts mit dem des Flusses Landquart zu tun, den das Tal begleitet.

Als wir am Walensee vorbeifuhren, dunkelte es allmählich, aber das störte uns nicht, denn ihn hatten wir ja schon am Morgen bewundert. Als wir gegen Elf in Zürich ausstiegen, waren wir beinahe wieder nüchtern.

Am Samstagmorgen hieß es genauso früh 'raus aus den Federn wie am Vortag, denn wir wollten ja den Vier-Pässe-Bus – Entschuldigung, das -Postauto – gegen Zehn in Meiringen erwischen. Die Fahrt dorthin ist etwas umständlicher, denn zunächst ist nach einer knappen Stunde Fahrt Luzern das Ziel. Dann gilt es erneut in eine meterspurige Schmalspurbahn umzusteigen, nämlich die Zentralbahn, deren Strecke nach Meiringen den Brünigpass überquert. Der hört sich zwar mit 1.008 Höhenmetern wenig dramatisch an, aber die Fahrt durch die Innerschweiz dorthin ist idyllisch und der zahnradunterstützte Abstieg ins Aaretal, in dem der Ort Meiringen liegt, vermittelt ein Hochgebirgsgefühl reinsten Wassers.

„Haben Sie reserviert, meine Damen?" fragte uns der Fahrer, nachdem wir das mit dem gewünschten Fahrtverlauf angeschriebene gelbe Gefährt ausfindig gemacht hatten.

„Hm, nein. Hätten wir das tun müssen?"

„An sich ja, denn mit mir können Sie nicht mit. Stehplätze sind bei Passfahrten nicht erlaubt." Als er unsere enttäuschten Gesichter sah, hatte er gleich einen Trost für uns parat.

„Es sind heute so viele spontane Gäste eingetroffen, dass wir gerade ein weiteres Fahrzeug aus der Remise holen. Das wird in ungefähr zehn Minuten zur Abfahrt bereit stehen."

Wir bedankten uns herzlich und gesellten uns einem Pulk touristisch aussehender Personen zu, die wie wir des versprochenen Zusatzfahrzeugs harrten.

Wie in der Schweiz nicht anders zu erwarten, traf dieses nach den vorausgesagten zehn Minuten ein, nahm unverzüglich alle Fahrgäste auf und setzte sich in Bewegung. Gräuben und ich schauten uns zufrieden an und nickten uns zu. Wir waren unterwegs!

Nach einer ersten kurzen Gebirgsschwelle passierten wir Innertkirchen und steuerten auf den Grimselpass zu. Die Kraftwerke Oberhasli, die die drei dortigen Stauseen nutzen, dominieren mit ihren Starkstromleitungen das Gebiet. Der Totesee markiert die Passhöhe auf 2.163 Metern und die Grenze zwischen dem Berner Oberland und dem Oberwallis, in dem auch das Matterhorn liegt, das ich voriges Jahr unbeabsichtigt erklommen hatte. Auf jeder Passhöhe lässt der Fahrplan eine ausreichend lange Zeit, damit die Reisenden Gelegenheit erhalten, sich ein wenig umzusehen und eine Toilette aufzusuchen. Dafür hält ein Linien- oder, wie die Schweizer sagen, Kursbus keine Einrichtung vor.

Wir brauchten keinen Reiseführer zu Rate zu ziehen, denn der Fahrer erklärte die landschaftlichen Besonderheiten hinreichend ausführlich und – zum Glück für uns Touristinnen – auch hinreichend verständlich. In Gletsch ging es rechts ab und in das Tal, das Goms heißt, obwohl es dem Oberlauf des Rotten folgt. Rotten ist der deutsche Name für Rhône, ein in Deutschland unbekannter Begriff, bei den dort Heimischen indes in selbstverständlichem Gebrauch.

„Die Drei-Pässe-Fahrt", erläuterte unser unermüdlicher Cicerone, „biegt hier links ab und fährt über den Furkapass. Der Gletscher, dem der Glacier Express seinen Namen verdankt, leckte noch vor wenigen Jahrzehnten an der Rückwand des Hotel Belvédère. Jetzt müssen Sie ganz schön weit gehen, um ans Eis zu kommen. Auch wer die Furka Dampfbahn über die alte Bergstrecke wählt, wird vom Gletscher allenfalls ein Eckchen erhaschen."

Nach einer kurzen Pause in Oberwald ging es weiter. Bis Ulrichen folgten wir der Bahnlinie und dem Rotten; dann ging es links ab auf die nächste Serpentinenstrecke. „Der Nufenenpass ist mit 2.478 Metern der höchste auf unserer Fahrt", tönte es aus dem Lautsprecher. „Er wurde als direkte Verbindung zwischen dem Wallis und dem Tessin erst nach dem Krieg eröffnet, weil er keine Verkehrsbedeutung hat, sondern rein touristischen Zwecken dient. Er wird im Winter im Gegensatz zum Grimsel auch nicht geräumt."

Als wir uns auf dem Parkplatz die Beine vertraten, vertraute uns ein anderer Fahrgast an: „Der Nufenen gilt als schönster der Schweizer Pässe. Die Bergkette dort im Südwesten gehört schon zu Italien."

Er ist wirklich schön. Interessiert sahen Gräuben und ich zu, wie unermüdliche Radfahrer ihre Drahtesel von dem dafür vorgesehenen Gestell am Heck klipsten und sich für die Abfahrt bereit machten.

„Ich hatte mal einen Mitarbeiter, der ‚machte' zwei Pässe an einem Tag", sagte Gräuben kopfschüttelnd. „Alpenpässe wohlgemerkt."

„So einen Kollegen hatte ich auch mal. Dabei sind ohne weiteres vier Pässe am Tag möglich."

„Mit einen E-Bike?"

„Nein, mit dem Postauto. Du lässt dein Rad damit hochtransportieren, schnallst es los und rollst 'runter. Dasselbe mit dem zweiten, dritten und vierten Pass."

Gräuben lachte. „Hört sich gut an. Das müsste sogar ich bewältigen. Allerdings glaube ich nicht, dass du es fertigbringst, vor dem Bus am Stück unten anzukommen. Das wäre wohl eine ziemlich halsbrecherische Abfahrt."

„Halt sportlich." Auf ein Zeichen nahmen wir wieder unsere Plätze ein. Die Tessiner Seite ist weniger haarsträubend als die Walliser, aber wie unser Chauffeur es schaffte, seine Fuhre durch die Dörfer des Val Bedretto zu bugsieren, ist eine eigene Erwähnung wert. Manchmal fehlten links und rechts nur wenige Zentimeter bis zu Häuserwänden.

In Airolo dauerte der Aufenthalt eine gute Stunde, die wir nutzten, um in einer Pizzeria zu Mittag zu essen. Allerdings verzichteten wir angesichts der sanitären Situation auf einen Kübel und ließen es bei einem kleinen Mineralwasser als Getränk bewenden. „Puuh", vertraute mir Gräuben an, „die Abfahrt vom Grimsel schlug mir ganz schön auf den Magen. Zum Glück war's hierher moderater."

„Nur 'runter?"

„Nur 'runter. Mit dem eigenen Auto möchte ich die Serpentinen nicht fahren. Gestern habe ich nichts gemerkt. Eine Eisenbahn durchfährt die Gebirgswelt wesentlich sanfter."

„Jetzt geht's aber wieder?"

„Tut's. Ich habe richtig Appetit."

Der Ort Airolo liegt unmittelbar am südlichen Mund beider Tunnel, des Autobahn- und des Bergstreckentunnels der Gotthardbahn. Dieser hat durch die Eröffnung der 57 Kilometer langen Röhre von Bodio nach Ersteld einen Gutteil seiner Bedeutung verloren, denn hier kommt einmal stündlich ein Regionalzug pro Richtung durch und im Sommer alle zwei Stunden einer mit Panoramawagen ähnlich denen, in denen wir gestern gesessen hatten, nur deutlich voluminöser wegen der breiteren Spur. Vor der Eröffnung des Basistunnels 2016 polterten hier im Blockabstand die Wagenschlangen durch, die der Güterzüge durchweg mit mindestens zwei Lokomotiven bespannt oder einer hinteren zum Nachschub.

Der Gotthardpass entbehrt jeglichen Reizes, denn er ist eigentlich ein Sattel, von dem aus es nach Westen und Osten hochgeht. Dafür forderte die Abfahrt durch die Schöllenenschlucht Gräuben erneut. Unser Bus verlangsamte seine Fahrt und der Fahrer erklärte: „Wir befinden uns gerade auf der Teufelsbrücke. Links sehen Sie an die Wand den roten Herrn der Unterwelt gemalt, der symbolisiert, wie die pfiffigen Urner ihn vor 800 Jahren 'reinlegten. Der hatte nämlich verlangt, dass er für seine Hilfe beim Bau der Brücke die erste Seele bekäme, die sie überquert. Die Urner jagten daraufhin einen Geißbock als erstes darüber und der erzürnte Meister Mephisto ging leer aus. Immerhin beweist die Sage, dass die Menschen ihren Haustieren damals eine Seele zusprachen. Urner nennen sich übrigens die Bewohner des Kanton Uri, auf dessen Boden wir uns seit dem Gotthardpass befinden."

In Göschenen, Airolos Gegenstück am nördlichen Tunnelmund, hielten wir kurz, bevor die finale Etappe anbrach. Bis Wassen folgte die Tour der alten Kantonsstraße und bog dann links zum Sustenpass ab.

„Das Kirchlein von Wassen hatte zur Zeit der alten Bergstrecke eine gewisse Berühmtheit erlangt, weil man sie vom Zug aus dreimal sieht, zweimal rechts und einmal links, wer von Nord nach Süd vordringt, weil sich die Gleise in Kehren um sie herumwinden. Kirchlein trifft nicht ganz zu, denn die St. Gallus-Kathedrale ist ein ganz schöner Brocken." Wassen müsste der Aussprache nach eigentlich Waßen geschrieben werden und wurde es möglicherweise früher auch, aber nach dem Krieg schaffte die Deutschschweiz das ‚ß' ab und so ging ihr die eine oder andere Nuance verloren.

Den Sustenpass zu würdigen brachten Gräuben und ich kaum mehr die Konzentration auf, denn wir waren mit Eindrücken dermaßen vollgestopft, dass nicht mehr viel in unsere Schädel passte. Auf der Westrampe führt die Straße am Steingletscher vorbei, der sich für die links Sitzenden erahnen lässt. Mit Mühe hielten wir die Augen offen, bis wir wieder in Meiringen eintrafen, aber in der Brünigbahn fielen sie uns zu, so sehr wir uns auch anstrengen mochten, die Rückfahrt nicht zu verschlafen. Was sollte es, wir kannten die Landschaft ja von heute Morgen.

Als wir in Tiefenbrunnen in unser Hotel stolperten, waren wir beinahe wieder fit. „Dabei haben wir uns körperlich doch überhaupt nicht angestrengt", wunderte sich Gräuben.

„Körperlich nicht, aber wenn das Gehirn arbeitet, braucht es genauso viel Energie, als würdest du einen Marathon laufen."

Gräuben lächelte süffisant. „Das bedeutet, dass mich meine Arbeit kaum anstrengt."

Auch meine Mundwinkel entgleisten ungewollt nach oben. „Man lernt nie aus. Hast du Hunger?"

„Wenig und Lust zum Ausgehen gar keine. Lass' uns die fehlenden Kalorien in flüssiger Form aufnehmen."

„Du meinst, einen oder mehrere Kübel in der Bar?!"

„Ich sehe, du hast mich verstanden."

Wir hatten reichlich zu schnattern, und so ergab es sich, dass wir in der Zapfstelle veritabel versackten. Am nächsten, dem Sonntagmorgen, galt es bei leichtem Brummschädel die Heimfahrt nicht zu verpassen, denn wir mussten am Montag wieder arbeiten. „Ich sollte am Dienstag nach Linz in Österreich. Bisher hatten wir offengelassen, ob Gerlinde oder ich fahren soll. Jetzt ist es entschieden: Gerlinde."

„Dabei wäre es von hier deutlich näher."

„Das war auch meine erste Überlegung. Aber ich habe morgen unbedingt einen Termin zu Hause wahrzunehmen. Also wieder die ganze Chose nach Süden."

„Gerlinde ...?"

„Sie wird Verständnis haben."

Der ICE fuhr von Zürich nach Hamburg durch, sodass ich wie bei unserem Kennenlernen wieder in Mannheim umsteigen musste, um über die Riedbahn und die Neubaustrecke nach Bonn zu gelangen. Ich verabschiedete mich von Gräuben und freute mich auf meine eigenen vier Wände und natürlich auf mein eigenes Bett.

Ich sollte Gräuben zwei Jahre später nochmals sehen, als sie in Köln zu tun hatte und wir uns bei Früh am Heinzelmännchenbrunnen trafen. Ansonsten bestand unser Kontakt aus Whatsapp-Nachrichten und Glückwunschkarten zu Weihnachten und unseren Geburtstagen, der im Lauf der Zeit immer spärlicher wurde. Hamburg und Bonn liegen zu weit auseinander, als dass man einfach auf einen Sprung 'rüber zum Kaffeeklatsch kommen könnte und noch waren wir beruflich voll eingespannt. Im Nachhinein bedaure ich, dass ich mir nicht mehr Mühe gegeben habe, denn wir hatten trotz unseres Bildungsunterschieds gut zueinander gepasst. Frau Doktor hatte sich als frei von jeglichem Dünkel gegenüber Hauptschülerinnen erwiesen, was selten der Fall ist.

Schade.

11

Jerôme und ich genossen das vielgängige Dîner in unserem erprobten Restaurant. Ich ertappte ihn mehrmals, dass er mich mit einem ungewöhnlich durchdringenden Blick musterte. „Was ist?" fragte ich schließlich zwischen Linsen mit Walnüssen und Rebenfrüchten.

„Was soll sein?"

„Markier' nicht den Ahnungslosen! Irgendetwas verbirgst du vor mir. Tut mir leid, dass ich dich inzwischen ganz gut kennengelernt habe."

Jerôme bedankte sich für den gereichten Teller mit Weintrauben beim Kellner, sah mich traurig an, als dieser sich abgewandt hatte, und erwiderte: „Verbirgst du nicht etwas vor mir?"

Ich reagierte betroffen. „Wie meinst du das? Ich meine, worauf spielst du an?"

„Ich hatte dir vor einem Jahr anvertraut, dass ich die Kulissen im Zürcher Schauspielhaus gestalte."

„Was heißt anvertraut? Ist das ein Staatsgeheimnis?"

Jerôme lachte zu meiner Erleichterung befreit auf. „Nein, natürlich nicht. Ich hatte dir auch gesagt, dass im Juni Brechts Dreigroschenoper laufen sollte."

„Ja ..." Allmählich dämmerte mir, worauf Jerôme hinaus wollte.

„Und? Wie hat dir mein Machwerk gefallen?"

Ich stimmte in sein Lachen ein. „Sehr gut. So gut, dass ich in der Folgenacht träumte, ich hätte mich in ihm – dem Bühnenbild, meine ich – verlaufen."

„Na also, geht doch! Warum hast du nicht versucht, dich mit mir zu treffen?"

„Denkst du an unsere Abmachung? Abgesehen davon war ich nicht allein." Jerôme platzte vor Neugier, das sah ich ihm an, aber direkt zu fragen wagte er nicht. „Kein Mann, um dir den Wind aus den Segeln zu nehmen. Eine gute Freundin von mir aus Hamburg."

„Ist sie kleiner als du?"

„Sie ist sicher größer, was die Persönlichkeit betrifft. Körperlich ist sie um einiges kürzer, in der Tat."

Jerôme grinste über beide Backen. „Das ist neben dir kein Kunststück. Saßt ihr nebeneinander?"

Ich ignorierte die Frage. „Willst du damit sagen, dass ich eine Bohnenstange bin?"

„Eine Bohnenstange zeichnet sich dadurch aus, dass sie dünn ist." Seine Pupillen fixierten unverhohlen meinen Vorbau. „Das bist du nicht."

Du leidest doch nicht etwa darunter, dass ich vier Zentimeter größer, äh, länger bin als du, mein Lieber? Mir fiel ein, dass ich ihn bisher nicht ausgehorcht hatte, wie ‚groß' seine Marion war. Der jetzige Zeitpunkt schien mir unpassend, die Frage nachzuholen, und ich entschied mich für einen unverfänglichen Anschlusssatz. „Der Hintern ist auch okay, sonst würdest du nicht so gern drangrabschen. Sehe ich das richtig?"

Bei Jerôme machten sich Sabberanzeichen bemerkbar. „Wie viele Gänge fehlen noch?"

„Nicht so ungeduldig, mein Lieber. Wir essen erst zu Ende und dann folgt der Hauptgang auf weichem Untergrund. Übrigens: Wie hast du mich in der Menschenmenge ausgemacht – im Zürcher Schauspielhaus, meine ich?"

„Ich war doch nicht unter den Zuschauern. Da wäre es eher ein Zufall gewesen. Nein, ich habe einen Logenplatz hinter den Kulissen oder backstage, wie es auf Neudeutsch heißt, von dem aus ich alles beobachten kann, auch die Tribüne. Da bist du mir aufgefallen …"

„… wegen meiner Länge, geschenkt." So ungefähr hatte ich mir das gedacht. „Meine Freundin saß rechts neben mir."

„Die habe ich nicht wahrgenommen. Muss ich das bedauern?"

110

„Gräuben ist hübscher als ich und vor allem schnuckliger. Ja, du musst es bedauern, um deine Frage zu beantworten."

„Hübscher als du geht nicht." Jetzt wurde ich richtig rot. Dass meine Willig- und Anschmiegsamkeit seinen Gefallen gefunden hatten, stand außer Zweifel, aber bisher hatten wir uns ausschließlich der Unterleibsgymnastik hingegeben und Jerôme hatte sich nie über mein Äußeres ausgelassen. Ich fragte mich, ob seine Worte nur als Kompliment gedacht waren oder aus ehrlichem Herzen kamen. Andererseits: Wollte ich das wirklich wissen? Ich war jedenfalls versöhnt. Eng aneinandergeschmiegt näherten wir uns dem Hotel, um endlich dem sportlichen Teil der Veranstaltung zu frönen. Eine Beziehung, die nur einen Abend und eine Nacht im Jahr ihre Erfüllung findet, ist anscheinend gegen Zerwürfnisse immun.

1½ Tage gegen 365 wirken so kurz wie lang, denn die vierte Dimension ist ebenso relativ wie dehnbar. Neben dem Spruch der arbeitenden Bevölkerung ‚Montagmorgen sieben Uhr und die Woche nimmt kein Ende' steht die Verblüffung, wenn sich plötzlich und unerwartet der Freitagnachmittag anbahnt. Nach 46 Freitagnachmittagen im Büro ist unversehens ein Jahr herum und kaum versah ich mich, waren fünf Jahre unbemerkt dahinplätschernder Alltag verflossen, ohne dass ich das verinnerlicht hatte. Wahrscheinlich ist das auch besser so.

Felicitas und Hendrik waren mittlerweile 15 und 12 und für die Ältere war das Ende der Schulzeit absehbar. Meine Freundschaft mit dem Ehepaar Schüller hatte nicht gelitten und so erlebte ich das Heranwachsen von Jerôme Junior und Philip mit, die jetzt sieben und sechs Jahre zählten. Der Ältere sah mir kein bisschen ähnlich, dafür Jerôme aus Waldshut umso mehr. Zum Glück stand Linda und Marcel keine Vergleichsmöglichkeit zur Verfügung.

Freundschaft hin oder her, Eltern mit Kindern treiben gänzlich andere Sorgen um als eine Single. Deshalb betrat ich häufig allein meine alte Studentenkneipe, in der ich nicht mehr kellnerte, und widmete mich pflichtenfrei meinem

Kölsch. So alt sah ich noch nicht aus, dass ich einen Fremd-körper darstellte, und so gesellte sich häufig ein Student zu mir, denn dieser Spezies wird nicht grundlos der Ruf der Kontaktfreude nachgesagt. Die Frage „ist hier frei?" ist des-wegen nicht ernster gemeint als die Frage „wie geht's?".

Der Typ sah ganz gut aus – großgewachsen, schlank und muskulös – und war vermutlich um einiges jünger als ich. Sein Karl Marx nachempfundener Vollbart ließ auf eine ähn-liche Gesinnung schließen. Gespannt erwartete ich seine Anmache. Prompt entsprach sie meiner Erwartung. „Hast du dir mal überlegt, wie die Welt aussähe, wäre sie gerecht?" Er hatte in sein Glas hineingemurmelt, aber ich war über-zeugt, dass ich als Objekt seiner Rede auserkoren war.

„Wie meinst du das?" Auch ich hatte in meine Kölner Stange hineingemurmelt.

„Die typische Antwort einer Angepassten, nämlich eine Ge-genfrage." Sie schien ihn in gleichem Maß erzürnt wie sei-nen Erwartungen entsprochen zu haben.

Ich gestattete mir eine giftige Reaktion. „Die Frage ist doch wohl erlaubt. Es gibt eine Unzahl von Gerechtigkeiten …"

„Keineswegs! Es gibt nur eine Gerechtigkeit!"

„Die besteht darin, dass alle das Gleiche haben?!"

„Genau! Und die ist nur dadurch zu erreichen, dass es kei-nen Privatbesitz mehr gibt. Alles gehört allen und jeder be-dient sich dessen, wessen er bedarf."

„Die einen mehr und die anderen weniger?"

„Nein, die Bedürfnisse aller sind gleich und keiner übervor-teilt den anderen."

„Auch die Eliten nicht?"

„Wie meinst du das?"

Ich setzte ein triumphierendes Grinsen auf. „Jetzt hab' ich dich bei einer Gegenfrage ertappt, mein Lieber …"

„Rico!"

„Ich bin Ethel. Ob angenehm, wird sich herausstellen. Weiter im Text. Karl Marx – und auf den spielst du an, dessen bin ich mir sicher – predigt keineswegs die Gleichheit aller Menschen, sondern unterscheidet präzise zwischen dem Proletariat und der Elite. Während die Proleten ausschließlich dem Zweck dienen, den Eliten zur Macht zu verhelfen, sind es diese, die nach der Machtergreifung über jene bestimmen, weil die ja zu dumm sind, zu wissen, was gut für sie ist."

Rico sah mich ob meiner Gotteslästerung fassungslos an. „Das stimmt doch gar nicht!"

„Das ist leider kein Argument, sondern eine einfache Behauptung, mein Lieber. Hast du Marx gelesen?"

„Selbstverständlich!"

„Dann frage ich mich, was du wie gelesen haben willst. Er – Marx, meine ich – hat bei allem Theoretisieren leider versäumt, sich Gedanken zu machen, aus welchem Material seine Eliten rekrutiert werden sollen. Vermutlich hat er an sich und seinen Freund Friedrich Engels gedacht, und damit hatte es sich. In allen Einzelheiten hat das Konkretisieren erst Lenin nachgeholt, der als Erster vor der Aufgabe stand, einen ganzen Staat, und dazu den flächenmäßig größten der Erde, organisieren zu müssen. Und der kam auf die Idee, dass die Partei die Elite sei. Wer das Privileg genösse, in die kommunistische Partei aufgenommen zu werden, gehöre zur Elite und dürfe über das Schicksal von Millionen bestimmen. In Marx' Schriften taucht, soweit ich weiß, nirgendwo der Begriff der Partei auf. Dieser Sud ergab den Marxismus-Leninismus, als Kürzel ML, das wichtigste Schulfach der DDR."

„DDR?"

Du lieber Himmel, der Kerl war völlig ahnungslos! Ich doppelte nach: „Sämtliche sozialistischen Experimente, die seit 1917 angegangen wurden, scheiterten kläglich und verschwanden nach ihrem ökonomischen Zusammenbruch in der Versenkung."

„Die haben es eben alle falsch angegangen."

„Kann daraus nicht der Schluss gezogen werden, dass das ganze Konzept falsch liegt?" Ich verspürte Oberwasser, denn Fanatiker wie Rico kennen sich nur als Redner und sind hilflos, wenn ihnen jemand das Wasser dadurch abgräbt, dass er oder sie ihnen rhetorisch überlegen ist.

Nach langem Überlegen fiel ihm eine Antwort ein. „Man muss die Menschen nur überzeugen, dass Gerechtigkeit unteilbar ist."

„Umerziehen, um es im Klartext auszudrücken. Das wurde hundert Jahre lang versucht und kostete zwischen 40 und 80 Millionen Menschenleben …"

„Na und? Ist nicht ein kleiner Preis für das Paradies auf Erden?!" Rico begann sich zu echauffieren und hatte die Stimme über den normalen Kneipenlärm hinaus erhoben. Nun sind politische Diskussionen in Studentenetablissements üblich und auch, dass sie hin und wieder heftig ausfallen. Das wird so lange toleriert, so lange sie gewaltfrei bleiben. Bei Rico war ich mir nicht ganz sicher, aber auch nicht gewillt, klein beizugeben. „Man nennt das verharmlosend Kollateralschaden", erwiderte ich deshalb.

Sein Zornschnauben erreichte eine beängstigende Intensität. Aus den Augenwinkeln erhaschte ich einen Blick auf die Rausschmeißer Arminius und Sigimer, die hier seit vielen Jahren Dienst taten und sich auf handfestes Eingreifen vorbereiteten.

Rico hatte die beiden Hünen anscheinend auch wahrgenommen und beruhigte sich etwas. „Alle Menschen sind gleich", schob er schwach nach.

„Der Versuch, Menschen zu Ameisen formen zu wollen, ist zum Scheitern verurteilt." Auch ich hatte eine entspanntere Pose eingenommen, nämlich gegen das Rückenpolster gelehnt. „Und die Ameisen brauchen kein kommunistisches Manifest, denn die sind von Natur aus Ameisen." Mich ritt der Übermut, als ich fortfuhr: „Im Grunde hat Marx nichts neu erfunden. Seine Analyse der frühindustriellen Zustände hat er von dem englischen Philosophen Thomas Malthus und seine Lösung aus Platons Philosophenstaat geklaut und zu seiner Gemengelage des Manifests zusammengerührt. Originär ist daran nichts. Nur, dass er Platons Begriff der Philosophen durch den der Eliten ausgetauscht hat."

Woher mein Übermut kam, ist leicht erklärbar. In Kölschkneipen ist es üblich, dass der ‚Köbes' das nächste Bier vor den Gast stellt, sobald sein vorheriges Glas geleert ist. Das gilt auch für Bönnschkneipen und mittlerweile hatten wir beide ein ganz schöne Portion Alkohol intus, und der enthemmt bekanntlich. Das geht soweit, dass erfahrene Mütter ihren Töchtern empfehlen, den Verlobten erst zu heiraten, wenn sie ihn unter dessen Einfluss erlebt haben und wie er reagiert hat – fröhlich, aggressiv oder müde.

Marx Originalität abzusprechen erwies sich jedenfalls als der Gipfel der Gotteslästerung. Rico sprang auf und hob die Hand, als ihre Bewegung abrupt stockte. Arminius hatte Ricos Arm gepackt und hielt ihn fest wie ein Schraubstock. „Du zahlst deine Rechnung und dann 'raus!" zischte er seinen ‚Kunden' an.

„Lass' mich los, du Grobmotoriker", schrie Rico. Seine Versuche, sich Arminius' Griff zu entwinden, schlugen indes fehl. „'raus mit der Kohle und dann hast du Hausverbot!" bekräftigte Sigimer und trat drohend auf die sich krümmende Gestalt zu.

„Die hat angefangen!" Mit ‚die' meinte Rico zweifellos mich.

„Ich hab' nur einen gesehen, der die Hand gehoben hat, und der warst du." Sigimers Miene wurde drohender. „Also …?"

Kleinlaut sagte Rico: „Lass' mich mein Geld 'rausholen."

„Von mir aus. Erlaub' dir aber keine Sperenzerchen." Rico erlaubte sich keine und machte, dass er Land gewann, nachdem das Geschäftliche abgewickelt war. Ich wandte mich an die beiden Beschützer. „Danke, Arminius und Sigimer. Ich spendier' euch ein Bier."

„Geht leider nicht, Ethel, Alkohol im Dienst … Aber eine Cola nehmen wir gern an." Es sei hinzugefügt, dass die beiden mitnichten so hießen, wie sie sich schimpften. Sie hatten ihre Pseudonyme Jules Vernes und Paschal Grous- sets Roman ‚Die 500 Millionen der Begum' entlehnt, in dem die beiden Gorillas zum persönlichen Schutz Professor Schultzes auf diese Namen hören.

Innerhalb der nächsten Minuten war ich schier umlagert und vermochte kaum mehr, die auf mich einstürmenden Sätze zu diversifizieren. „Der Kerl kommt nicht mehr wieder." – „Nach dem fünften Kölsch wird er immer laut." – „Der letzte Vertreter der reinen Marx'schen Lehre." – „Wir sind ja auch Linke, aber über die altherbrachten Postulate längst weg." – „Möchtest du noch ein Kölsch?"

Infolge zahlloser Null-Komma-zwei-Liter-Infusionen wank- te ich an diesem Abend allein nach Hause. Ich hätte mir meine Begleitung aussuchen können, denn die Meute schien scharf auf mich oder besser gesagt auf einen be- stimmten Körperteil von mir zu sein, bewachte sich aber misstrauisch, sodass sie sich selbst keine Chance gab und mir zu entkommen gelang, als sie sich mit sich selbst zu beschäftigen begann. Ich war einem Abenteuer keines- wegs abgeneigt, aber die Karriere Uschi Obermaiers als Linkenmatratze mochte ich dann doch nicht wiederholen.

Mit Mühe kaufte ich am Samstagmorgen für das Wochen- ende ein, denn ich litt unter den Folgen des gestrigen Ver- sackens. Erst beim Kaffee am Nachmittag zog sich mein Brummschädel zurück und Appetit meldete sich. Das Sah- netörtchen schmeckte mir und daraus schloss ich, dass der Höhepunkt der Krankheit ‚Kater' überstanden war. Für die Zukunft nahm ich mir vor, einen solchen Exzess nicht nochmals zuzulassen.

Als ich auf der Couch lag und zu lesen versuchte, stellte ich fest, dass es mir an Konzentration gebrach. Das sozialisti- sche Denkgebäude, mit dem ich konfrontiert worden war, kreiste steuerlos in meinen Gehirnwindungen herum. Wie ist es möglich, fragte ich mich, dass ein wacher Geist, der Latein und quadratische Gleichungen beherrscht, in sozio- logischen Fragen dermaßen die Wirklichkeit auszublenden fertigbringt wie die Linken es tun. Dass die Marx'sche Planwirtschaft bisher in allen Fällen gescheitert ist, ist für sie Anlass, ‚nächstes Mal besser' zu propagieren. Eines der wenigen Bücher, die zu Ende zu lesen ich nicht geschafft hatte, ist ‚Das Kapital'. Von 800 Seiten blühenden Blödsinns, der von einer völligen Fehleinschätzung wirtschaftlicher Gegebenheiten zeugt, hatte ich hundert bewältigt; dann war mir die Puste ausgegangen. Klar, ein Student, der mit Geld und dass es verdient werden muss solange nichts am Hut hat, solange die Eltern für seinen Unterhalt und sein Studium aufkommen, kann sich getrost hypothetischen Gesellschaftsvisionen hingeben, ohne deren konkrete Auswirkungen zu spüren. Rico gehörte zu dieser Kategorie, davon war ich überzeugt. Später, wenn es darum geht, nach dem Masterabschluss selbst für Lohn und Brot zu sorgen, verdingen sich diese Gewächse gern als Lehrer, Richter oder Redakteure, wo ihnen Einfluss auf die öffentliche Meinung sicher ist. Kaum je trifft man bei Flugzeugbauern, Quantenphysikern oder Humangenetikern auf Vertreter dieser Spezies. Dasselbe gilt für biedere Berufe wie Installateure, Gemischtwarenhändler oder Maurer. Wenn ich recht überlegte, war ich in meinem beruflichen Umfeld, dem Einzelhandel, bisher nie auf einen solchen gestoßen. Klar, wer sich in den Niederungen einer Lagerhalle herumtreibt, hat wenig Gelegenheit, seine gesellschaftlichen Ambitionen der Außenwelt aufzudrängen. Vermutlich, dachte ich amüsiert, wäre einer wie Rico auch unfähig, zwischen einem Gabelstapler und einem Staubsauger zu unterscheiden.

Als ich erwachte, war es bereits dunkel. War ich wahrhaftig über meinen Grübeleien auf der Couch weggedämmert! Scheiße, durchfuhr es mich, da wird es keinen Sinn haben, bald ins Bett zu gehen, denn ich war nun bestens ausgeschlafen. Na gut, lese ich halt in dem Buch weiter, das mir angesichts meines Widerstreits der soziologischen Theorien zu Boden gesunken war. Beizeiten würde sich entweder Hunger oder doch wieder Müdigkeit melden.

Am nächsten Tag traf ich mich wie in der guten alten Zeit mit Linda im Café Sahneweiß. Marcel war mit seinen Söhnen Jerôme und Philip zu einer Radtour aufgebrochen. Unabhängig davon, ob guter oder schlechter Liebhaber: Ein patenter Papa war Marcel allemal.

„Warum bist du nicht mit?" fragte ich Linda.

Linda lächelte mich verschmitzt an. „Weißt du, die Herren sind ganz gern unter sich. Für mich ist das gut, denn ich habe für ein paar Stunden Ruhe oder Zeit, mich abseits der Familie zu verlustieren wie jetzt."

Ich lachte. „Verlustieren ist gut. Ist ein Kaffee so lustvoll?"

Linda stimmte in mein Lachen ein. „Insofern, als nicht ständig einer der Jungs an mir zerrt und ,Mama, Mama' ruft." Sie wurde wieder ernst. „Übrigens ist mir – uns, muss ich sagen – etwas Komisches passiert."

„Und was?"

„Wir waren doch vor zwei Wochen in Urlaub."

„Am Bodensee?!"

„Eben nicht! Da war uns zu überlaufen und so haben wir eine Ferienwohnung in Hohentengen am Hochrhein angemietet."

„Und das liegt nicht am Bodensee?"

„Ungefähr 1½ Autostunden westlich davon, am Hochrhein zwischen Schaffhausen und Basel. Ein Geheimtipp, idyllisch, mit mannigfachen Wandermöglichkeiten und nahe der Schweiz, sodass du innerhalb von zwei Stunden auf dem Gotthardpass stehst."

Ich erinnerte mich der Vier-Pässe-Fahrt, die ich mit Gräuben unternommen hatte, und nickte. „Hört sich gut an. Und was ist euch Komisches passiert?"

„Der zentrale Ort dort ist Waldshut. Mit seinen 12.000 Einwohnern ist er, verglichen mit unseren Agglomerationen hier, von lächerlichen Dimensionen, aber bedeutend, weil nichts Größeres in der Nähe ist." Waldshut! Siedend heiß stieg es in mir hoch. In Waldshut wohnte Jerôme mit seiner

Sippe. Währenddessen war Linda fortgefahren: „Wir sitzen also in Waldshut in einem Café und denken an nichts Böses. Da setzt sich an den Nebentisch eine einheimische Familie, ein Ehepaar mit einer älteren Tochter und einem jüngeren Sohn, aber um einiges älter als unsere Kinder. Und, was soll ich dir sagen?" Eigentlich, liebe Linda, brauchst du es nicht zu sagen, denn mir schwante, was folgen würde. „Der Vater sah unserem Jerôme wie aus dem Gesicht geschnitten ähnlich."

Gut, dass ich auf diesen Satz vorbereitet gewesen war, denn wie aus der Pistole geschossen sprudelte es aus mir heraus: „So ein Zufall!"

„Ja, nicht wahr? Und weißt du, was das Seltsamste war?"

„Reicht das nicht?"

„An sich ja. Aber der Mann hieß ebenfalls Jerôme."

Das war tatsächlich ein Zufall, wie ich zur Not eidesstattlich bestätigt hätte. „Seid ihr ins Gespräch gekommen?"

„Nein. Die Leute dort sind weitaus zurückhaltender als wir Rheinländer. Es war aber unübersehbar, dass die Ähnlichkeit auch ihnen aufgefallen war, denn sie sahen ständig zu uns beziehungsweise zu Jerôme herüber."

„Du hast den Namen beim Zuhören aufgeschnappt?"

„Ja. Obwohl das das einzige Wort war, was ich von deren Gespräch verstanden habe. Sie reden am Hochrhein wie die Schweizer, was ich vorher nicht gewusst hatte."

„Das ist der alemannische Sprachraum. Der umfasst die Schweiz, den österreichischen Vorarlberg, Südbaden bis Freiburg und das Elsass, sofern sie dort überhaupt noch des Deutschen mächtig sind." Jerôme sprach mit mir stets reinstes Hochdeutsch. Ich war nie auf die Idee gekommen, dass er sich in heimischem Umfeld auch der heimischen Zunge befleißigen könnte. Ich musste mich anstrengen, ein Lächeln zu unterdrücken. Jerôme wäre nicht der Erste, der sich den unterschiedlichen Umgebungen angepasst verhält.

„So? Das wusste ich nicht. Ich dachte, die Baden-Württemberger wären alle Schwaben."

„Was meinst du, warum es sich um ein Bindestrich-Bundesland handelt? Weil es von Badenern und Württembergern bewohnt wird."

„Was um alles in der Welt sind eigentlich Württemberger?"

„Das sind die reformierten Schwaben. Baden ist katholisch und Württemberg evangelisch, was zu mancherlei Konflikten führt."

„Auch das wusste nicht. Warum heißt das Land denn nicht Schwaben?"

Jerôme hatte mich über die badisch-schwäbischen Be- und Empfindlichkeiten minutiös aufgeklärt. „Die katholischen Ur-Schwaben leben in Bayern, im Regierungsbezirk Augsburg. Früher hat er Oberschwaben geheißen, aber gewachsene Bezeichnungen werden heute gern unter den Teppich gekehrt. Ob das so ist, weil Diskriminierungen vermieden werden sollen, entzieht sich meiner Kenntnis." Ich war froh, dass wir zu einem allgemein-neutralenen Thema umgeschwenkt hatten, denn das Zusammentreffen von Jerôme Senior und Junior war für mich schlüpfriges Terrain und mehr als geeignet, mich zu verraten. Ich bedauerte, dass Jerôme Junior nicht mir nachgeschlagen war, denn die Erklärung dafür hätte für Linda und Marcel auf der Hand gelegen. Mal schauen, spann ich für mich den Faden weiter, ob sich Senior im September freiwillig zu der unverhofften Begegnung äußern würde. Ich gedachte ihn jedenfalls in Bezug auf seine Umgangssprache auszuquetschen.

Offenbar hatte er sie für sich als Zufall abgetan, denn er erwähnte sie mit keinem Wort und ich hütete mich, ihn von mir aus darauf anzusprechen. Worauf ich ihn ansprach, war seine Herkunft. Wir hatten längst in unser Hotelzimmer gefunden, als ich ihn fragte: „Wird bei euch nicht in einem komischen Dialekt geredet, einem, den niemand versteht?"

„Nana! Was ist mit eurem komischen Dialekt?"

„Was für einem …?"

„Kölsch oder rheinisch. Das versteht auch niemand."

„Na hör' mal! Das ist richtiges Deutsch in einer melodischen Klangfarbe."

„Die melodische Klangfarbe sei euch geschenkt. Aber das ist kein Dialekt, sondern dasselbe Gebaren wie das eines Alemannen, der sich in Hochdeutsch versucht."

Ich dachte an das Puppentheater Hänneschen in Köln, das sich der Mundartmodulation in seiner infernalischsten Ausprägung bedient, und gestand zu, dass dessen Dialogen kein Außenstehender zu folgen vermag. „Wie die Schweizer?" lenkte ich ab.

„Auch die gehören zu uns – oder wir zu denen. Der auffälligste Unterschied besteht darin, dass die Eidgenossen Schnarchlaute in ihre Ergüsse einfließen lassen und wir nicht."

„Du sprichst für mich totales Hochdeutsch." Ich erinnerte mich an Gräubens Erklärung, dass Schauspieler darauf gedrillt würden. Bühnenarbeiter auch? Hinterhältig, weil ich es ja wusste, fragte ich: „Kannst du denn alemannisch?"

Jérôme grinste mich verschmitzt an. „Darin bade ich im Alltag. Wart' mal." Er ergriff sein Smartphone und navigierte darauf herum. „Mir geht jegliches lyrische Talent ab, aber ein Freund von mir hat ein Gedicht verfasst, das … Ah, hier ist es!" Er sah mich ernst an und deklamierte:

Ihr münd's ja nöd glaube, ich glaub's ja au nöd,
dass DIE G'schicht söll wahr sii, die wäred schön blöd.
In Stuttgart war e Sendig in Planig,
de Name vom Planer, da hab' i kei Ahnig.
‚Wer wird Millionär' isch's Thema gsii;
de Programmchef hät g'meint: „Das kriege mer hii.
Mer chönt doch au säge, nöd wie beim Jauch,
wer di ERSCHT Frag' weiß, der g'winnt dann halt auch
die Million Euro; ich meine damit
das gäb' doch sicher ein' Quoten-Hit.
Und kürzer wär' die Sendung au,

so chünnt mer Geld spare grad wie di Sau."
E paar Wuche später isch Premiere gsii
im TV vo SWR, loset guet hii.
A dem Tag dänn isch das Quiz ändlich g'startet
wo auf de G'wünner ei Million wartet.
Dem Gascht si Name, dä darf i nöd säge
de Datenschutz hät öppis degäge.
Uf jede Fall hät er ganz nassi Händ' g'ha
und d'Spannig im Sall hät nümme nachgelaa.
Die alles entscheideni Frag' wird g'stellt,
wänn er d'Antwort weiß, dann isch er de Held.
„Die Hauptstadt Vietnams isch meine Frage,
wenn Sie sie kennet, sollet's Sie's sage."
De Gascht schwitzt no mehr und si's Hirn scho fascht
    chochet,
de Gaschtgäber doch uf d'Antwort jetzt pochet.
De seit scho ganz hibbelig: „Wüsset Sie's net?
Sie sollet wisse, ich muss bald ins Bett."
De Gascht schreit usse, scho ganz rot im Gesicht:
„Hanoi!" und denkt dabei: Ich weiß es nicht.
Was jetzt passiert, chunt in d' Fernsehg'schicht.
Der Erschte, der g'winnt und weiß es doch nicht.
De Sänder hät d'Million doch chöne b'halde,
echt schwöbisch halt händ sie sehr schnell g'schalte.
D'Erchlärig vom SWR, do fallt der nix ein:
„Bei uns heißt hanoi doch einfach nur nein.
Und wenn's noch was anderes gibt, das auch so heißt,
die Maus dann doch kein' Fade abbeißt."
Nach e paar Tag isch im ‚Südkurier' g'schtande:
„Das Gebaren im SWR ist eine Schande."

Jerôme sah mich ebenso triumphierend wie ich ihn fassungslos an. Seine Stimme hatte anders geklungen und
seine Körpersprache war anders gewesen als die des
Menschen, den ich seit Jahren kannte. „Alles verstanden?"
fragte mich der Fremde und verwandelte sich wieder in
den alten Jerôme.

„Ich weiß nicht recht. Es ging irgendwie um ein schwäbisches Thema?!"

„Da liegt der Hase im Pfeffer! Ein alemannischer Dichter macht sich über die Schwaben lustig, übrigens nicht zum ersten Mal. Jedenfalls hoffe ich, dass du mich nach dem Vortrag für dialekttauglich hältst."

„Unbedingt. Ich war zu Beginn sogar erschrocken."

Jerôme lachte. „Auch das ist nicht ungewöhnlich. Kannst du eigentlich richtiges Kölsch?"

„Natürlich."

„Und lässt das auch nicht heraushängen. Entweder erschreckst du mich jetzt auch oder wir fangen gleich an."

Ich schürzte die Lippen. „Leider weiß ich kein Kölsches Gedicht. Höchstens einen Witz."

„Lass' hören."

„Zwei Putzfrauen zu Beginn ihrer Schicht. ‚Isch maach Diät', säht die eine. ‚Jot, dann maach' ich die Finster', erwidert die andere."

„Den habe ich nicht verstanden."

„Diät steht außer für die bekannte Diät auch für die Erde, den Fußboden. Wenn den die Erste putzt, bleiben für die Zweite die Fenster."

Jerôme lachte verspätet. „Der geht wirklich nur auf Kölsch."

„Lassen wir das. Ein Witz, der erklärt werden muss, ist kein Witz."

„Hast Recht. Genug erschreckt für heute. Lass' uns anfangen." Sein Mund näherte sich meiner Wange.

12

Im Frühling durfte ich endlich meine angestauten Überstunden abbauen. Eine volle Woche Freizeit winkte mir und ich beschloss, sie sinnvoll zu nutzen, ohne eine exotische Destination ins Auge zu fassen. Das Naherholungsziel für die lärm- und abgasgeplagten Städter am Mittelrhein ist die Eifel. Für Fotografen bietet dieses unterschätzte Mittelgebirge ähnlich spektakuläre Farben wie die Bretagne, weil sich das Himmelsgewölbe selten eintönig blau präsentiert, sondern häufig ein dräuendes Gewitter in irgendeiner seiner Ecken für dramatische Wolkenformationen sorgt. Es ist folglich ratsam, bei einer Wanderung durch dieses wenig entdeckte Stück Natur stets einen Schirm mitzuführen, auch wenn morgens das Wetter hinterhältig verspricht, sich von seiner besten Seite zu zeigen.

Über Landschaft und nichts als Landschaft hinaus bietet sich auch Kultur an, und zwar neben Bauernhäusern, deren Bauweise gegen jegliche Unbill der Elemente Schutz verheißt, und ähnlich trutzigen Kirchen auch römische Artefakte wie den 95,4 Kilometer langen ehemaligen Aquädukt von Nettersheim bis nach Köln-Klettenberg, das damals CCAA hieß. Die Abkürzung steht für den antiken Namen der altehrwürdigen Stadt, Colonia Claudia Ara Agrippinensium, der Altar der Agrippina. Bei ihr handelte es sich um die jüngere Tochter des Imperators Claudius.

Vor einigen Jahren richtete der Eifelverein einen zu der steinernen Wasserleitung weitgehend parallel verlaufenden Wanderweg ein, der mit 115 Kilometern etwas länger ausfiel als der Angelpunkt seiner Wegführung. Er unterteilt sich in sieben Abschnitte, von denen zwei zu einem zusammenzufassen ein routinierter und fitter Wanderer mühelos fertigbringt. Auch ich hätte ohne weiteres die maximal 30 Kilometer pro Tag bewältigt, hatte aber beschlossen, alle Sehenswürdigkeiten wie Erhebungen, Schlösser und historische Ortskerne mitzunehmen, die der mir zur Verfügung stehende Reiseführer empfiehlt. Was die wenigsten wissen:

Keine Region in Europa ist reicher an Burgen, Schlössern oder einer Mischung aus beiden als die Nordosteifel zwischen Euskirchen und Hürth. Monumentalbauten außer das Versailles nachempfundene Schloss Augustusburg in Brühl sucht der Neugierige allerdings vergeblich. Häufig wurden ehemalige Schlösschen zu Villen umgenutzt. Möglicherweise verdankt der Gebirgszug Ville, der die westliche Begrenzung der sogenannten Kölner Bucht bildet, diesem Umstand seinen Namen. Eines der attraktivsten Relikte jener Zeit ist die Burg Kendenich, die allerdings nur von außen zu besichtigen ist, weil die Kommune sie 1976 unter der Bedingung zum Nulltarif veräußerte, dass der Käufer den halbverfallenen Bau restauriert. Das tat dieser auch und nutzt ihn seitdem für private Zwecke. Wer nicht Römerrelikte, sondern Denkmäler späterer Jahrhunderte zu den Objekten seiner Wissbegier erkürt, für die oder den wurde die Burgenroute aus der Taufe gehoben, deren Exponate mit dem Drahtesel abzuklappern Zeitgewinn verspricht.

Bevor ich literarisch losmarschiere, weise ich darauf hin, dass ich auf die siebte Etappe vom Brühler Wasserturm nach Klettenberg zu verzichten beabsichtigte, weil sie aller Mühe des Eifelvereins zum Trotz weitgehend durch Siedlungen oder neben lärmigen Straßen verläuft.

Vom Ausgangspunkt Nettersheim gilt es ein gutes Stück vorwärtszustreben, bevor sich kurz vor der Burg Stolzenberg ein Aufschluss des Römerkanals mit Durchlass zur Besichtigung anbietet. Von der Burg ist lediglich ein Holzkreuz verblieben. Dieses ziert eine Aussichtsplattform, die einen traumhaften Blick über das Urfttal gewährt.

Ich hockte mich auf eine der Bänke, holte meine Thermoskanne hervor und ließ mir den Kaffee mit Salamibrötchen schmecken. Ich war mutterseelenallein. Für die Eifel trifft fürwahr der Begriff Geheimtipp zu, sehr zur Freude derer, die sie genießen möchten, und sehr zum Bedauern der örtlichen Touristikvereine. Wären nicht zahlreiche, lokal engagierte freiwillige Helfer, die ehrenamtlich anpacken, wäre die Pflege der Wege, Beschilderungen und Picknickplätze aufrecht zu erhalten finanziell für die Gemeinden nicht zu stemmen.

Ich war nun einige Zeit unterwegs und fühlte mich großartig. Menschen sind unterschiedlich veranlagt. Die meisten in meinem Bekanntenkreis, um nicht zu sagen alle, zeigen kein Interesse daran, etwas solo zu unternehmen. Mir geht es genau anders. Mich würde Begleitung bei einer Unternehmung wie der jetzigen stören. Ich allein bestimme, was ich intensiver oder weniger intensiv begutachte, das heißt wo ich länger, kürzer oder gar nicht verweile, ob und wann ich pausiere und wo ich meinen Fotoapparat auspacke, um ein – nach meiner Auffassung – wunderschönes Stillleben für die Ewigkeit festzuhalten. Ein typischer Vertreter der Neuzeit begriffe überhaupt nicht, wozu ich eine schwere Systemkamera mit mir herumschleppte, genüge doch für jedes Sujet ein Handy. Ich glaube, von so einem Typen würde ich mich am ersten Tag im Streit trennen.

Plötzlich kochte in mir der Gedanke hoch, wie sich eine Wanderung durch die Natur wohl mit Jerôme entwickeln würde. In vielen Belangen verhielt er sich wohltuend abweichend von seinen Geschlechtsgenossen. Wäre das außerhalb von vier Wänden auch so? Ich seufzte, denn ich wüsste das gern, würde aber wohl keine Gelegenheit finden, das je zu erproben.

Erschrocken sah ich auf die Uhr meines Smartphones. Jetzt aber los, liebe Ethel, damit du nicht bis in die nachtschlafene Zeit unterwegs bist! Das Etappenende lautet eigentlich Dottel, aber dort gibt es keine Übernachtungsmöglichkeit, sodass ich kurz vor diesem Dorf nach links abbiegen musste, um nach 1½ Kilometern im größeren Kall ein Bett zu ergattern.

Die zweite Etappe führt über 16 Kilometer von Dottel nach Feyermühle. Zwischen Ravels- und Galgenberg geht es zunächst durch Weide- und Ackerlandschaft, bevor der Weyererwald für ersehnten Schatten sorgt. Kurz hinter dem Weiler Urfey ist eine vollständig freigelegte Aquäduktbrücke zu besichtigen, deren Jahrtausend-Ausstrahlung leider das moderne Schutzdach zunichte macht. Als ich mich über das Geländer beugte, sagte ein Mann neben mir: „Bewundernswert, was unsere Altvorderen damals schon zustande gebracht haben."

„Unsere Altvorderen?" Meine Stimme klang ein wenig spöttisch. „Haben unsere Altvorderen damals nicht mit einem Knüppel in der Hand ihre Frauen am Haarschopf durch den Wald hinter sich her gezerrt?"

Der Mann lachte. „Zur Römerzeit waren die Germanen darüber hinweg. Es gab bereits fruchtbare Handelsverbindungen zwischen den linksrheinischen Römern und den rechtsrheinischen Ureinwohnern."

Ich sah ihn irritiert an. Hielt der mich für ein Dummblondchen? „So ernst hatte ich's nicht gemeint. Nichtsdestoweniger bleibe ich bei meiner Meinung, dass die Erbauer dieser Anlagen nicht unsere Vorfahren waren."

Er wich physisch einen Schritt zurück. „Entschuldigung, ich wollte Ihnen nicht zu nahe treten. Ich habe halt einen Witz gegen den anderen ausgespielt."

Die Belehrung hatte ganz und gar nicht nach einem Witz geklungen. „Ist schon gut", erwiderte ich lahm und wandte mich ab.

Festgelegte Etappen zeichnet die Eigenschaft aus, dass sich Personen, die sie abwandern, immer wieder über den Weg laufen. Ich wusste, dass der Weg in 400 Metern Luftlinie an der Vollemer Aquäduktbrücke vorbeiführte, allerdings hinter dem Veybach und dem Eulenberg. Das Flüsschen zu überqueren erlaubt allerdings erst eine Brücke bei der Quellfassung Klausbrunnen, die ein ganzes Stück von Vollem entfernt liegt. Dann gilt es dieselbe Distanz wieder zurück zu gehen, ehe sich der Wanderer wieder hinter dem Eulenberg befindet.

Die Quellfassung Klausbrunnen ist eine gut rekonstruierte Zapfeinrichtung mit den beträchtlichen Grundmaßen 3,5 x 5,8 m, deren Funktionsweise eine Grafik im Reiseführer anschaulich vor Augen führt. „Ich sehe, wir haben denselben Weg."

Die Stimme kannte ich doch! Der Typ wirkte nicht unsympathisch, aber ich verspürte nun einmal keine Lust auf Gesellschaft. Die Höflichkeit, auf eine höfliche Bemerkung angemessen zu antworten, brachte ich immerhin auf. „Aus anderen Gründen verirrt sich wohl auch kein anderer hierher und schon gar nicht an einem Werktag."

„Das heißt, Sie haben für das Abwandern der Leitung extra Urlaub genommen?!"

„Darf ich für Sie dasselbe vermuten?"

„Sie dürfen. Ich fürchte, wir werden uns bis Mechernich immer wieder über den Weg laufen."

Er fürchtete das offensichtlich nicht, aber ich. Ich gab mich ins Unvermeidliche und sagte: „Das können wir umschiffen, wenn wir ab jetzt zusammen weitermarschieren. Vorausgesetzt, Sie sind kein Marathonläufer."

„Bewahre! Ich bin zwar sportlich, aber möchte unbedingt verinnerlichen, was der Eifelverein hier zustande gebracht hat."

Da es auf einer Wanderung albern ist, auf dem ‚Sie' zu bestehen, redeten wir uns bald mit Ethel und Helmut an. Ich wollte mir nicht eingestehen, dass er ein angenehmer Mensch war, kultiviert und gebildet, und mir manchen Blick in den Reiseführer ersparte, weil er praktisch jede Sehenswürdigkeit im Kopf hatte. Am Zielpunkt der Etappe, der Feyermühle, versuchte ich indirekt herauszufinden, wie er weiter vorzugehen gedachte. Die Mühle ist nämlich nichts weiter als das und bietet keine Übernachtungsmöglichkeit. Leider fragte mich Helmut zuerst. „Wo willst du heute Nacht bleiben?"

Ich druckste herum. „Ich glaube, ich werde von Mechernich über Euskirchen nach Hause fahren."

„Und morgen hier wieder aufsetzen?"

„Das weiß ich noch nicht."

„Schade. Ich begleite dich zum Bahnhof."

„Danke."

Zum Glück bestand er nicht darauf, mit mir zu warten, bis der Regionalzug nach Köln eintreffen würde, sondern verabschiedete sich mit dem Hinweis, dass er sich eine Unterkunft suchen müsse. Ich merkte, dass es ihn drängte, mich zu umarmen oder sogar zu küssen, aber er traute sich dann doch nicht und beeilte sich, den Bahnhof zu verlassen.

Ich wartete zehn Minuten und begab mich zu demselben Zweck ebenfalls in den Ort. Ein gemütlicher Gasthof erklärte sich bereit, mich aufzunehmen, und nach einer Dusche begab ich mich ins Restaurant, weil sich nach der körperlichen Anstrengung des Tages ein Bärenhunger meldete. Als ich es betrat, durchfuhr mich ein eisiger Schreck. Helmut saß auch da und hatte sein erstes Bier vor sich stehen.

Er hatte mich gesehen, kein Zweifel, und blickte mich erwartungsvoll an. Ich nickte ihm zu, um mir keinen groben Etikettenverstoß zuschulden kommen zu lassen, und setzte mich demonstrativ an einen anderen Tisch. Er verstand und versuchte nicht mehr, mir Avancen zu machen. Merkwürdigerweise schmeckte mir das Essen nicht, obwohl es ausgezeichnet war, und ich brachte auch kein zweites Bier die Kehle hinunter. Nachdem ich bezahlt hatte, lief ich ein wenig im Städtchen umher und versuchte, eine Kneipe zu finden, in der ich meinen Restdurst löschen könnte. Es gab mannigfache, aber jedes Mal, bevor ich mich einzutreten anschickte, rebellierte mein Magen. Entnervt gab ich auf und suchte meine Bleibe heim, in der mir nichts Besseres einfiel als den Fernseher einzuschalten – was ich sonst nie tue.

Während der Nacht wälzte ich mich hin und her, bevor ich in einen unruhigen Schlaf fiel, der mir mehr Albträume als Erholung brachte. Um Helmut nicht nochmals zu begegnen, nahm ich mein Frühstück frühestmöglich ein und floh das doch so gastliche Haus.

Um die mit 13 Kilometern recht kurze Etappe bis Kreuz-weingarten anzugehen, musste ich zunächst zurück zur Feyermühle, bevor ich Neuland betreten würde. Unmittel-bar bevor ich dort ankam, hörte ich hinter mir Schritte. Als ahnte ich, wer sie verursachte, drehte ich mich um und setzte ein Lächeln an. Das gefror mir allerdings, als ich Helmuts Reaktion einkassierte. Er drehte sich weg, suchte eine Abkürzung zum weiterführenden Weg und ging strammen Schritts – ich bin geneigt, seine Fortbewegung als Fast-Laufen einzustufen – schräg an mir vorbei zum Mecherni-cher Wald hoch.

Ich sah ihm traurig und fassungslos nach. Ich hatte vorge-habt, mich für mein gestriges Verhalten zu entschuldigen und ihn zu bitten, mich weiter als ein Anhängsel zu dulden. Und nun? Ich hatte es vergeigt und nur ich trug die Schuld daran.

Ich war während meiner Nacht, die mit Ruhe nichts zu tun gehabt hatte, zu keinem Entschluss gelangt. Nachdem ich mich nach dem Frühstück der frischen Luft ausgesetzt hatte, hatte ich erkannt, wie dumm ich gewesen war. Nach allem, was an Indizien für mich greifbar war, war Helmut ein hochanständiger Mensch, der behandelt zu werden wie von mir gestern Abend nicht verdient hatte.

Ich taumelte fast in den Wald, denn es geht gleich zu An-fang der Etappe steil bergan. Ich hegte keine Hoffnung, Helmut je einzuholen, und wenn, was sollte ich dann tun? Auf die Knie fallen? Nein, ich hatte es vergeigt und meine Chance mit Füßen getreten. Auf die erste Bank, die sich mir in den Weg stellte, ließ ich mich fallen wie ein nasser Sack.

Allgemeine philosophische Betrachtungen huschten durch meine Gehirnwindungen. Sind es immer die Draufgänger, auf die die Frauen fliegen? Hätte mich Helmut gestern am Bahnhof an sich gedrückt und mich abgeknutscht, hätte ich mir das gefallen lassen und zwar nicht ungern. Ich dachte an Jerôme. Hatte mich doch der Kerl im Filmset vor laufender Kamera gefickt. Und ich? Gute Miene zum bösen

Spiel gemacht? Nein, du Nutte, schalt ich mich selbst, du hast es genossen!

Nach gefühlten Stunden erhob ich mich und hakte die angeführten Punkte ab, ohne sie richtig wahrzunehmen. Als ich am Nachmittag Kreuzweingarten erreichte, fand ich ein Privatquartier, das mich aufnahm. Ich konnte mir vorstellen, dass Helmut gleich bis zum Ende der nächsten Etappe, bis Rheinbach, weitergeeilt war. Nein, ich würde ihn nicht mehr einholen. Merkwürdig, welche Vorstellungen er in meiner Fantasie ausfüllte. Er hatte mich nie berührt und ich fragte mich, ob er warme oder kalte Hände hatte, wusste weder seinen Familiennamen noch, welchen Beruf er ausübte. Wie er sich auszudrücken verstand, war er kein Krustentier in Menschengestalt, wie ich sie häufig genug erlebt habe, sondern mindestens Kustos eines bedeutenden Museums und in der Szene zu allgegenwärtig, um bisher Zeit gefunden zu haben, eine Familie zu gründen. Ich unterdrückte den periodisch aufwallenden Drang, mich selbst zu ohrfeigen.

Es sei an dieser Stelle vorweggenommen, dass Helmut meinen Erwartungen gemäß für immer aus meinem Leben getreten war, nachdem er mir vor der Feyermühle seinen Rücken zugekehrt hatte.

Weil es in Kreuzweingarten keine Gaststätte gibt, deckte ich mich in einer Metzgerei mit Nahrungsmitteln ein und erbat mir von meinem Gastgeber eine Thermoskanne Tee, damit ich nicht nur mit kalter Küche Vorlieb zu nehmen gezwungen war. Drei Häuser weiter drängte sich eine Eckkneipe als Absackerquelle auf. Wenigstens auf ein oder zwei Bier verlieh mir mein Abenddurst wieder Appetit.

Auf der vierten Etappe von Kreuzweingarten nach Rheinbach sind es weniger römische Relikte, die als Blickfang dienen, sondern mittelalterliche. Nach dem kräftezehrenden Aufstieg durch den Hardtwald erhebt sich nach drei Vierteln des Wegs ein schmiedeeisernes Kreuz, von dem aus ein Blick zurück sich mir ein schönes Panorama auf meinen Abgangsort bot. Oben angelangt erwartete mich ein ähnliches Denkmal, das ungefähr zwei Meter hohe steinerne Hubertuskreuz. Es wird von zwei Bänken flankiert, die zu einer Pause einladen.

Kurz danach erreichte ich die Burg, die dem Wald ihren Namen verliehen hatte, idyllisch von Bäumen und einem schilfbewachsenen Tümpel umgeben ist und ein Gefühl von Einsamkeit vermittelt, das so wenig weit von der nächsten Agglomeration entfernt erstaunt. Leider ist im Frühling und im Sommer der Turm geschlossen, weil während der warmen Jahreszeiten dort Turmfalken, Dohlen und Fledermäuse nisten. Vermutlich wäre der Ausblick von seinen Zinnen atemberaubend.

Ich war nach der gestrigen Enttäuschung soweit, Sehenswürdigkeiten wieder meine Aufmerksamkeit schenken zu können, und gab mich der Hoffnung hin, dass mich das weitere Programm von meinem Seelenschmerz ablenken würde. Erschrocken fragte ich mich, ob ich Jerôme als nun nicht mehr einzigem in Frage kommenden Mann bei unserem nächsten Treffen mit anderen Augen sehen würde als bisher. Naja, es lagen vier lange Monate vor mir und bis dahin sollte die Erinnerung an Helmut verblasst sein. Sollte.

Sobald der Römerkanal-Wanderweg aus dem Hardtwald heraustritt, wird die Landschaft uninteressant, weil sie nach landläufiger Meinung keine mehr ist, sondern von Obstplantagen, Äckern und Weiden dominiert wird. Die Stadt Rheinbach, das Ziel der vierten Etappe, bietet genügend Infrastruktur, um erschöpften Beinen eine Ruhestatt und einem hungrigen Magen Atzung anzudienen. Auch stehen genügend Kneipen zur Auswahl, die für genügend Bettschwere sorgen.

Die Etappen fünf und sechs handele ich nur kurz ab, weil Rheinbach – Bornheim-Brenig und Brenig – Pingsdorf mich meinem eigenen Bett immer näher brachten. Auf dem Weg zum Endpunkt begegnete ich mehr Leuten als während der vergangenen Tage, denn der Samstag und mithin das Wochenende war angebrochen. Am Brühler Wasserturm, in dem heute Wohnungen und ein beliebtes Ausflugslokal untergebracht sind, endete meine Römerkanal-Wande-rung, deren erfolgreichen Abschluss ich mit einem opulen-ten Kaffee-/Kuchengedeck in besagtem Ausflugslokal zele-brierte. Als ultimative Anstrengung stand mir Asphalttreten hinunter zum Haltepunkt Brühl Süd bevor. Dort gestattet die Straßenbahnlinie 18 alle 20 Minuten Fahrgästen nach Bonn den Zustieg.

Zu meiner Erleichterung hatte ich nach und nach die Freude an meiner Unternehmung wiedergefunden und war guter Dinge, dass mir ‚dat ärm Dier', was im Rheinischen für einen Depressionsanfall steht, nicht wieder auf den Pelz rücken würde. Ich hatte viel zu Lesen daheim und würde versuchen, Linda zu einem Kaffeeklatsch zu überreden, um einsame Stunden zu überbrücken.

Nachdem ich das Abenteuer in der Eifel, wenn es denn eins war, als verdrängt sah, klopfte mir vier Monate später im Foyer ‚unseres' Hotels nichtsdestoweniger das Herz. Weni-ger Helmut als vielmehr der Erkenntnis wegen, dass es durchaus andere Männer als Jerôme gibt und ich als Kon-sequenz nur noch 90 statt 100 Prozent Platz für ihn in mei-nem Herzen trug, belasteten mich, solange er noch nicht eingetroffen war.

Dann, plötzlich, stand er vor mir und riss mich in seine Arme. „Mon cherie!" rief er aus, drehte sich um die eigene Achse, wirbelte mich mit und küsste mich, als wäre nichts gesche-hen. Es war ja auch nichts geschehen – für ihn. Aber seine ungestüme Art, die ganz wie an unserem ersten Tag im Filmset hervorbrach, hieß mich alle Zweifel vergessen. Wir hasteten ins Zimmer, schafften es kaum, unsere Koffer or-dentlich in eine Ecke zu platzieren, und fielen übereinander her. Hättest du das auch gemacht, durchfuhr es mich, wäre die Situation heute vielleicht eine ganz andere. Das war definitiv der letzte Gedanke, den ich je an Helmut ver-schwenden sollte.

13

Unglaublich, aber wahr. Unglaublich, weil ich längst den Glauben verloren hatte, dass in Betrieben Beförderungen nach Leistungsausweisen vergeben werden. Das hat schon Cyril Northcote Parkinson – nein, nicht der mit dem Tatterich! – in seinem 1957 veröffentlichten Gesetz beschrieben, das besagt, dass eine Firma ab einer gewissen Größe ausschließlich damit beschäftigt ist, sich selbst zu verwalten, und ihr keinerlei Ressourcen für Außenwirksamkeit mehr zur Verfügung stehen.

Und doch war es geschehen, dass ich, die Hauptschülerin, in die Etage der Geschäftsführung berufen wurde. Die ehrlichen Gründe zu meiner Wahl wurden mir nie unterbreitet, aber ich habe natürlich einen Verdacht. Wie die Chefetage vieler Handelskonzerne litt auch die meines Brötchengebers unter Frauenmangel. Nun war ich nicht nur Frau, sondern auch Nicht-Akademikerin, was als zusätzliches Aktivum meine Person begünstigt haben dürfte. Meine nach eigener Auffassung gute Arbeitsleistung hatte bei dem Gottesurteil garantiert keine Rolle gespielt. Offenbar waren wenigstens Abstinenz, vegane Lebensweise und lesbische Orientierung kein Quotenkriterium gewesen, wie ich im Nachhinein amüsiert analysierte, denn mit solchen Ansprüchen wäre ich mit Pauken und Trompeten durchgefallen. Ich frage mich, ob sich nicht manchmal Männer als Schwule outen, obwohl sie es gar nicht sind, weil sie sich als ‚ein bisschen Frau‘ erhoffen, die Klippe des falschen Geschlechts dergestalt zu umschiffen. Wäre eine Untersuchung wert.

Zurück zu mir und meinen Belangen. Ich wusste natürlich, was die Beförderung bedeutete: Arbeiten bis zum Umfallen, was in diesem Fall nicht für brachiale Maloche steht, sondern für überbordende Präsenzzeiten, um ‚stets für die Firma da‘ zu sein. Folglich ist in dieser Riege der Begriff ‚Überstunden‘ Schall und Rauch und dementsprechend deren Abbau. Mir war das nicht so wichtig, denn außer dem ersten Wochenende im September entbehrte mein Leben jeglicher termingebundener Verpflichtungen – und hier und da würde es sicher zu einem Urlaub reichen.

Plötzlich zu der von unserer gerechtigkeitsbesessenen Politik gehetzten und diffamierten Gruppe der ‚Besserverdiener' gehörend merkte ich bald, in welchem Dilemma diese steckt. Endlich genug Geld, um ausgedehnte Reisen zu unternehmen, aber keine Zeit mehr dafür. Immerhin langte es für eine Jugendstilwohnung in der trendigen Bonner Südstadt, in die ich einen Gutteil meiner Einkünfte steckte, damit sie baldmöglichst hypothekenfrei würde. Wie unvermittelt ändern sich zuweilen Lebensumstände; aus abbezahltem Eigentum kann mich niemand so schnell hinausjagen!

Irgendwann in meinem zweiten Herrenjahr gelang es mir, für mich vier Wochen Freizeit herauszuschinden. Ich wusste sogleich, was ich mit ihnen anfangen würde. Während der Fahrt, die ich im Bernina Express mit Gräuben unternommen hatte, hatte ich darüber nachgesonnen, ob diese oder eine Eisenbahnfahrt über die Rockies mit dem California Zephyr die attraktivere wäre. Nun war ich gewillt, die Probe aufs Exempel in Angriff zu nehmen.

Meine ursprüngliche Überlegung, den Zug während seines gesamten Laufwegs zu begleiten, verwarf ich, denn wenn ich bei den großen Seen anfangen wollte, sollte ich auch dort nicht nur landen und gleich weiterfahren, sondern neben der Stadt Chicago auch das Ford-Museum in Dearborn nahe Detroit eines Besuchs würdigen. Das würde mindestens eine Woche kosten und passte nicht zu meiner favorisierten Absicht, im Mietauto den wüstenhaften Südwesten der USA zu durchstreifen. In dem riesigen Land wären knapp drei Wochen wie nichts vergangen, sofern ich mir nicht an jedem Aussichtspunkt maximal zehn Minuten gäbe, einige Fotos zu schießen und dann weiterzurasen.

Die Bahnfahrt durch die Rockies blieb allerdings unangetastet. Folglich flog ich direkt nach Denver und gönnte mir und ihr zwei erholsame Tage. Ausdrücklich erwähne ich die problemlose Einreise, die in ausgesuchter Höflichkeit ablief, nachdem mich Zeitgenossen zu Hause eindringlich vor ruppiger Behandlung durch die Einwanderungsbehörden gewarnt hatten: Wenn ich vor meinem geistigen Auge die Personen Revue passieren lasse, die solches von sich gegeben hatten, fällt mir keine einzige ein, deren Warnung auf eigener Erfahrung beruhte.

In der Hauptstadt von Colorado war angenehmes Verweilen angesagt, wenn sie auch außer dem unvermeidlichen Capitol weitgehend frei von Sehenswürdigkeiten ist. Grandios sind die Aussichten auf die umliegenden Berge von diversen Dachterrassen-Restaurants, mit deren Betreten natürlich Verzehrzwang einhergeht.

Am dritten Tag, nachdem ich erstmals in meinem Leben das Land der unbegrenzten Möglichkeiten betreten hatte, betrat ich morgens um halb Neun voller Lampenfieber die Union Station, um ,meinen' Zug zu erobern. Er stand bereits abfahrbereit am Bahnsteig, was dem Erfahrungsbericht eines Kollegen widersprach, der tatsächlich Amtrak-erfahren war. „Die Überlandzüge fahren pro Achtel Kontinent eine Stunde Verspätung ein", hatte er mir mit Verschwörermiene mitgeteilt. „Das bedeutet, dass du dich ohne weiteres auf Ankunft drei Uhr morgens einlassen kannst, denn du fährst bequem um acht Uhr morgens in dein Ziel ein."

„Und was soll ich machen, wenn es nur einen Zug pro Tag gibt?"

Der Kollege hatte mit den Schultern gezuckt. „Dann musst du halt damit rechnen, irgendwo um drei Uhr nachts einzutreffen." Und nun war von alldem keine Rede. Ich bewunderte die Superliner, Hochdeck-Sitzwagen von Ausmaßen, die der Globetrotter in Europa vergeblich sucht, obwohl die Schienenfahrzeuge der alten und der neuen Welt auf gleicher Spur rollen.

Langsam und schwerfällig setzte sich die Wagenschlange in Bewegung. Trotz Aluminium-Leichtbau bringt so eine Garnitur locker 900 Tonnen auf die Waage, was bei uns der Masse eines respektablen Güterzugs entspricht. Der

‚Zephyr' schraubte sich in weiten Serpentinen bergauf, sodass wechselweise jede Seite in den visuellen Genuss des Talkessels kam, in dem Denver mit seinen 700.000 Einwohnern immer kleiner und spielzeughafter wurde. Dann wand sich der Zug hinter eine Schwelle und näherte sich dem zehn Kilometer langen Moffat-Tunnel.

Nun wurden die Zugbegleiter hektisch – hektisch nach Vorschrift. Jedem Wagen ist einer zugeteilt und dieser stellte sich auf ein Podest unmittelbar unter dem Lüftungsregler. Der Zugführer – nicht der Lokführer! – wies über Lautsprecher darauf hin, dass während der zehnminütigen Tunneldurchfahrt ein Wechsel zwischen den Wagen und auch der Toilettenbesuch nicht möglich seien, weil sich diese außerhalb der abgeschotteten Passagierzellen befänden. Dann gab er das Kommando zu ihrem hermetischen Verschließen. Das Manöver war als Routine erkennbar, denn im selben Augenblick, in dem der Betreuer seine charakteristische Handbewegung durchführte, wurde es vor den Fenstern dunkel.

Wer sich erstaunt fragt, was diese Maßnahme soll, denn die europäischen Alpentunnel sind viel länger, ohne dass ihre Einfahrt von einer ähnlichen Zeremonie begleitet wird, dem sei verraten, dass die Ursache in den führenden Diesellokomotiven zu suchen ist, deren Abgase in geschlossenen Räumen tödlich wirken. Sollte die Amtrak eines Tages auf Brennstoffzellen-Triebfahrzeuge umstellen, entfiele das Getue natürlich auch im California Zephyr. Aber, ganz ehrlich: Wäre damit nicht wieder ein Stück Tradition über Bord geworfen?

Als nach zehn Minuten Tageslicht ins Innere der Wagen drang und unser Betreuer die Lüftung wieder öffnete, ging ein Aufatmen durch die Reihen der Fahrgäste. Erstaunlich, wie rasch es in einer mit atmenden Menschen besetzten Metallröhre stickig wird, wenn jede Luftzirkulation fehlt.

Die Strecke, die der California Zephyr befährt, hatte die Denver & Rio Grande Western Railroad erst im Februar 1928 als Dotsero cutoff eröffnet, um den Tennessee-Pass mit 33‰ Steigung zu entschärfen. Güterzüge auf dieser Linie bedienen heute ausschließlich lokale Anlieger; die durchgehenden leitet die Union Pacific, der heute das gesamte Streckennetz der früheren D&RGW, Western und Southern Pacific gehört, über ihre klassische Sherman hill-Route von Cheyenne nach Ogden durch Wyoming, weil die mit maximal 8,7‰ Neigung wesentlich günstiger trassiert ist.

Im Knoten Orestod finden die frühere und die heutige Linie wieder zusammen. Dort hielt der ‚Zephyr‘, um sein Gegenstück Richtung Chicago passieren zu lassen. Amerikaner erinnern mich zuweilen an kleine Kinder, denn auf die Idee, einen kreuzenden Zug mit frenetischem Applaus zu begrüßen, käme in Europa kein Mensch. Es sei vorweggenommen, dass ich die nächste Vorbeifahrt auf dem großen Salzsee verschlief.

Ich bin mir nicht schlüssig, ob die Rocky-Überwindung oder die des Bernina-Passes spektakulärer ist. Die Schweizer Route bietet den Vorteil, innerhalb von vier Stunden drei Klimazonen zu umfassen, während der ‚Zephyr‘ während des ganzen Tages im Hochgebirge bleibt. Jetzt, im Juni, wurde es erst kurz vor Provo Nacht, und da lag der atemberaubendste Abschnitt, den die amerikanische Eisenbahn zu bieten hat, hinter uns und mir.

Salt Lake City, das der Zephyr kurz vor Mitternacht erreichte, erlebte ich bereits im Dämmerschlaf, der anhielt, bis es in Winnemucca wieder hell wurde. Hätte ich die Fahrt während der Dampflokzeit unternommen, stünde mir ein ultimatives Schauspiel bevor, nämlich die Überquerung des Donnerpasses durch einen Scheiteltunnel kurz hinter der Grenze zu Kalifornien. Die damalige Betreibergesellschaft der Strecke, die Southern Pacific, hatte eigens dafür vom Hersteller Baldwin eine Sonderkonstruktion mit vornliegendem Führerstand entwickeln lassen, damit das Lokpersonal vor dem Qualm ihres eigenen Fahrzeugs geschützt war. Weil es sich um eine Güterzugmaschine gehandelt hatte, wurde in der angehängten Wagenschlange lediglich die Ladung zugeräuchert.

Ich merkte, wie sich die Geschwindigkeit merkbar verringerte. Dieselkraft ist eben doch keine elektrische und die Zugmaschinen taten sich spürbar schwer, obwohl sie in Reno durch eine dritte ergänzt worden waren. Im 3.147 Meter langen Tunnel 41 bei Truckee war es geschafft. Der westliche Mund spuckte uns bereits erheblich schneller wieder aus als uns der östliche eingelassen hatte und von nun an ging es stetig bergab. Da diesmal der eastbound Zephyr vor uns das Ausweichgleis erreicht hatte, rollten wir einfach an ihm vorbei. Vermutlich applaudierten nun die anderen zu uns herüber. Mit viel Fantasie vermeinte ich das laute Hornen der sich begrüßenden Dieselloks zu vernehmen.

Je mehr wir uns der Bay von San Francisco näherten, desto dichter wurde die Bebauung. Hinter Sacramento, der kalifornischen Hauptstadt, wurde die durchfahrene Landschaft gänzlich uninteressant. Endpunkt des Zephyr ist heute nicht mehr das berühmte Oakland Pier, sondern Emeryville nördlich davon. Wenige Minuten nach der fahrplanmäßigen Ankunft, um 17:30 Uhr statt um 16:57 Uhr, öffneten sich die Türen und entließen die zu einer verschworenen Gemeinschaft zusammengeschweißten Fahrgäste in ein neues Leben nach dem Abenteuer Transkontinentalfahrt.

Du magst ja erlebt haben, was du willst, lieber Kollege, aber ich werde deine Verspätungserfahrungen nicht bestätigen.

Von Emeryville starten ständig Fähren hinüber in das Sehnsuchtsziel San Francisco. Zu christlicher Zeit betrat ich es und fand, nachdem ich mich zwar beherrscht hatte, ihren Asphalt zu küssen, aber doch eine Gedenkminute eingelegt hatte, in nützlicher Frist eine brauchbare Unterkunft.

Ich war da! Zeitnot oder nicht, hier gedachte ich wenigstens drei Tage zu verweilen. Für die Wüste sollten 2½ Wochen genügen, sofern ich einen Vermieter fände, der mir gestattet, ohne horrenden Aufpreis sein Auto in Denver wieder abzugeben, damit ich nicht gezwungen war, wieder alles zurückzufahren. Das müsste naturgemäß eine nationenweit operierende Kette sein.

Ich hetzte mich keineswegs ab, sondern genoss das Ambiente in vollen Zügen. Ich hatte das Glück, eine nebelfreie Phase erwischt zu haben, die mir ermöglichte, bis spätabends in einem Café in Fisherman's Wharf zu sitzen und einen Drink nach dem anderen zu schlürfen. Dass ich nicht die einzige war, ist klar, und so saß ich selten allein am Tisch. Bemerkenswert, dass sich in den USA kein Mann traut, sich einem einsamen weiblichen Wesen zuzugesellen. Naja, das deutsche Strafrecht geht mittlerweile einen ähnlichen Weg.

So geschah es, dass ich auch am zweiten Abend mit einer Frau den Bistrotisch teilte. Wir waren wie üblich ins Gespräch gekommen, als mir an ihr etwas auffiel. Sie hatte oben herum nichts als ein T-Shirt an, denn ausnahmsweise brütete trotz der ständigen Brise vom Meer eine Bullenhitze. Das war es aber nicht, was mir auffiel, sondern der Aufdruck auf ihrem Textil. ‚Goldie GmbH' stand nämlich darauf und auch Logo und Farbe stimmten.

Der Frau fiel auf, dass ich ihre Brust anstarrte, und fragte irritiert: „Hab' ich da einen Fleck drauf?"

„Nein, aber einen interessanten Schriftzug. Ich kenne nämlich eine Goldie GmbH."

Ihre Augen verengten sich zu Schlitzen. „Das Ding ist Gott-weiß-wie-viele Jahre alt, als ich dort noch Teilhaberin war."

Mein Gedächtnis funktionierte in diesem Augenblick wie ein Computer. Es kramte aus tiefster Tiefe an die Oberfläche, was Gräuben mir einst anvertraut hatte, und hieß mich auf Deutsch fragen: „Sind Sie Rosalinde?"

Ihre Antwort kam wie aus der Pistole geschossen, ebenfalls auf Deutsch: „Demnach kennen Sie Gräuben?!"

„Vor Jahren hatte ich über meinen Konzern Kontakt mit der Goldie GmbH", erwiderte ich, „aber Gräuben kenne ich tatsächlich auch privat."

„Haben Sie sie im ICE kennengelernt? Das ist ihre Spezialität."

„Sie haben's erraten. Aber wieso …?"

„Mit einer ihrer Zugbekanntschaften hat sie ihre Bibliothek durchforstet und das Buch ‚Reise durch die Wörterwelt' verfasst."

„Blanche und Gerlinde neigen wohl nicht dazu, Sitznachbarinnen anzumachen?"

„Die kennen Sie auch?"

„Gerlinde hat Gräuben mir einmal vorgestellt; Blanche kenne ich nicht. Gräuben hat aus ihrem Herzen keine Mördergrube gemacht und mir viel von den vier Goldies erzählt. Wir haben eine gemeinsame kulturelle Affinität und auch einiges zusammen unternommen. Aber irgendwie", und hier senkte ich traurig meine Stimme, „haben wir uns aus den Augen verloren."

„Demnach sind Sie nicht aus Hamburg? Ich vermute, aus dem Rheinland."

„Aus Bonn, stimmt."

„Entfernung trennt. Ich habe auch nur noch über Whatsapp Kontakt mit ihr und der wird immer seltener. Schicksal."

Bald waren wir beim Du angelangt und ich erfuhr, dass Rosalinde sich in Rosalynn, gerufen Rose, umbenannt und ihren Nachnamen von Zimmermann in Carpenter anglisiert hatte. Ihrem Beruf war sie treu geblieben und wirkte eigentlich im Silicon Valley. Jede freie Minute zog es sie indes in die frühere Flower-Power-City, um die Überbleibsel Scott McKenzies, Joan Baez' und anderer Ikonen der Anti-Vietnam-Kriegs- und 68er-Bewegung aufzuspüren.

„Eine faszinierende Zeit, obwohl sie lange vor unserer Geburt lag."

„Ich glaube, die Faszination liegt in ihrer positiven Aufbruchsstimmung", erwiderte Rose, „ganz anders als 1933 oder gar bei Kriegsbeginn."

„Auch in der DDR gab es in den 50er Jahren so etwas wie eine Aufbruchsstimmung. Allerdings wurde sie durch die Betonköpfe der SED-Führung bald zunichte gemacht."

„Einer derer, die zu den Ernüchtertsten gehörten, war Bertolt Brecht. Als nach dem Zusammenschießen der Aufständischen am 17. Juni 1953 die Partei erklärte, sie sei ‚vom Volk sehr enttäuscht', schrieb er, dass ‚der Partei nichts anderes übrigbliebe, als das Volk aufzulösen und ein neues zu wählen'. Das sagt alles!"

Ich sah Rose bewundernd an. „Du hast dich intensiv mit der deutschen Nachkriegsgeschichte beschäftigt."

„Unsere Familie stammt aus der DDR, genauer gesagt aus Oranienburg. Meine Großeltern schafften gerade vor dem Mauerbau die Flucht in den Westen, wie übrigens viele andere auch, und siedelten sich in Hamburg an. Eine ihrer Enkelinnen – ich! – studierte dann Informatik, bildete mit Gräuben, Blanche und Gerlinde eine Arbeitsgruppe und gründeten später die Goldie GmbH."

„Das mit der Flucht kurz vor dem Mauerbau habe ich verschiedentlich gelesen. Anscheinend rochen entgegen der landläufigen Lesart der völligen Überraschung doch viele, dass 'was im Busch war. Du bist allerdings die einzige, die ich von denen persönlich kennenlernte."

„Vergiss nicht, dass das alles mittlerweile über 65 Jahre her ist, ein Menschenleben von der Geburt bis zur Rente. Ich habe meine Großeltern noch erlebt, aber über diese Ära schwiegen sie sich geflissentlich aus."

„Und jetzt bist du ganz woanders …"

„Ich glaube, schon jene Großeltern wären gern nach Amerika ausgewandert."

„Und warum, glaubst du, haben sie's nicht getan?"

Rose zuckte mit den Schultern. „Vielleicht Heimatliebe, obwohl ihre für sie verloren war. Den Mauerfall 1989 hat niemand vorausgesehen …"

„Auch da gibt es anderslautende Berichte."

„Mag sein. Für das einfache Volk jedenfalls nicht. Heimat kann weiter gefasst sein als das eigene Dorf und sich zum Beispiel durch die Muttersprache definieren. Fremdsprachenkenntnisse waren damals kaum verbreitet. Russisch, Pflichtfach für jeden DDR-Eleven, wurde wieder vergessen, sobald die Schule hinter ihm lag. Auch meine Eltern taten sich mit Ortswechseln schwer. Erst meine Generation ist so kosmopolitisch aufgewachsen, dass sie sich überall zu Hause fühlt, wo es ihr gut geht."

„Und das ist bei dir der Fall?"

„Eindeutig. Gräuben allerdings würde, glaube ich, Hamburg nur bei Anzeichen höchster Bedrohung aufgeben."

„Den Eindruck hatte ich auch."

„Und du? Eingefleischte Rheinländerin?"

„Ich mag Bonn. Als nördlichste italienische Stadt bietet sie Lebensqualität. Allerdings stammen auch meine Vorfahren von woanders her, nämlich aus dem schweizerischen Bündnerland. Mein Nachname Buchheister zeugt davon."

„Und das haben sie aufgegeben?"

„Es war wohl mein Opa, der eine Rheinländerin kennen und lieben lernte. Bedenke, dass in den 50er Jahren die abgelegenen Bergtäler alles anders als wohlhabend waren und das rheinische Industriegebiet während der Wirtschaftswunderzeit mit gut bezahlten Arbeitsplätzen in Hülle und Fülle lockte."

„Der starke Franken ..."

„Der war damals beileibe nicht so stark. Sein Wert lag weit unter dem der D-Mark. Zurück zum Kosmopolitischen. Ich denke, auch ich würde bei einem guten Angebot die Fahne tauschen."

„Bei einem guten Angebot ... Von selbst aktiv werden würdest du folglich nicht?!"

„Dafür geht's mir nicht schlecht genug."

„Trotz horrender Einkommensteuern und der immer stärker werdenden Bevormundung durch die Politik?"

„Ich schließe aus deinen Worten, dass diese Kriterien für dich der Grund zum Auswandern waren."

„Waren sie."

„Wenn es noch schlimmer wird, kann ich mir vorstellen, dir zu folgen. Leider bin ich keine Informatikerin, die buchstäblich vom Markt gerissen würde, sondern Einzelhandelskauffrau, die sich wie Sand am Meer anbieten. Für diesen bescheidenen Abschluss habe ich zu Hause viel erreicht. Hier müsste ich bei Null anfangen."

„Da ist 'was dran, obwohl wir hier überhaupt nicht zeugnisgeil sind. Mit Ausbildung haben's die Amis nicht, weil zu teuer. Wenn du das Gewünschte kannst, gut, dann fang' an. Wenn nicht, können wir dich nicht brauchen. Meines Erachtens eine kurzsichtige Politik – Firmenpolitik! –, die sich langfristig immer weniger auszahlt. Nicht umsonst lassen wir allmählich alles in China produzieren."

„Außer Software!"

Rose lachte. „Zum Glück! Sonst müsste ich in letzter Konsequenz nach China auswandern."

Wir verquatschten uns bis weit nach Mitternacht und verbrachten auch den nächsten Tag miteinander. Weil Rose am Montag zu einer Besprechung nach San José musste, nahm sie mich mit und empfahl mich einem Autoverleiher, dem meine Wünsche Befehl waren und der mir zudem Firmenrabatt gewährte. Was wollte ich mehr? Ich verabschiedete mich herzlich von meiner neuen Freundin und versprach, von mir hören zu lassen, sobald ich wieder daheim wäre. Meine neue Gräuben?

Als Untersatz hatte ich ein hübsches Cabriolet ausgewählt, weil ich im wüstenhaften Südwesten im Sommer nicht mit Regen rechnete. Ein Laden fand sich, in dem ich preiswert ein Zelt, Kochgeschirr und ein Klappstuhl-/-tischarrangement erwarb. Mal sehen, wie ich das in Denver wieder an den Mann bringen würde, denn zumindest die Möbel im Flugzeug mitzunehmen käme teurer als sie einfach zu verschenken. Luftmatratze und Schlafsack hatte ich von zu

Hause mitgebracht, denn ich wusste, dass auch in der heißen Wüste Nächte recht kalt werden.

Meine Fahrt begann mit dem Yosemite und führte weiter über Sequoia, Death Valley und Zion Nationalpark zum Grand Canyon. Dort ließ ich für drei Tage das Auto stehen und wanderte auf den Grund der Schlucht, was einer umgekehrten Bergbesteigung gleicht. Erst geht es 900 Meter abwärts und dann, nach einem Tag Erholung am Colorado River, mühsam wieder aufwärts. Wenigstens brauchte ich mich nicht mit dem Zelt abzuschleppen, denn im Grund der Schlucht herrscht eine permanente, stickige Hitze.

Nachdem ich im Besucherzentrum des South Rim der Tiefe entstiegen war und meinem Zeltplatz zustrebte, durchfuhr mich ein Schreck, denn ich fand sämtliche Versorgungseinrichtungen geschlossen vor. Ein Bewohner der benachbarten Parzelle klärte mich auf. Am heutigen 4. Juli feierte die Nation den Independence Day, den Unabhängigkeitstag. Während der Tourist in den USA gewohnt ist, dass Supermärkte und Coffeeshops rund um die Uhr geöffnet haben, gilt das für zwei Tage im Jahr nicht: Besagtem Independence und dem Labour Day, der auf den ersten Montag im September fällt und in seiner Bedeutung ungefähr unserem 1. Mai entspricht. Ich wäre an diesem Abend hungrig und lediglich durch Wasser vor dem Verdursten gerettet in meinen Schlafsack gekrochen, hätte mir nicht ein mitleidiger Nachbar einiges von seinen Vorräten abgetreten.

Nach dem Petrified Forest und dem Canyon De Chelly steuerte ich das Monument Valley an. Dort buchte ich eine zweitägige Querfeldeinfahrt in einem Jeep, da mein Sportwagen für die mit Absicht naturbelassenen Pisten ungeeignet war. Als letzte Stationen vor Denver nahm ich das Great Sand Dunes Monument mit; dann hieß es das schöne Cabrio abgeben und mit Bedauern meinen Rückflug antreten.

14

Die Geschäftsführung meiner Handelskette litt weiterhin unter einem Quotenproblem. Ich war die einzige Frau in der zehnköpfigen Riege und ein Anteil von 10% gilt im Zeitalter der Gleichberechtigung als unterirdisch. Es war klar, dass sich die großen Drei nicht die Butter vom Brot nehmen lassen würden. CEO, CFO und CIO schimpfen sich auf Neudeutsch chief executive, financial und information officer, wobei der erste der ist, der früher Generaldirektor hieß. Zum Unterschied zu diesem hält der CEO keine alleinige Unterschriftsberechtigung mehr, was schätzenswerterweise Alleingängen von Egomanen zuwiderläuft. Chief bedeutet eigentlich Häuptling und dass unser eingedeutschtes Wort Chef auf demselben Wortstamm beruht, ist leicht herauszuhören, auch ohne einen Doktortitel der Germanistik innezuhaben.

Wir anderen Nicht-chiefs waren verschiedenen Ressorts zugeteilt, ich dem Einkauf. Während der monatlichen Statussitzung stellte sich heraus, dass verständlicherweise keine und keiner der Anwesenden auf ihren beziehungsweise seinen gutdotierten Posten zu verzichten gewillt war. „Das habe ich mir gedacht und auch Verständnis dafür", gab der Allmächtige zum Besten. „Wir müssen uns aber nun mal dem Zeitgeist beugen und unsere Frauenquote erhöhen …" ein Seitenblick bedachte mich „… entschuldige, Ethel, ich möchte dir nicht zu nahe treten, aber …"

„Schon gut, Eberhard. Ich freue mich auf jeden Fall auf eine Kollegin." An dieser Stelle sei vermerkt, dass die für das Fußvolk unnahbaren Vertreter der obersten Etage unter sich genauso zwanglos miteinander umgehen wie besagtes Fußvolk.

„Danke, Ethel. Ich habe mich folglich dazu entschlossen, ein neues Ressort für die Compliance zu schaffen und auch überlegt, mit wem wir es besetzen könnten." Ein bisschen kannte ich mich in den unteren Etagen aus und war gespannt, auf wen Eberhards Auge gefallen sein mochte. „Ich dachte an Annabel aus der Damenoberbekleidung. Sie hat sich sehr gut gemacht und wäre sicher fähig, den Posten auszufüllen. Ich präsentiere sie euch jetzt in einem kleinen Diavortrag."

Für mich brauchte er das nicht, denn ich kannte die Tansanierin. Eine geschickte Wahl, denn sie erfreute sich nicht nur des begehrten Geschlechts, sondern sorgte als Dunkelhäutige auch für eine Quotenverbesserung in der Sparte Migrationshintergrund. Compliance steht für die Einhaltung der firmeninternen Regeln und werden von allen Mitarbeiterinnen und Mitarbeitern seit Anbruch der politischen Korrektheit ständig mit Unterschriftspflichten eingefordert. Für uns besorgte das bisher eine externe Firma, die sich die entsprechenden Formulare ausdachte und flächendeckend über die im Betrieb vorhandenen Bildschirme verteilte. Und nun sollte das Annabel …

Sie tat mir ein bisschen leid. Ob sie etwas tun würde oder nicht, war für die Bilanz des Konzerns völlig unwichtig. Ich fragte mich sowieso, was diese ganzen Übungen sollten. Bei 25.000 Mitarbeitenden gibt es sicher einen erklecklichen Anteil an Rassisten, Frauenfeinden und Pädophilen, die ihre Verpflichtung, solcherlei Gesinnung oder Gebaren sofort zu melden, sollten sie davon Kenntnis erhalten, achselzuckend unterschreiben, denn sonst gingen sie ihres Einkommens verlustig. Rechnete ich nur 2 % zu dieser Sippschaft, wären das bei uns immerhin 500 an konkreter Zahl.

„Hat jemand etwas gegen meinen Vorschlag einzuwenden?" Eberhard sah herausfordernd in die Runde. Wie erwartet meldete sich niemand. Frauenquote nunmehr 19 %, Migrantenquote 9 % – wenn das keinen Sprung nach vorn bedeutete! Als Nebeneffekt würde sich mein Horizont um einiges erweitern, denn bisher hatte sich mein Wissen um Tansania im Genuss von Gräubens eigens eingeflogener Kaffeemischung erschöpft.

Rasch wob sich zwischen uns beiden Frauen ein engeres Band als zwischen uns und den Herren der Schöpfung. Annabel hatte Architektur an der Universität Dar es Saalam studiert und sich entschlossen, nach Europa auszuwandern, nachdem sie erkannt hatte, dass sie als Frau in ihrer Heimat nie eine Chance haben würde, in ihrem Beruf tätig zu werden.

Viel besser war es ihr indes auch hier nicht ergangen. Ihr Abschluss wurde ohne inländisches Zusatzstudium nicht anerkannt und für dieses Zusatzstudium fehlte ihr das Geld – nicht für das Studium, denn das wäre kostenlos, aber sie musste schließlich von irgendetwas leben. So hatte sie sich zunächst als Aushilfe in unserem Konzern beworben. Zu dessen Gunsten muss ich sagen, dass dieser Annabels Qualitäten rasch erkannte sie innerhalb kürzester Zeit zur Disponentin für Damenoberbekleidung in der Hauptfiliale beförderte. Wie weiter oben schon einmal ausgeführt, wird der Branchenfremde nach Abteilungsleitern oder Abteilungsleiterinnen im Einzelhandel vergeblich fahnden, denn die müssten laut Tarif deutlich höher bezahlt werden. Sich selbst gönnen die Vorstände inkonsequenterweise ein umso üppigeres Salär. Und nun hatte es Annabel bis zu diesen Weihen geschafft!

„Willst du denn irgendwann dein Zusatzstudium in Angriff nehmen?" fragte ich sie.

Sie lächelte mich verschmitzt an. „Mal sehen, wie sehr mich die neue Aufgabe belastet. Sollte ich erkennen, dass mir genügend Luft bleibt, durchaus."

Ich führte sie in die Kneipe ein, in der ich früher gekellnert hatte und die zum Glück weiterhin ihr Dasein fristete, wenn auch unter einem neuen Pächter. In studentischer Umgebung war Annabel keinen Pöbeleien wegen ihrer Hautfarbe ausgesetzt, was in einer, sagen wir, bildungsferneren zum Alltag gehört. „Zum Glück ist Bonn tolerant", erzählte sie mir. „Bisher hatte ich keine ernsthaften Probleme. Das sah in Köln, wohin es mich zuerst verschlagen hatte, anders aus."

„Proletenviertel?"

„Kalk. Der Witz ist, dass zwei Fünftel der dort lebenden Einwohner selbst Ausländer sind. Die mögen wohl keine Konkurrenz?!"

„Sieht so aus. Hauptsache, dir geht's hier gut."

Wir kamen vom Hölzchen aufs Stöckchen. Plötzlich fragte Annabel: „Weißt du, woher der Kilimanjaro seinen Namen hat?"

„Sicher ein Swahili-Wort."

Annabel nickte anerkennend. „Kilima N'djaro heißt Berg des Wassers, behaupten meine Landsleute. Die Wirklichkeit ist aber viel profaner."

„Du machst mich neugierig."

„Es gibt in Tansania eine Biersorte, die so heißt. Einfacher geht's nimmer."

Ich lachte. „Wäre doch die Welt überall so einfach. Willst du das Bier hier einführen?"

Annabel wurde ernst. „Ich bin ja in der Geschäftsführung einer überregionalen Einzelhandelskette und könnte das zumindest anregen. Allerdings gibt es einen Wermutstropfen."

„Und der wäre?"

„In Tansania wird das Bier ausschließlich in Aludosen abgefüllt, und die sind hier verpönt. Für den Transport ist das gut, denn es wird dabei nicht schal und zerbrechen kann die Ware auch nicht; bei Flaschen bestünde da ein größeres Risiko."

„Wie kommst du eigentlich darauf? Kennst du den Berg?"

„Ich stamme aus Moshi, das direkt unterhalb liegt. An klaren Tagen erhebt sich der Kili über die Stadt wie eine Glucke über ihr Nest. Weißt du, dass er einmal der höchste Berg Deutschlands war?"

Ich nickte. „Zur Kolonialzeit als Kaiser Wilhelm-Spitze. Damit war 1919 Schluss und ich finde es auch albern, sich mit Rekorddaten von einem anderen Kontinent zu schmücken." Ich sah Annabel ins Gesicht. „Warst du denn einmal oben?"

„Drei Mal."

„Dann bist du Bergsteigerin?!"

„I wo. Bis zum Gipfel sind alles Wanderwege. Wer einigermaßen fit ist, schafft ihn. Das einzige Problem könnten die roten Blutkörperchen werden."

„Inwiefern?"

„Naja, die sorgen für die Anreicherung mit Eiweiß. Wer davon zu wenig hat, der kriegt ab 3.000 Metern Schwierigkeiten mit seiner Lunge oder seinem Gehirn. Wenn einen Touristen ein Ödem befällt, muss er schnellstmöglich in tiefere Lagen transportiert werden. Das ist seine einzige Rettung."

„Wie hoch ist der Kili denn?"

„5.895 Meter."

Ich dachte an meine ,versehentliche' Matterhornbesteigung und erinnerte mich, dass ich auf dem Gipfel keinerlei Schwierigkeiten gehabt hatte, aber der liegt 1.411 Meter tiefer. „Das bedeutet, in Europa kann man das nicht trainieren?!"

„Wir haben welche erlebt, die sich etwas auf ihr Krafttraining einbildeten. Schön und gut, wenn du vier Zentner stemmen kannst, nützt dir aber nichts, wenn deine Blutbildung nicht mit der Höhe schritthält. Plötzlich bricht der stolze Kraftprotz mit einem Wimmern zusammen und ist um nichts in der Welt dazu zu bewegen, wieder aufzustehen."

So ähnlich wie Seekrankheit, ging mir durch den Kopf. Wer dafür anfällig ist, mag Olympiasieger sein … Der höchste Berg Afrikas rückte plötzlich in mein Bewusstsein. Vielleicht würde Annabel mittun. Ich verkapselte dieses Vorhaben vorerst hinter meiner Stirn, um es hervorzuholen, wenn die Zeit dafür reif wäre. Es sollte nie realisiert werden, aber aus einem anderen Grund als heute absehbar war.

Während ich als Disponentin manchmal nicht gewusst hatte, wo mir der Kopf stand, drohte mir als Einkaufschefin keine Überlastung, denn die eigentliche Arbeit hatten die Inhaber meiner früheren Position zu leisten. Annabel hatte praktisch gar nichts zu tun als ihre Quote zu repräsentieren und so war es ohne Kraftakt möglich, uns an einem Freitag zusammenzutun und das Brühler Phantasialand mit unserem Besuch zu beglücken. Die Schule hatte vor einer Woche begonnen und Jahrmarktbetriebe litten an Werktagen nicht mehr unter Überfüllung.

Wir waren beide karussellfest und so ließen wir keine der die Zentrifugalkraft herausfordernden Attraktionen aus: F.L.Y., Talocan, Mystery Castle, River Quest, Winja's Fear & Force und wie sie alle heißen. Vor Jahrzehnten war ich als Kind mit meinen Eltern dort gewesen und staunte nun über die neugebauten Wunderwerke der Freizeitindustrie. Damals waren eine kleine und eine große Achter- sowie eine Wildwasserbahn die herausragenden Attraktionen gewesen. Dazu kam ein überwältigendes gastronomisches Angebot. Ich erinnerte mich an eine Bude, in der zu horrenden Preisen Bratwurst und Pommes angeboten wurden, die drei Tage im Magen lagen. Aus den zunächst null und später zwei Hotels waren mittlerweile sechs geworden, von denen mir das der Moschee von Djenné in Mali nachempfundene Matamba am besten gefiel.

Annabel hatte uns in ihrem trendigen E-Auto an den Bleibtreusee gefahren, wo sie einen Parkplatz gefunden hatte. Als wir dorthin zurückzukehren gedachten, hielt ich plötzlich inne. „Weißt du was", sagte ich, „ganz in der Nähe, in Pingsdorf, wohnt eine Klassenkameradin von mir. Der werde ich einen unangemeldeten Besuch abstatten. Vielleicht springt ein Kaffee 'raus."

„Und wie willst du nach Hause kommen?"

„Die Linie 18 fährt bis Mitternacht. Mach' dir keine Sorgen!" Ich hätte mir ohne weiteres ein Taxi leisten können, aber irgendwie hatten mich die pseudo-aristokratischen Gene bisher nicht so weit zu bringen vermocht, dass ich Geld zum

Fenster hinausschmiss, nur weil ich mich als zu vornehm für eine Straßenbahn dünkte.

„Wie du willst." Hätte ich geahnt, dass mir mein spontaner Einfall das Leben retten würde!

Der Abend mit Elvira und ihrem Mann verlief harmonisch und sie ersparte mir sogar die späte Heimfahrt in einem nicht allzu gut beleumundeten öffentlichen Verkehrsmittel. „Statt nach Brühl-Mitte kann ich dich gleich nach Bonn fahren. Keine Widerrede!"

Das Wochenende verging in süßem Nichtstun und nichts, auch kein Bauchgefühl, wies mich darauf hin, dass etwas nicht stimmen könnte. Am Montag betrat ich mein Büro und begann mit dem, was sich Arbeit nannte, und merkte erst gegen elf Uhr, als ich mich mit ihr zum Kaffee verabreden wollte, dass Annabel abwesend war. „Weiß einer, ob sie sich krank gemeldet hat?" Keiner wusste Näheres. Als ich versuchte, sie zu erreichen, nahm sie weder ein Festnetz- noch ein Handygespräch an. „Hm." Dieses Verhalten mir gegenüber fand ich eigenartig. Langsam wurde mir mulmig und ich rief die Polizei an, obwohl alle mich zu beruhigen versuchten, dass eine erwachsene Frau so schnell nicht verloren ginge.

„Frau Annabel Batema?" Die Stimme des Mannes am anderen Ende klang rau und belegt. „Darf ich höflich fragen, in welchem Verhältnis Sie zu ihr stehen?"

„Ich bin eine Kollegin. Soweit ich weiß, hat sie hier keine Verwandten."

„Das ist auch unser Stand." Der Polizist räusperte sich. „Ich muss Ihnen leider mitteilen, dass Frau Batema am Freitag tödlich verunglückt ist."

Nachdem mir ein Kollege Wasser ins Gesicht gespritzt hatte, wachte ich auf. Ich war tatsächlich in Ohnmacht gefallen, zum ersten Mal in meinem Leben! Zum Glück hatte der Marketingmensch, der sich zufällig in meiner Nähe aufgehalten hatte, mitbekommen, wie ich in mich zusammensackte, und mich rechtzeitig aufgefangen, bevor ich mit dem

Kopf auf dem Boden aufschlug. Offenbar hatte er das Gespräch fortgeführt, denn er war informiert. „Annabel tot!" Auch ihn hatte es getroffen, aber nicht so heftig wie mich.

„Ich fahre sofort aufs Revier und quetsche die Bullen aus!"

„Nana, liebe Ethel, erhol' dich bitte erst vollständig, bevor du loslegst!"

Meine erste Befürchtung bestätigte sich nicht. Annabel war keinem rechtsradikalen Anschlag zum Opfer gefallen. „Unsere personellen Ressourcen sind nicht unendlich", klärte mich der Inspektor auf, „und wir konnten Ihrer Freundin keinen lückenlosen Personenschutz gewähren, zumal keine konkrete Warnung vorlag, aber ein Auge auf sie hatten wir."

„Und was ist passiert?"

„Auf der Landstraße, kurz vor Bornheim, passte sie wohl nicht auf und touchierte einen Bordstein. Daraufhin ging ihr Fahrzeug in Flammen auf."

„Wie bitte?"

Der Inspektor wand sich etwas. „Es war ein E-Auto, wie Sie vielleicht wissen …"

„Weiß ich. Ich bin mit ihr ins Phantasialand gefahren."

„Nun ist es so, dass Lithium-Ionen-Batterien schon lange im Verdacht stehen, explosionsanfällig zu sein. Wenn das eintritt, ein Zellschluss, meine ich, steht das ganze Ding innerhalb einer Sekunde lichterloh in Flammen. Bisher hat es unserer Kenntnis nach niemand geschafft, sich lebend zu befreien."

„Waaas? Das habe ich bisher noch nie gehört. Wenn das so ist, gehören die doch verboten!"

„Wissen Sie, das ist politisch unerwünscht. Deswegen werden auch Meldungen mit diesem Inhalt unterdrückt. In den Medien steht dann lapidar: ‚Das Fahrzeug brannte völlig aus'. Wer sich auskennt, sieht vielleicht an den beigefügten Fotos, was Sache war. Ein Benziner kann in Brand geraten, aber der breitet sich langsam genug aus, dass es die Insassen 'raus schaffen, und einen Diesel setzt nichts und niemand in Flammen, höchstens ein feuerspeiender Drache."

Mir dämmerte, dass mir am Wochenende eine Meldung über einen Unfall mit Todesfolge am Freitag bei Bornheim über meinen Bildschirm gehuscht war, ich sie aber nicht im Traum mit Annabel in Verbindung gebracht hatte.

„Wo ist sie aufgebahrt?" Meine Stimme war nur mehr ein Krächzen. Falls der Inspektor sie nicht verstanden hatte, hatte er dennoch ihren Sinn erraten.

„Sie müssen wissen, dass bei einem derartigen Vorfall Temperaturen von über 1.500°C entstehen, das heißt, dass es der Feuerwehr unmöglich ist, das Feuer zu löschen. Von allem ist nur ein Häufchen Asche übrig. Wir sind dabei, nach DNA-Spuren zu suchen."

„Und woher wissen Sie …?" Ein Funken Hoffnung keimte in mir auf, wurde aber gleich wieder erstickt.

„Eine Verkehrskamera hat das Ereignis gefilmt. Das Auto ist eindeutig identifizierbar, weil es vor … davor geschah, äh … Hören Sie, junge Frau, eine Kollegin wird Sie jetzt zu Ihrem Hausarzt fahren. Sagen sie nur, wohin."

Ich hatte mich eine Weile aufrecht gehalten, aber jetzt war mein Kollaps erfolgt. Ich war vermutlich kalkweiß, zitterte wie Espenlaub und war zu stehen nicht in der Lage, ohne mich festzuhalten. Die Kollegin, die mich begleiten sollte, stützte mich mehr als dass sie mich hielt, und fuhr mich zu meinem Doc. Dessen Assistentin verabreichte mir sofort eine Beruhigungsspritze, die mich von Panikattacken, aber nicht von meiner Trauer befreite. Gibt es Harmloseres als einen Nachmittag im Vergnügungspark? Warum nur war er so schrecklich bestraft worden? Erst viel später packte es mich wie mit eisigem Würgegriff, dass ich ursprünglich wieder mit ihr hatte zurückfahren wollen und nur, weil ich mich an Elvira erinnert hatte …

Am Dienstag meldete ich mich für die ganze Woche krank.

Eine weitere Woche später stand mein St. Germain-Tag an. Mir war klar, dass er nicht so ablaufen würde wie die anderen davor, denn ich hatte Annabels tragischen Tod beileibe noch nicht überwunden. Zunächst war ich versucht gewesen, Jerôme auf irgendeine Weise abzusagen, hatte mich dann aber doch entschlossen, mich dem Leben weiterhin zu stellen. Tief in meinem Herzen hoffte ich auf Trost, obwohl keine Verbindung zwischen ihm und meiner Freundin bestanden hatte.

Jerôme enttäuschte mich nicht. Er zeigte sich einfühlsam und bedrängte mich überhaupt nicht, ihm zu Willen zu sein. Wir saßen lange auf dem Bettrand zusammen und unterhielten uns. Nachdem wir uns lange genug über meine Befindlichkeit ausgetauscht hatten, fragte ich ihn, wie es ihm so ginge. „Für welches Stück entwirfst du deine neuesten Dekorationen?"

Jerôme seufzte. „Das Zürcher Schauspielhaus braucht meinesgleichen nicht mehr; sie haben einen jüngeren, trendigeren Kollegen aufgetan, der meine Aufgaben übernimmt."

„Hast du denn jetzt kein Mandat mehr?" fragte ich bestürzt. „Was ist mit deiner Agentur in Paris?"

„Die hat vor kurzem die Grätsche gemacht. Ich habe wieder ein Mandat, aber eins, das deutlich weniger einbringt. Das Turbinentheater an der Sihl hat mich angefragt, ob ich bereit wäre, ihre Kulissen für Jules Vernes Bühnenversion von ‚Reise um die Erde in 80 Tagen' zusammenzubasteln."

„Und die zahlen weniger?"

„Es handelt sich um ein vom Kanton Zürich und der Gemeinde Langnau am Albis subventioniertes Kleintheater. Das Bühnenbild unter Einbezug des Flusses soll sehr aufwändig werden, also durchaus etwas für mich; das bedeutet, dass an anderen Ecken gespart werden muss."

„Die Schauspieler ...?"

„Das sind Laien, die für einen symbolischen Betrag auftreten, sozusagen ehrenamtlich. Das geringere Salär ist auch nicht unbedingt mein Problem."

„Sondern?"

„Daraus, dass ein echter Bach durch meine Pappmaché plätschert, kannst du schließen, dass es sich um eine Open-air-Veranstaltung handelt. Wir gehen auf den Winter zu und das Ganze startet erst im April nächsten Jahres."

„Aber du kannst doch jetzt schon anfangen. Wie du dich ausdrückst, hast du den Auftrag angenommen."

„Hab' ich und ich finde die Aufgabe reizvoll. Ich habe auch schon die ersten Entwürfe gezeigt und Anerkennung geerntet. Mein Problem ist die Überbrückung."

„Wie …?"

„Geld gibt's erst bei Spielbeginn. Das heißt, ich bin ein halbes Jahr ohne Einkommen."

„Hm." Ich dachte daran, wie ich mich in einer ähnlichen Situation verhalten würde. Klar, ich ginge bedenkenlos kellnern, denn Dünkel kenne ich nicht. Andererseits muss ich keine Familie ernähren. Das brachte mich auf eine Idee. „Hör' mal, Marion …"

„Lass' sie bitte aus dem Spiel. Weißt du, sie soll gar nicht merken …"

Aha, hier lag der Hase im Pfeffer! Jerôme hatte Frau und Kindern seinen sozialen Abstieg verheimlicht! Männer haben eine fürchterliche Angst, Frauen und vor allem ihrer Angetrauten einen Karriereknick einzugestehen. Auch die Insolvenz seiner Agentur dürfte Jerôme verschwiegen haben, nicht zuletzt, weil es keinen dienstlichen Grund mehr gab, die französische Hauptstadt aufzusuchen. Mir dämmerte, dass er es war, der der Tröstung bedurfte, jedenfalls mehr als ich, die über die ärgste Verlusthürde hinweg war. „Ist dir nicht klar, dass du dich damit unglücklich machst und nicht, weil dein neuer Job eine Gehaltseinbuße bedeutet?"

„Wie meinst du das?"

Jerôme, enttäusch' mich jetzt nicht! Hast du wirklich nicht begriffen, dass ich dich durchschaut habe, oder tust du nur so? „So zu tun als wär' nichts. Das macht alles schlimmer oder besser gesagt, aus etwas, das gar nicht schlimm ist, machst du etwas Schlimmes."

„Was meinst du, was Marion mir erzählen würde, rückte ich mit der Wahrheit heraus."

Du hast mich also doch begriffen, mein Lieber! „Hast du es denn probiert?"

„Bewahre! Ich sagte doch ..."

„Dann würde ich es tun. Ich versichere dir, dass sich danach alle Sorgen in Luft auflösen und du wieder selig schlummern kannst."

„Du kennst Marion nicht."

„Kennst du sie denn?" Ich sah Jerômes ratloses Gesicht und fuhr fort: „Ich meine, wenn du ihr alles vorenthältst, was sie belasten könnte, erfährst du es ja nie. Solange alles fadengerade läuft, funktioniert das. Aber bei einem Rückschlag oder etwas, was du so empfindest, gerätst du sofort in die Bredouille." Da saß ich, die Geliebte und Nummer zwei, auf der Bettkante unseres Liebesnests und verteidigte die Nummer eins! Nicht ganz ohne Hintergedanken, flüsterte mein Teufelchen mir ins Ohr, denn was fängst du mit einem deprimierten Lover an?

Jerôme hatte ein neues Argument aus seinem Hinterhirn gekramt. „Aber die Kinder ..."

Die hatten meiner Rechnung nach inzwischen das 17. und 14. Lebensjahr vollendet. „Glaubst du nicht, dass sie zu ihrem Papa stehen wie ein Knappe zu seinem Ritter? Der tut das auch, wenn sein Herr einmal ein Turnier verliert."

Ich rang Jerôme das Versprechen ab, sofort nach seiner Rückkehr nach Hause die Fakten auf den Tisch zu legen und prophezeite ihm aus meiner weiblichen Sicht, dass das für seine Seelenruhe das Beste wäre. „Oder bildest du dir etwa ein", doppelte ich nach, „dass Marion, Feli und Hendrik nicht längst spüren, dass bei dir 'was nicht stimmt?"

Es sei vorweggenommen, dass ich wenige Tage nach unserem Treffen einen handgeschriebenen Brief – mit einer

Schweizer Briefmarke beklebt und in Zürich abgestempelt – in meinem Postkasten fand, in dem mir Jerôme freudestrahlend – jedenfalls sah ich sein strahlendes Gesicht förmlich vor mir – mitteilte, dass nunmehr alles geklärt sei und er sich herzlich für meine aufmunternden Worte und meinen trefflichen Rat bedanke.

Zur Nacht, die Thema dieser Szene ist, bleibt hinzuzufügen, dass wir körperlich endlich zueinander fanden, alles es bereits dämmerte. Die Rückfahrt im Thalys verschlief ich praktisch komplett und ich vermute, dass es Jerôme in seinem TGV nach Basel genauso erging.

Die Affäre mit Annabel kochte erst so richtig hoch, nachdem ich wieder meine Arbeit aufgenommen hatte. „Wusstest du, dass sie bedroht worden war?" fragte mich Eberhard, unser CEO.

Meine Überraschung und mein Entsetzen waren nicht gespielt, denn Annabel hatte mir gegenüber keinen diesbezüglichen Ton verlauten lassen. „Sie war als Klüttenbastard, Affenfotze oder schwarzer Müll bezeichnet worden und dass sie sich in Acht nehmen solle."

Ich erinnerte mich daran, dass mir der mit dem Fall betraute Inspektor gesteckt hatte, dass die Polizei *… keinen lückenlosen Personenschutz gewähren [konnte], zumal keine konkrete Warnung vorlag. aber ein Auge auf sie hatten wir.* „Sind denn solche Schmutzpostings keine konkrete Warnung?"

„Wie meinst du das?"

Mir wurde bewusst, dass Eberhard der Zusammenhang fehlte. „Ich meine, warum wurde sie nicht unter Personenschutz gestellt?"

Eberhard seufzte. „Mangelnde Ressourcen, wie immer, und eine so hochrangige Person wie eine Politikerin war sie nicht. Und …", setzte er hinzu, „… es war tatsächlich ein Unfall. Ihr Auto ist mir-nichts-dir-nichts in Brand geraten."

Auch darüber hatte ich mich mit dem Inspektor unterhalten. „Aber den Kerlen – ich gehe davon aus, dass es sich um

Kerle handelte – wurde doch hoffentlich die Hölle heiß gemacht, egal, ob sie konkret zur Tat schritten oder nicht."

„Das kann ich dir leider nicht sagen, meine Liebe. Die Bullen halten sich wie immer bedeckt. ‚Wir dürfen keine Auskünfte über laufende Verfahren erteilen' und so weiter und so weiter. Das kennst du ja."

Aus eigener Erfahrung nicht, aber aus genügend Berichten sämtlicher Medien. „Das ist wohl so", seufzte ich nun meinerseits.

Der Charakter meiner Stammkneipe hatte sich gewandelt. War sie früher praktisch nur von Studenten frequentiert woden, hatte sich das Durchschnittsalter während der letzten Jahre merklich angehoben und auch der Kreis hatte sich über das Akademische hinaus erweitert. Die vier Herren am Nebentisch waren offensichtlich Handwerker aus dem Kfz-Gewerbe. Da ich wie meistens allein saß, hörte ich zwangsläufig ihr Gespräch mit.

„Diese verfluchten Quoten", schimpfte einer.

„Bist du wieder abgewiesen worden?"

„Sicher. ‚Wissen Sie, wir müssen endlich paritätisch werden', wurde mir ins Ohr gesäuselt. Behörden! Als ob bei Meisterprüfungen je eine Parität zu erreichen wäre!"

„Siehst du! Deshalb habe ich von vornherein auf den Aufwand verzichtet, mich bei den Sesselfurzern zu bewerben. Da gelten Kriterien … Sub omnibis canonibus!"

Offenbar war mir anzusehen gewesen, dass ich das Gespräch verfolgt hatte, denn der, der soeben das ‚verfluchte Quoten' in den Mund genommen hatte, wandte sich mir zu und sagte entschuldigend: „Bitte fühlen Sie sich nicht persönlich angegriffen, meine Dame."

„Wo werd' ich! Ich bin übrigens auch eine Quotenfrau, allerdings in einer Geschäftsführung, wo ich nichts zu können brauche. Sie hingegen sind anscheinend Kfz-Mechaniker oder Mechatroniker, wie es heute heißt."

Die ‚Geschäftsführung' hatte die Vier sichtlich beeindruckt. „Dann entschuldigen wir …"

„Habt euch nicht so! Ich habe früher hier drin gekellnert und heiße Ethel."

„Dann hätten wir früher herkommen sollen", platzte einer heraus.

„Egon!"

„Schon gut", beruhigte ich Egon, der rot zu werden drohte.

„Wir sind alle Vier Meister!" sagte der, der eben Egon zur Ordnung gerufen hatte und auf Erich hörte.

Jetzt war an mir, Respekt zu zeigen. Ich wusste, dass die Meisterprüfung Fertigkeiten verlangt, die weit über meinen Horizont gehen. „Was ist denn euer Problem oder vielmehr deins, Egon?"

„Naja, ich würde gern Gutachter werden, aber im Staatsdienst sollen ja gleich viele Männer wie Frauen dieselbe Arbeit leisten. Jetzt liegt der Frauenanteil bei Mechatronikern mit Abschluss bei 3% und bei Meistern unter einem. Können Sie … Kannst du mir verraten, wie die je ihre Quote vollkriegen wollen?"

„Rein rechnerisch, wenn 98% der Meister ihre Hände mit Öl verschmieren und zwei Prozent in Büros hocken. Von denen könnten dann die Hälfte Frauen sein."

Egon zeigte sich beeindruckt. „Mathematikerin?"

„Ich sagte doch Geschäftsführung. Da beschäftigen einen unnütze Statistiken." Ich wurde ernst. „Komisch. Bei Kindergärtnerinnen, Grundschullehrerinnen, Krankenschwestern und Altenpflegerinnen scheint diese Vorgabe nicht zu existieren. Jedenfalls ist von männlichen Exemplaren weit und breit nichts zu sehen."

„Gut, dass du das sagst, Ethel. Irgendwie scheinen die Maßstäbe nach Belieben gesetzt zu werden. Ich habe dasselbe wie Egon einmal bei einer Versicherung versucht, also nicht bei einer Behörde, und bekam mehr oder weniger das gleiche zu hören."

Ich wechselte den Tisch und wir prosteten uns zu. Nach genügend einleitendem Geplänkel robbte ich mich auf die Frage zu, die mich wirklich bewegte. „Was haltet ihr von E-Autos?"

Plötzlich herrschte eine gespenstische Ruhe in der Runde. Schließlich knurrte Egon: „Wie meinst du das?"

„Wie ich es sage. Ihr müsst wissen, dass ich vor einigen Wochen eine gute Freundin verlor, die in einem solchen Gefährt jämmerlich verbrannt ist."

„Etwa der schreckliche Unfall kurz vor Bornheim?"

„Ja, der. Und nur, weil ich mich entschlossen hatte, eine Freundin in Pingsdorf zu besuchen, saß ich nicht mit drin."

Mehrere Sekunden herrschte erschrockenes Schweigen, die gefühlt zu Stunden wurden. Schließlich gab Erich zu: „Naja, da besteht schon eine gewisse Gefahr."

„Stimmt es, dass bei einem Brand durch Zellschluss Temperaturen von 1.500°C erreicht werden?"

„Du kennst dich ja ganz gut aus. Ja, es stimmt, um deine Frage zu beantworten. Die Feuerwehr kann nicht nah genug an den Brandherd 'ran, um zu löschen, und muss abwarten, bis die größte Hitzeentwicklung vorbei ist."

„Das diese Akkus Giftschleudern sind, hatte ich schon vorher gewusst und mich bewusst gegen sie entschieden. Zum Unfall meiner Freundin hieß es, sie hätte den Bordstein gerammt und da wäre es passiert."

„Durchaus möglich."

„Wieso sind denn solche fahrenden Bomben erlaubt?"

Alle Vier zuckten synchron die Schultern. „Soll ich dir 'was sagen, Ethel?" Egon sprach sehr leise, damit ihn keiner an einem anderen Tisch verstand. „Die sogenannten E-Autos sind die schmutzigsten, die es gibt. Nicht nur, dass ihre Akkus Gefahrgut – Gefahrgut, nicht nur Sondermüll! – sind, nach fünf bis maximal acht Jahren kaputt sind und entsorgt werden müssen, nein, Temperaturen von unter -15°C zerstören sie. Das ist hier in der Kölner Bucht selten, aber in kalten Ländern müssen sie im Winter permanent beheizt werden. Sehr umweltfreundlich! Ich kann dich nur beglückwünschen, von diesem Teufelszeug Abstand genommen zu haben."

„Danke. Wo bleiben die ausgedienten Batterien eigentlich?"

„Im Arsch des Propheten. Will meinen, weggeschmissen. Am Anfang wurden sie in einem immer länger werdenden Konvoi durch ganz Europa gekarrt. Jetzt werden sie nach China geschickt, wo die fachgerechte Entsorgung durchgeführt, das heißt der ganze Dreck ins Meer gekippt wird."

Das empörte mich. „Warum tut die Politik nichts dagegen?"

„Weil sie das Gegenteil tut. Die Obrigkeit hat das E-Auto mit Lithium-Ionen-Akkus nun mal als umweltfreundlich befohlen und hält an diesem Postulat eisern fest. Dabei dürfte ein solches Ding nicht einmal ein Wasserschutzgebiet durchfahren."

„Wir setzen auf Kalifornien", fiel Erich ein. „Wenn dort die Explosionsgefahr ein Thema wird, verbieten die den Betrieb hoffentlich und dann dauert's nicht lange, und der Rest der USA und Europa werden nachziehen."

„Sind eigentlich alle vom Fach derselben Meinung wie ihr?"

„Alle Techniker und Ingenieure und vermutlich auch halbwegs kompetente Leute in den Chefetagen."

Schockiert war gar kein Ausdruck für das, das ich angesichts dieser Enthüllungen empfand. „Und warum tut ihr euch nicht zusammen und protestiert gegen diese Höllengefahr? Ihr seid, wie ihr selbst sagt, kompetent und wisst euch auch zu artikulieren."

Erichs Artikulation geriet zu einem Flüstern: „Spinnst du? Dann sind wir alle unsere Jobs los!"

15

Im darauffolgenden Mai hatte ich die negativen Ereignisse weitgehend verdrängt. Ich hoffte, dass sich Jerôme mit dem Turbinentheater angefreundet hatte und beschloss, eine Woche zwecks Tapetenwechsel am Bodensee zuzubringen. Im Mai, so zwischen und Oster- und Sommerferien, wäre Deutschlands beliebtester See noch nicht hoffnungslos überlaufen, so meine weitere Hoffnung.

Sie erwies sich als trügerisch, denn ich hatte unterschätzt, dass zahllose kinderlose Singles und Paare derselben Idee folgen und zwischen den Ferien in den Urlaub aufbrechen. Zum Glück konnte ich mir eine sündteure Suite in Meersburg leisten und mich vom Trubel weitgehend fernhalten.

In einer Weinstube hingegen wäre es ungemütlich, allein zu sitzen. Der Alemannentorkel ist angesagt und dort ist unerlässlich, mit zahlreichen weinseligen Bundesgenossen an einem Holzkoben zu sitzen. Da ich früh hereingetorkelt war – nein, aufrecht hereingeschritten –, hockte ich zunächst allein an solch' einem Ungetüm, aber wie erwartet fragte mich alsbald eine Frau im alemannischen Dialekt: „Isch bei Iehne noch frei?"

Ich hatte den Satz nicht wortgetreu verstanden, aber sein Sinn war klar. „Selbstverständlich", erwiderte ich jovial, sah hoch und erschrak bis in mein Innerstes. Hinter der Frau stand ein Mann und der Mann war – Jerôme. Ich errötete und erkannte, dass es ihm nicht besser ging. Zum Glück verdient die Schummerbeleuchtung in dem Etablissement ihren Namen, sodass Marion unsere Farbveränderung nicht wahrnahm. „Danke", sagte sie und setzte sich. Jerôme tat es ihr nach. Was für ein Zufall! Und ich hatte mir eingebildet, der Bodensee läge weit genug von Waldshut entfernt, damit er nicht einträte. Das Paar war allein. Ich überlegte. Klar, die 18jährige Felicitas und der 15jährige Hendrik brauchten keine Ganztagesbetreuung mehr und die Eltern konnten wohlgemut einige Tage Auszeit ohne sie nehmen. Feli müsste vor dem Abitur stehen und von Hendrik wusste ich, dass er eine Schreinerlehre begonnen hatte. Natürlich durfte ich nicht wagen, nach ihnen zu fragen, denn für Marion war ich eine völlig unbekannte Person und Familie Andermann offiziell für mich auch. Ich beschloss, am Wein nur zu nippen, um nicht nach dem so-und-so-vielten Glas allzu ausgelassen zu werden.

Nachdem wir weitgehend schweigend eine Kleinigkeit gegessen hatten, kamen wir ins Gespräch. Dafür kramte Marion ihr bestes Hochdeutsch an die Oberfläche. Dass Jerôme seinen Beruf erwähnte, ging als normales Smalltalk durch, denn offensichtlich erheischte er Bewunderung, die ich ihm auch gewährte. „Ein echter Künstler, boah! Sind deine Werke irgendwo zu bewundern?" Zum Glück hatte Jerôme unsere Vorstellung mit der Bemerkung eingeleitet, dass es in einer badischen Weinstube unüblich sei, sich mit ‚Sie' anzureden. In einer Kölschkneipe ist das tatsächlich so, aber hier, bei den eher steifen Süddeutschen, war ich mir nicht so sicher. Indes war ich für seinen Vorstoß dankbar, denn ich hätte nicht durchgehalten, ihn den ganzen Abend zu siezen.

„Ich habe sogar wieder Kontakt zum Regisseur Peter Baumeister aufgenommen. Der plant einen neuen Historienfilm."

„Was heißt wieder? Hattest du schon mal Kontakt zu ihm?" Ein schlüpfriges Thema, denn ich wusste ja nur zu gut, dass das vor acht Jahren der Fall gewesen war.

„Einmal hatte ich eine Statistenrolle in seinem Schinken ‚Der Dirnenaufstand am Hof Ludwig des XIV.'. Da habe ich gemerkt, dass mir die Schauspielerei nicht liegt. Kunst ja, aber keine darstellende."

„Ist er nicht mit seinen seichten Streifen wie dem Dirnenaufstand ins Abseits geraten?"

„Ist er, aber er plant ein Comeback."

„Im selben Genre?" Meine Zweifel an den Erfolgsaussichten klangen deutlich durch.

„Mal schauen. Ich soll jedenfalls für die Kulissen sorgen. Wenn ich die abgeliefert und mein Geld einkassiert habe, ist mir egal, ob das Machwerk floppt oder ein Hit wird." Aha, lieber Jerôme, auch dich plagen Zweifel an der Qualität des Ergebnisses. Immerhin schien ihm eine gute Einnahme zu winken, wenn ich Marions zufriedenes Lächeln richtig deutete.

Im weiteren Hin und Her unseres Geplänkels spielte ich die Ahnungslose. „Eurer Sprache nach seid ihr Hiesige. Wohnt ihr in Meersburg?"

„Nein. In Waldshut."

„Liegt das auch am Bodensee?"

„Nein, am sogenannten Hochrhein. Der liegt oberhalb des Oberrhein und umfasst das Stück zwischen Schaffhausen und Basel."

„Von den beiden Städten habe ich gehört, aber vom Hochrhein bisher noch nie."

Marion lachte. „Da bist du nicht die einzige. Wir sind auch ein Urlaubsgebiet, aber zum Bedauern unserer Touristiker ein wirklich geheimer Geheimtipp. Uns ist's recht."

„In Schaffhausen liegt doch der bekannte Rheinfall?!"

„Nicht ganz korrekt; korrekt wäre bei Schaffhausen, denn es ist Neuhausen, das den Besitzerstolz für sich beanspruchen darf."

„Jedenfalls ist der gar nicht weit weg."

„Auf einer Karte in kleinem Maßstab sieht das so aus", warf Jerôme ein. „Waldshut liegt ungefähr in der Mitte zwischen Wasserfall und Rheinknie und die Etappen addieren sich. Weil unsere Gegend weitgehend autobahnfrei ist, musst du schon 1½ Stunden bis hierher rechnen."

Nach zwei Stunden hatten sowohl Jerôme als auch ich gerade mal die Hälfte unseres Glasinhalts bewältigt, während Marion bereits das zweite Viertele intus hatte. Sie schien sich über das Verhalten ihres Mannes zu wundern, sodass er befürchtete, sich dadurch eher verdächtig zu machen als durch einen versehentlichen Flirt mit einer Zufallsbekanntschaft. Außerdem plagte ihn der Durst und er bestellte rasch alkoholhaltigen Nachschub. Ich tat es ihm nach und orderte zusätzlich einen Liter Mineralwasser für uns alle zusammen, denn auch mir bereitete mein trockener Hals Unbill. Was soll's, dachte ich, wir haben unsere Rollen mittlerweile so eingeübt, dass wir uns kaum mehr verplappern werden.

Als ich spätabends aus der Torkel torkelte – diesmal buchstäblich –, fand ich nur mit Mühe den Weg zu meiner Bleibe; als ich endlich im Bett lag, schien sich die Welt um mich zu drehen. Oje, dachte ich, Kölsch schaffe ich in respektablen Mengen, aber Wein wirkt anders und ungemein nachhaltiger. Ich kam nicht dahinter, ob wir – Jerôme und ich – uns verraten hatten, aber wenn, wäre fraglich, ob Marion das überhaupt mitgekriegt hatte, denn auch sie hatte der rötlich schillernden Flüssigkeit fleißig zugesprochen. Eigentlich, urteilte ich, ist sie ganz nett. Ein Zusammenleben mit ihr war anscheinend möglich, wie die Stabilität ihrer Beziehung seit 20 Jahren bewies, aber ebenso anscheinend war sie kein Betthäschen. Ich überlegte, ob ich ein schlechtes Gewissen haben müsste, kam jedoch zu dem Schluss, dass ich mir nichts vorzuwerfen hätte. Wir nahmen niemanden etwas weg und ich fragte mich, ob Marion unser Techtelmechtel nicht möglicherweise gebilligt hätte, hätte sie davon gewusst. Danach hatte sie wieder für längere Zeit einen zufriedenen Gatten, der ihr nichts abverlangte. Das ist natürlich eine waghalsige Hypothese, auf die ein Mann nie käme.

Nicht lange nach meinem Bodenseeurlaub las ich, dass der Regisseur Peter Baumann nach kurzer, schwerer Krankheit verstorben sei. Bei unserem nächsten Septembertreffen fragte ich Jerôme, was er darüber wisse. „Krebs?"

„Ausnahmsweise nicht. Er litt wohl an einer Autoimmunschwäche, die er vor allen geheim gehalten hatte. Eines Morgens lag er tot im Bett."

„Damit war das Filmprojekt wohl gestorben?"

„Ja. Kein Kollege und auch keine Kollegin von ihm zeigte Interesse, es fortzusetzen."

„Und du?"

Jerôme lachte. „Du wirst es nicht glauben, es verlief für mich ohne Nachteile. Das Zürcher Schauspielhaus bot mir an, zu ihm zurückzukehren, denn die Kreationen des angesagten Jungdynamikers waren wohl so avantgardistisch, dass das vorwiegend ältere Publikum sie nicht verstand und sie zwar nicht per Strapazieren seiner Stimmbänder ausbuhte – dafür sind die Eidgenossen zu zurückhaltend –, aber durch Abstimmung mit den Füßen."

„Trampeln?"

„Nein, ausbleiben. Der Theaterleitung wurde von den Honoratioren der Stadt unter der Hand gesteckt, was Sache wäre … und nun bin ich zurück."

Ich atmete auf, als ginge es um mein eigenes Schicksal. „Na, dann ist ja alles gut."

„Ja, alles ist gut."

Die Jahre gingen ins Land und außer meinem Jahr in einem Tag geschah zunächst wenig Erwähnenswertes. Rose hüllte sich in Schweigen, aber hatte sie nicht apostrophiert: *Entfernung trennt. Ich habe auch nur noch über Whatsapp Kontakt mit [Gräuben] und der wird immer seltener. Ist wohl Schicksal?!*

Dann geschah doch etwas, und zwar für mich wenig Erfreuliches: Mein Konzern, der nicht so groß war, dass er für ein noch größeres Unternehmen ein zu großer Brocken wäre, erlitt das Schicksal des Geschlucktwerdens. Nun ist in einem solchen Fall eine Geschäftsführung von zweien überflüssig, und zwar normalerweise die des Opfers. Und zu der gehörte ich.

Eberhard hatte das wohl seit Längerem geahnt, denn er hatte Annabel nicht mehr ersetzt. Die Leichenbittermiene, mit der er mir die Entwicklung unterbreitete, veranlasste mich beinahe, laut aufzulachen. „Du musst wissen, Ethel, dass die Wirtschaft nicht floriert, die Zeiten unsicher sind und die Zukunft ungewiss ist …" Immer dieselben Erklärungen und Entschuldigungen bei Firmeninsolvenzen oder -übergaben, dabei sind es immer Managementfehler und -versäumnisse, die dazu führen. Wäre es nicht so, müssten ja alle Unternehmen der Branche aufgeben. Vielleicht waren Eberhard und unsere gesamte Vorstandsriege inklusive mir selber für die harte Geschäftswelt zu gut und zu nachgiebig. Was sollte es? Ich war überzeugt, dass zumindest unser CEO weich fallen würde und war gespannt, was die neuen Eigentümer mir anbieten würden.

Nein, wieder Regale vollstapeln wollten sie mir denn doch nicht mehr zumuten. Sie boten mir an, die oberste Disponentenebene auszufüllen, weiterhin ein Managementposten, aber keiner in der Geschäftsführung. Ich erbat mir Bedenkzeit. Es torpediert das Ansehen, als Zurück-ins-Glied-ex-Chefin unter früheren Untergebenen – Entschuldigung, Mitarbeiterinnen und Mitarbeitern – zu wandeln und zu handeln, aber Versuche, mich ihn einer ähnlichen Position bei Konkurrenten zu bewerben, liefen ins Leere. Nicht, dass ich brüsk abgelehnt worden wäre, aber ich weiß auch eine freundliche Zurückweisung als solche zu interpretieren. Der Grund lag auf der Hand und der nannte sich Überqualifizierung. Von einer gestürzten Geschäftsführerin nehmen alle Vorgesetzten automatisch an, dass sie jede zukünftige Aufgabe mit Unzufriedenheit angehen und entsprechend unzulänglich erledigen würde. Dass ich aus anderem Holz geschnitzt bin, gelang überzeugend 'rüberzubringen mir in keinem Fall.

Folglich nahm ich trotz erheblicher Gehaltseinbuße das Angebot der neuen Herren an. Als hätte es sein sollen, hatte ich wenige Monate zuvor den Kredit für meine Südstadt-Wohnung getilgt und würde in Zukunft miet- und hypothekenfrei wohnen. Das sah ich als komfortables Ruhekissen an und relativierte die gefühlt kleine Delle in meiner Karriere. Annabels tragischer Tod hatte mich deutlich mehr getroffen als diese.

Als ich Jerôme den Hergang während unseres darauf folgenden Treffens erzählte, wunderte er sich über die Gelassenheit, mit der ich ihn hingenommen hatte.

„Ich habe dir doch erklärt, dass ich alles, das heißt meine Wohnung in trockenen Tüchern habe."

„Aber der Prestigeverlust …" Ah, mein Lieber, so tickst du also! Trotz deiner Qualitäten scheinst du in Statusdenken verfallen zu sein. Ich erinnerte mich seiner Scheu, Marion die ‚Degradierung' vom Schauspielhaus zum Turbinentheater zu beichten. Ist das typisch Mann oder war es nur eine spezielle Eigenschaft von ihm? Wenn ich die wenigen seiner Geschlechtsgenossen Revue passieren ließ, vor allem aus meinem beruflichen Umfeld, die ich einzuschätzen vermochte, kam ich nicht umhin, sein Verhalten unter ‚typisch' zu katalogisieren. Wir Frauen … Vielleicht gibt es auch unter ins karriergeile Exemplare, aber zu denen gehöre ich nicht. Das mag auch dem Umstand zu verdanken sein, dass mir als Hauptschülerin ohnehin nichts Besseres als Regale vollzustapeln geblüht hatte. Ein Halter zweier universitärer Mastertitel mag höhere Ansprüche ans Leben zu stellen das Recht haben.

Nicht zuletzt, um von dem Thema abzulenken, fiel mir etwas ein. „Darf ich dich fotografieren?"

„Warum das denn?"

„Du darfst kein Konterfei deiner Geliebten in der Brieftasche mit dir herumtragen. Irgendein verrückter Zufall mag es ans Tageslicht bringen. Mir hingegen steht das frei und ich möchte es gern." Ganz wohl war ihm bei seiner Zustimmung nicht, das sah ich ihm an, aber er gab sie.

Das Sektfrühstück, das wir uns aufs Zimmer hatten bringen lassen, harrte seiner Bestimmung, verzehrt zu werden. Ich sah Jerôme an und nahm wie einen Schock die grauen Strähnen wahr, die seine schwarzen Locken immer deutlicher durchzogen. Die Zeit verschont niemanden, auch ein liebendes Paar nicht. War ich auch schon ergraut? Meine Eitelkeit ist dermaßen unterentwickelt, dass ich bisher nicht darauf geachtet hatte. Täglich vor dem Spiegel stehen, um mich zu rasieren, gehört zu jenen lästigen Übungen, vor denen ich als Frau bewahrt bin. Wenigstens. Es gibt genug andere …

Lindas und meine Freundschaft hatte sich ausgeruht, während sie mit der Aufzucht ihres Nachwuchses beschäftigt war, aber nun, nachdem sowohl Jerôme Junior als auch Philip die gymnasiale Mittelstufe erreicht hatten und ihnen in typisch pubertärem Verhalten die Anwesenheit ihrer Eltern eher peinlich war, ergaben sich wieder häufiger Gelegenheiten, uns über Belanglosigkeiten auszutauschen.

Stolz breitete sie die jüngsten Fotos ihrer Familie aus, die sie in ihrer Handtasche wie einen Schatz hütete. Ich war ein weiteres Mal froh, dass sie Jerôme Junior uneingeschränkt als den Ihren akzeptiert hatte. Ich fragte mich, ob das so bliebe, bekäme ihre Überzeugung, dass er die Gene ihres Gatten in sich trug, einen Riss. Zu dem unangenehmen Geschmack im Mund trug bei, dass der Sohn dem leiblichen Vater, dessen Porträt ich seit September in meiner Handtasche mit mir herumtrug, immer ähnlicher wurde.

Ohne sich dessen bewusst zu sein, streute Linda mit einer merkwürdigen Bemerkung Salz in meine Wunde. „Hast du nie bedauert, keinen offiziellen Nachwuchs zu haben?"

Ich lachte ein gekünsteltes Lachen. „Wo siehst du den Unterschied zwischen offiziell und nicht offiziell?"

Die Frage überraschte Linda. „Naja, du darfst dich halt nie zu Jerôme bekennen."

Warte, bis er selbstständig ist, dachte ich im Stillen, antwortete aber: „Was hältst du von Kindern, die sich von ihren Eltern losgesagt haben oder anders herum? Ist das nicht viel schlimmer?"

„Mag sein, aber die bilden eine Minderheit. Bei Jerôme und Philip sind dafür bisher keine Anzeichen erkennbar."

„Das habe ich nicht behauptet und hoffe das für dich – für euch! – auch nicht. Auch unsere Konstellation ist die einer verschwindenden Minderheit."

„Soll ich dir sagen, was mich an dir wundert?"

„Haben wir nicht bereits alles ausgetauscht, was es an Wundersamem bei uns gibt?"

„Naja, fast. Ich habe mich immer gewundert, wie du ohne Partner auskommst."

Ich erinnerte mich an ein Gespräch mit ‚meinem' Jerôme über Asexualität und dass meiner Ansicht nach weit mehr als die geschätzten 2%, sondern eher 50% der Frauen so empfänden, nicht zuletzt seine Marion. Linda ganz sicher nicht. Lieber ließ sie sich den Hintern versohlen als auf männlichen Körperkontakt zu verzichten.

Was mich betrifft, schwanke ich. Bisher hatte ich außer Jerôme nur Helmut kennengelernt, dem ich mich möglicherweise rückhaltlos hingegeben hätte, und diesem hatte ich aus Unbedachtsamkeit die kalte Schulter gezeigt, bevor es zu einer Probe aufs Exempel gekommen war, eigensinnig darauf fixiert, eine Wanderung lieber allein bestreiten zu wollen.

„Ich habe einfach keine Sehnsucht nach einem", hörte ich mich sagen. Lindas Kopfschütteln interpretierte ich dergestalt, dass sie diese Aussage nicht nachzuvollziehen vermochte. „Heute", doppelte ich nach, „wird für jede sexuelle Ausrichtung Verständnis aufgebracht, sei es heterosexuell, homosexuell, bi und was weiß ich noch alles. Aber nicht dafür, dass sich jemand dafür überhaupt nicht interessiert. Der oder die kriegt ständig zu hören: ‚Du wirst schon noch die Richtige oder den Richtigen finden.' Dabei berücksichtigen die wohlmeinenden Ratgeber nicht, was er oder sie damit anfangen soll."

Jetzt sah mich Linda an, als sähe sie mich zum ersten Mal. „Aber ...; aber das ist ja entsetzlich!"

„Was ist daran entsetzlich? Soll doch jede und jeder nach seiner Façon selig werden. Wie gesagt, lässt man das ja auch Homos und Lesben."

„Das ist doch etwas anderes."

„Was ist daran anders? Jeder nach seiner Façon …"

„Aber die haben Liebe und ohne Liebe kann niemand leben."

Mir kam in den Sinn, ob das, was ich mit Jerôme trieb, Liebe oder einfach biologische Fleischeslust zu nennen war. Er liebte seine Marion und Linda liebte ihren Marcel, das stand außer Zweifel, obwohl sich beide Paare sicher nicht durch Fleischeslust definierten. Sie waren für mich alles andere als Vorbild, mich auch auf so etwas einzulassen. „Siehst du bei mir nicht, dass es auch ohne geht?"

„Ich frage mich seit langem, wieviel davon Selbstbetrug ist."

Ich wiederholte mein gekünsteltes Lachen. „Sitzengebliebene Jungfer, die sich selbst mit dem Spruch tröstet: ,90 Jahre und noch unschuldig, toi toi toi'?"

Linda fand den Witz gar nicht komisch. Wahrscheinlich kam ihr im selben Augenblick wie mir der Gedanke, wie wenig wir uns bisher kannten. Sollten nicht ,beste Freundinnen' über alles offen reden, jedenfalls offener, als Männer das tun?

Als wir uns trennten, waren wir zwar keine geschiedenen Leute, aber ein Misston war zwischen uns getreten. Wir sahen uns einige Male wieder, vermieden aber, dass wir unter uns waren, und suchten Anlässe wie Geburtstage, bei denen stets eine stattliche Anzahl Eingeladener zugegen war. Erst nach Jahren renkte sich unser Verhältnis soweit ein, dass wir uns wieder ,beste Freundinnen' nennen durften.

16

Weil ich nunmehr mit meinem Einkommen hauszuhalten gezwungen war, lagen teure Reisen wie eine Antarktisexpedition oder eine Kilimanjarobesteigung nicht mehr drin: Der Kili hätte mich ohnehin zu aufwühlend an Annabel erinnert.

Bleibe also im Land und nähre dich kärglich, Ethel, sagte ich mir und gelangte zu der Erkenntnis, dass ich die gar nicht mehr so neuen Bundesländer bisher keines Besuchs gewürdigt hatte. Die touristisch ergiebigste Ecke ist sicher die um die sächsische Hauptstadt, die nicht nur sich selbst, sondern auch jede Menge kulturhistorische Erben in ihrer Umgebung zu bieten hat.

Nur noch wenige Jahre, dachte ich, und die DDR wird schon wieder so lange Geschichte sein wie sie überhaupt existiert hat. Auch für mich war sie nur noch eine Fußnote in der Geschichte und den Jüngeren überhaupt kein Begriff mehr. Ein älterer Kollege, der in Kürze in den Ruhestand treten würde, stammte von dort und hatte mir einiges zu erzählen.

„Allmählich sterben die letzten aus, die ihr hinterher weinen und meinen, im Kommunismus wäre alles besser gewesen."

„Woher stammt eigentlich diese Ostalgie, Frank? Soweit ich gehört und gelesen habe, herrschte dort eine katastrophale Mangelwirtschaft."

„Sie war aber nicht so schlimm, dass die Menschen gehungert hätten. Sie hatten abends ihr Bier, am Wochenende ihren Fußball und im Sommer sind sie zum Strandurlaub nicht nach Mallorca, sondern an die bulgarische Schwarzmeerküste gefahren. Ein Wessi, der keine weiteren Ansprüche hat – und davon gibt es genug, das darfst du mir glauben –, hätte den Unterschied nicht bemerkt. Da relativierte sich, dass wir nicht nach Westen reisen durften."

„Eine bemerkenswerte Einschätzung. Meine Frage hast du aber nicht beantwortet."

„Der Mensch schätzt Sicherheit. Jede Obrigkeit, die ihren Untertanen Sicherheit und Gesundheit verspricht, zieht sie auf ihre Seite. Das hat die Corona-Zeit bewiesen, als sich alle klaglos entmündigen, einsperren und knebeln ließen und noch dankbar waren, dass sie vom fürsorglichen Staat so gut beschützt wurden."

„Du bist ja ein richtiger Revoluzzer, mein Lieber."

„Als ex-DDRler rieche ich eine Diktatur, wenn sie sich anbahnt. Die Wessis sind gutgläubig und neigen dazu, zu glauben, dass ‚die da oben' stets das Beste für Volk und Vaterland im Sinn haben. Dabei haben die lediglich das Beste für sich selbst im Sinn."

„Hältst du uns wirklich für so gutgläubig?"

„Euch fehlt unsere Erfahrung. Erst von der eigenen Regierung betrogen und dann von der nächsten …"

„Äh …"

„Uns wird immer vorgeworfen, wir hätten von euren Sozialleistungen profitiert, ohne je einen Pfennig eingezahlt zu haben. Dabei darfst du eines nicht vergessen: Während jeder, der nach Deutschland kommt, aktiv seiner Heimat den Rücken gekehrt hat, egal ob sie Afghanistan, Syrien oder Libyen heißt, hatten die DDR-Bürger keine Chance. Ihre Heimat war ihnen unter dem Arsch weggezogen worden, es gab sie nicht mehr. Was blieb ihnen anderes übrig als sich den hiesigen Verhältnissen anzupassen?"

Mir fiel auf, dass Frank immer noch von ‚euch' und ‚uns' sprach. Der Graben ist auch nach vier Jahrzehnten nicht zugeschüttet. Er interpretierte meine nachdenkliche Miene anders. „Schon gut, ich komme zu deiner Frage nach der Ursache der Ostalgie. Die klassischen DDRler glaubten und die übrig Gebliebenen behaupten bis heute, dass die soziale Absicherung der der BRD turmhoch überlegen war. Das stimmte; sie war so gut, dass das System als Ganzes nicht überlebt hat."

„Und die Montagsdemonstrationen, die Grenzöffnung Ungarns, Gorbatschows Weigerung, der SED wieder Panzer zu schicken wie 1953 ...“

„Das alles hat den Niedergang sicher beschleunigt, aber er war unausweichlich. Die DDR ist schlichtweg ökonomisch kaputtgegangen, weil es keiner mehr für sinnvoll erachtete, zu arbeiten. Und die motiviert waren, konnten es nicht, weil sie kein Material hatten.“

„Das erinnert mich ein bisschen an unsere jetzige Situation im Land. “

„Das wollte ich nicht so laut sagen.“

Nach diesem Gespräch und weiteren Diskussionen zu dem Thema verstand ich mich mit Frank so gut, dass wir beschlossen, gemeinsam in seine alte Heimat zu reisen. Wir wählten die Eisenbahn, weil weder in Dresden noch im Elbsandsteingebirge ein eigenes Fahrzeug dabei zu haben sinnvoll schien. In Dresden, weil die Parkgebühren teurer kämen als eine Fahrkarte von Bonn und in der sächsischen Schweiz, weil wir uns weitgehend auf Wanderpfaden zu bewegen beabsichtigten.

Die ersten drei Tage widmeten wir allerdings der 30 Kilometer nordwestlich von Dresden liegenden Porzellanstadt Meißen, weniger wegen des gleichnamigen Exportguts als ihrer Altstadt, die vor allem mit ihrem sich weit über das Elbtal erhebenden Burgberg punktet. Wir gönnten uns eine Unterkunft direkt neben dem Dom, dessen Turm zu besteigen den Höhepunkt unseres Aufenthalts bildete.

Für Dresden selbst hatten wir fünf Tage eingeplant, die sich als knapp herausstellten. Die Innenstadt ist wegen ihrer geringen Ausdehnung in drei Tagen mühelos zu besichtigen, aber die Ausflüge kosteten jeweils beinahe einen vollen Tag.

Da ist zunächst die Moritzburg zu nennen, deren ausgedehnten Park abzulaufen einige Stunden verschlang. Das zentrale Bauwerk erreichten wir mit einem skurrilen Verkehrsmittel, dem schmalspurigen Dampfzug von Radebeul

Ost nach Radeburg, dem Lößnitzdackel, dessen Streckenmittelpunkt der Bahnhof Moritzburg ungefähr markiert.

„Mir geht's durcheinander", stöhnte ich. „Radebeul, Radeberg, Radeburg … Oder ist das alles dasselbe?"

„Radebeul und Radeburg sicher nicht", erklärte Frank mir geduldig, „denn das sind ja Anfangs- und Endpunkt dieser Fahrt. Radeberg, 30 Kilometer östlich von Dresden, ist dagegen der wichtigste Ort. Er beherbergt nämlich die gleichnamige Brauerei, einst Exportartikel der DDR und heute das Aushängeschild sächsischer Wirtschaftskraft."

Wir hatten auf Franks Wunsch im sogenannten Cabrio Platz genommen, einem offenen Wagen, in dem der Ruß aus dem Lokomotivschornstein ungehindert auf uns herabrieselte, während wir in dem quietschenden, rumpelnden Zug durch den Lößnitzgrund schaukelten. Frank hatte mich vorgewarnt und ich mich in robuste Funktionskonfektion geworfen, deren Farbe den Vorteil bot, von Natur aus nach Dreck auszusehen. „Wie schnell fahren wir eigentlich?"

„30 km/h."

„Ich hätte gedacht, wir wären viel flotter."

„Für mehr sind weder Zug noch Strecke zugelassen. Das gilt übrigens für alle sächsischen Schmalspurbahnen."

„Die Rhätische Bahn in der Schweiz fährt bis zu hundert, obwohl die auch auf schmaler Spur balanciert."

„Die Schienenweite misst dort einen Meter statt wie hier nur dreiviertel. Allerdings betreibt die Schweiz konsequente Modernisierung, während wir hier auf Nostalgie setzen."

„Dafür dient deren Bahn dem öffentlichen Verkehr, während die hier nur für Touristen betrieben wird."

„Durchaus nicht, obwohl es jetzt, neun Uhr vormittags, danach aussieht. Wer vermeiden möchte, mit Rußpartikeln gesprenkelt zu werden, setzt sich natürlich in die geschlossenen Wagen."

Die Moritzburg, deren Grundriss dem Majuskel ‚H' nachempfunden ist, gefiel mir viel besser als das rauchende, stinkende Fossil, in dem wir angereist waren. „Dabei ist die Burg 160 Jahre älter als das rauchende, stinkende Fossil", kommentierte Frank amüsiert.

„Aber sauber."

Am Nachmittag blieb Zeit, das Karl May-Museum zu besichtigen. Viel habe ich für den Remmidemmi-Schriftsteller, dessen Figuren Old Shatterhand und Kara ben Nemsi mich wie frühe Rambo-Inkarnationen dünken, nicht übrig. „Mädchen lasen ihn kaum und heute ist er außer bei Literaturhistorikern out", pflichtete Frank mir bei. „Du musst aber bedenken, dass er in der Parteiführung der SED verpönt und kaum an seine Bücher heranzukommen war."

„Zuviel weite Welt darin, die euch DDRlern verschlossen blieb?"

„Glaube ich nicht, denn im Gegensatz zu seinen wurden die Werke von Jules Verne im Verlag Neues Leben aufgelegt und waren in der DDR auch zu kriegen. Und der hat ja noch viel mehr weite Welt verheißen als Karl May, der sich weitgehend auf den Nahen Osten und den Westen der USA beschränkte. Der Wilde Westen war unter anderem Thema der Digedags in der Zeitschrift Mosaik, deren Autoren unauffällig Karl May-Szenarien einarbeiteten. Ich denke, sein Weltbild, vor allem das auf den Schild gehobene christliche, entsprach nicht dem sozialistischen Wertekanon. So drängten sie ihn einfach in die Ecke des Schmutz- und Schundautors. Mit Hannes Hegens' Zeitschrift war übrigens 1975 Schluss, obwohl sie in der DDR Kult war – ich vermute, auf Betreiben des verknöcherten Erich Honecker, nachdem ihm einer gesteckt hatte, dass in ihr Karl May von hinten wieder anklopfte. Interessanterweise wurde sie genau 50 Jahre später mit Heft 230 wieder aufgegriffen."

Entgegen meiner ursprünglichen Absicht erstand ich zwei der klassischen grünen Bände, nämlich ‚Zepter und Hammer' und ‚Die Juweleninsel', die nach heutigen Kriterien der Fantasy zuzuordnen wären. Das zweibändige Frühwerk kommt ohne Rambos aus und als ich sie später tatsächlich einmal las, stellte ich zu meiner Verblüffung fest, dass der Karl May-Verlag sie der neuen deutschen Rechtschreibung angepasst hatte. Der wahre Grund für meine Schwäche waren indes Haptik und Qualität der Erzeugnisse: Ganzleinen mit Goldschnitt, rundgeklopfter Rücken und Fadenbindung zu einem bezahlbaren Preis finden sich heutzutage nicht mehr oft in Buchhandlungen.

Zwei Überbleibsel der DDR-Küche lernte ich in einem Restaurant kennen, das oberhalb der Brühl'schen Terrassen lag. Das eine war die Soljanka, eine recht dick angemachte Gemüsesuppe, die so sehr sättigte, dass die anschließende Hauptspeise überflüssig gewesen wäre, das andere der ‚kalte Hund'.

Auch dazu hielt Frank eine Erklärung bereit. „Die Grundlage der Soljanka entspricht der russischen Borscht, einer Gemüsebrühe mit einem Klecks saurer Sahne obendrauf. Weil wir in der DDR stolz auf unseren Wohlstand waren, schnitten wir zusätzlich Wurst hinein. Warum der kalte Hund als DDR-Spezialität gilt, weiß ich nicht. Verwandte in Hessen kannten den auch. Es ist einfach so, dass du ihn nur noch hier bekommst, weil die kalorienbewussten Wessis angesichts seiner Zutaten entsetzt abwinken." Die Zutaten bestehen weitgehend aus heißer Schokoladenglasur, die in eine hochbordige Blechform gegossen wird, und flachen, trockenen Keksen, die in wohlabgewogenen Lagen dazwischengefügt werden. Nachdem die Form gefüllt ist, wird sie abgedeckt und zum Erkalten auf die Fensterbank und danach in den Kühlschrank gestellt. Zum Verzehr wird das Ganze in Scheiben geschnitten und serviert. Jede davon bringt es auf geschätzte 7.000 Kilokalorien, die Endstücke, die praktisch ausschließlich aus Schokoladenglasur bestehen, auf deutlich mehr. Auch auf die Gefahr hin, mich zu wiederholen: Mit Soljanka und kaltem Hund beladen verkraftet der Durchschnittsmagen kaum mehr ein zusätzliches Bier.

Für den Besuch des Blauen Wunders im Dresdner Stadtteil Blasewitz hätten wenige Stunden genügt, denn es ist mit der Straßenbahn erreichbar. Besagtes Wunder ist eine Elb-brücke, die sich zur Überraschung der Erbauer kurz, nach-dem sie 1883 gestrichen worden war, blau färbte. Weil das attraktiv aussah, beließen es die Stadtväter bis heute dabei. Unser Ausflug verzögerte sich dadurch, dass wir uns nicht nehmen ließen, mit der ersten Seilschwebebahn der Erde zur Loschwitzhöhe vorzudringen, von der aus uns das Elb-tal zu Füßen lag.

Auf einem gemischten Fußgänger- und Radweg auf der rechten Flussseite wanderten wir bis zur Augustusbrücke, was den Ausflug um einige weitere Stunden verlängerte, ohne dass uns das reute. „Du kannst von hier am Elbufer bis Hamburg radeln", informierte Frank mich.

„Hast du das schon mal gemacht?" fragte ich ihn.

Seine Antwort erstaunte mich nicht, denn er hatte sich trotz seiner 66 Lenze als recht fit erwiesen. „Vor ein paar Jahren."

„Flussabwärts, also von hier an die Nordsee?!"

Er lachte. „Von wegen! Dresden liegt gerade einmal 113 Meter über dem Meer. Nichts ist's folglich mit viel bergab. Dafür musst du ewig gegen den üblichen Westwind stram-peln. Der Kenner fährt von Hamburg nach Bad Schandau und mit dem Zug zurück."

Ich erwiderte sein Lachen. „Das muss man wissen!"

Einen ganzen Tag beanspruchte unser Dampfschiffausflug zum Schloss Pillnitz. Die durchfahrene Landschaft rang mir ständige „ah"s und „oh"s ab, während sich Frank gefasster gab. Wenig erstaunlich, bewegte er sich doch auf heimi-schem Boden. Das Schloss selber sieht zu verspielt aus, als dass mir es als schön zu bezeichnen eingefallen wäre. Dafür begeisterte mich ein prächtiger Goldregen, der auf der flussabgewandten Seite dem Park als Einstieg dient. „Typisch Frau", kommentierte Frank.

Mit der S-Bahn brachen wir zur dritten und finalen Etappe unseres Tripel-Trips auf. Wir hatten die Übernachtungen direkt auf der Bastei gebucht, um für die fünf Tage mitten drin zu sein. Von der Station Kurort Rathen würde uns ein hoteleigenes Fahrzeug abholen und nach unserem Aufenthalt auch wieder zurückbringen. Das war im Preis enthalten, was ich für angemessen hielt, denn er entsprach Zürcher Niveau. Ich hege den Verdacht, dass dieser Service subventioniert wird, denn der Freistaat Sachsen ist für jeden Touristen dankbar, der mit dem öffentlichen Verkehr anreist. Uns konnte das gleichgültig sein.

Wir waren tagsüber so eifrig unterwegs, dass wir uns nach dem Abendessen kaum mehr in der Hotelbar aufhielten. Dennoch schafften wir es nicht, alles auf die Hörner zu nehmen. So hätte uns eine Tour zur Festung Königstein einen kompletten Tag gekostet oder wir hätten alles mit einem Taxi abklappern müssen, was uns doch zu sehr ins Geld gegangen wäre. Stolz berichte ich aber, dass wir rund um die Bastei sämtliche Wege kennenlernten, die in fußläufiger Entfernung der Eroberung harren.

Mir war aufgefallen, dass sich Frank vor jeder Mahlzeit in einen Finger piekste, ein winziges Display anschaute, eine Einwegspritze hervorholte, akribisch einstellte und an seinen Bauch ansetzte. Er versuchte das so unauffällig wie möglich zu tun, aber die Handlung ganz zu verbergen war unmöglich. Ich wusste, dass sie auf Diabetes hinwies, und kurz vor Abschluss unserer Reise fragte ihn darüber aus.

„Das hier", erklärte er und hob die eben benutzte Ampulle hoch, „ist sofort wirksames Insulin. Bei dem Zeug muss ich genau nach Liste vorgehen, denn zu viel kann genauso schlimm bis lebensgefährlich sein wie zu wenig."

„Wie das?"

„Der Normalwert liegt zwischen 80 und 120, nämlich Milligramm Glukose pro Liter Blut. Nach oben ist die Toleranz größer. Messe ich 250, muss ich mir zum Beispiel zehn Einheiten 'reinpumpen, um wieder den Normalwert zu erreichen. Nach unten wird's schneller eng. Unter 60 bringt dich bereits in größte Schwierigkeiten und unter 40 ist unmittelbar tödlich."

„Was machst du dann? Ich meine, bei zu wenig …?"

„Unterzuckerung nennt man das. Sich am besten einen Berg Traubenzucker 'reinpfeifen. Den kann die funktionsgeschwächte Bauchspeicheldrüse nicht verarbeiten und gibt ihn unmittelbar ans Blut weiter."

„Sachen gibt's."

Dann fügte Frank einen Satz hinzu, der später für mich große Bedeutung erlangen sollte. „Das Zeug ist ein ideales Suizidmittel. Du spritzt dir hundert Einheiten 'rein, fühlst dich ein wenig schlapp, legst dich hin und wachst nie mehr auf. Schmerzfrei und aseptisch, nicht, wie wenn man sich erschießt oder vor den Zug wirft."

„Wer macht denn sowas?"

„Sicher keiner, der leben will."

Wie so häufig, wenn man von der Routine abweicht, geschah es auch bei dieser Gelegenheit. Frank hatte mir seine Ampulle gezeigt und nicht wieder eingesteckt, sondern neben sich auf den Tisch platziert. Als wir aufbrachen, sah ich sie liegen, nahm sie an mich und gedachte sie ihm gerade zu geben, als mich die Kellnerin fragte, ob alles recht gewesen sei. Ich hielt einen kurzen Schwatz mit ihr, und als ich mein Zimmer aufsuchte, war Frank bereits in seinem verschwunden. Ich registrierte, dass ich sein Medikament immer noch in der Hand hielt, und versenkte es mit dem festen Entschluss in meiner Handtasche, es ihm morgen zu überreichen. Auch in dieser Einzelheit obsiegte der Satz von der Routineabweichung, denn am nächsten Morgen hatte ich es vergessen.

Das ist ein guter Übergang zur nächsten Einzelheit unseres gemeinsamen Urlaubs. Wir hatten überall zwei Einzelzimmer belegt, obwohl ein Doppelzimmer deutlich billiger gekommen wäre. Frank unternahm während der ganzen Zeit nicht den geringsten Versuch, sich mir zu nähern und unterließ auch, sozusagen im Vorbeigehen an mir herumzugrabschen oder mich zu streicheln, was ältere Männer gern tun, wenn sie sich einer jüngeren Frau sicher wähnen und was ich – ich darf es gern zugeben – durchaus erwartet hatte.

Auch bis zum Äußersten zu gehen wäre ich bereit gewesen, denn er war ein sympathischer Zeitgenosse, zurückhaltend, ruhig, kein Aufschneider, kurz, genau von der Sorte, wie frau ihn sich wünscht. Oder doch nicht?

An unserem letzten Abend, den wir für einen längeren Baraufenthalt nutzten, weil uns im ICE morgen nach Köln getrost die Augen zufallen mochten, brachte ich den Mut auf, ihn darauf anzusprechen.

„Weißt du, Ethel, ich habe so viele schlechte Erfahrungen gemacht, dass ich seit 30 Jahren die Finger vom weiblichen Geschlecht lasse."

„Da warst du ja gerade einmal Mitte 30. Was um alles in der Welt hat dich bewogen …?"

„Ich war ein Jahr verheiratet, während dem ich feststellen musste, dass Ehe darin besteht, dass mann sich mit Vorwürfen überhäufen und angiften lassen muss. Als meine Ex abhaute. weil ich ihr angeblich nicht männlich genug war, war ich nur froh und dankbar und entschlossen, mir so etwas nie wieder anzutun."

Ich war entsetzt und dachte an Lindas Worte *ohne Liebe kann niemand leben*. Damals hatte ich *jeder nach seiner Façon* ins Feld geführt und nun stellte ich fest, dass ich mental eher Lindas Standpunkt einnahm. „Sag‘ bloß, du hast nie, nie …" stotterte ich.

Frank wand sich ein bisschen. „Doch, zwei oder drei Versuche habe ich gestartet, aber nachdem ich dafür mit Hohn und Geringschätzung belohnt worden war, meistens von einem Spruch wie ‚was bildest du dir eigentlich ein?‘ begleitet, dachte ich: ‚Okay, Mädels, sucht euch euren Märchenprinzen, der ich offensichtlich nicht bin. Ich wünsche euch viel Erfolg dabei, aber ich bin aus dem Rennen‘." Frank fixierte intensiv mein Gesicht. „Hast du dich nie gefragt, warum manche Kerle zehn Frauen an jedem Finger haben und andere nie zum Zug kommen?"

„Doch." Meine Stimmbänder erzeugten etwas Ähnliches wie ein Krächzen.

„Vielleicht verrätst du mir das Ergebnis deines Nachdenkens, wenn du wieder bei Stimme bist. Zunächst liefere ich dir meine. Ganz plakativ: Frauen fliegen auf Männer, von denen sie verachtet und schlecht behandelt werden, sogenannte Machos. Den, der im Haushalt hilft, was angeblich alle wünschen, halten sie für ein Weichei und verachten wiederum ihn, wie ich es erlebte." Ich wusste immer noch nichts zu erwidern. Frank fuhr fort: „Frauen brauchen, glaube ich, drei Männer. Einen, der die ganze Nacht durchmacht und singt, tanzt und lacht; einen, der einen Superjob hat und richtig Kohle nach Hause bringt; und einen, der spätestens mittags zu Hause ist und Geschirr spült und die Windeln wickelt." Er sah mich traurig an. „Mir wurde klar, dass für mich der Drittelmann mit dem Geschirr und den Windeln übrig bliebe und dann Windeln für ein Baby, das womöglich nicht einmal von mir ist. Verstehst du, dass ich dazu keine Lust hatte?"

Ich dachte an die Familien Andermann und Schüller, in denen es jeweils die Frau ist, die sich für Gatten und Familie aufopfert. Dann dachte ich an mich, die nach klassischem Rollenbild als Versagerin galt. Alte Jungfer … Na gut, das nicht, aber Single, Sitzengebliebene … Ich seufzte: „Das verstehe ich." Überraschenderweise hatte ich meine Stimme wiedergefunden. Frank fragte mich nicht nach meinen Befindlichkeiten, denn mein Zivilstand war ihm bekannt.

„Bist du mir jetzt böse?" Er klang beinahe ängstlich.

„Nein, Frank, wirklich nicht. Ich glaube, ich habe heute begriffen, was mir bisher immer ein Rätsel war." Ich hatte begriffen, dass es nicht nur frustrierte Frauen gibt.

Auf der Heimfahrt war die trübe Stimmung des gestrigen Abends vergessen. Meine Mundwinkel umspielte sogar ein Lächeln, als mir der Spruch einfiel, den mein Großvater des Öfteren abgelassen hatte.

„Was amüsiert dich?"

„Ach, mein Opa hat immer gesagt: ‚Wer nichts ist und wer nichts kann, geht zur Post oder zur Bahn'. Das bezog sich natürlich auf die Zeit, als es Bahn- und Postbeamte gab, die um nichts mehr Sorge zu tragen brauchten, nachdem sie einmal den Beamten auf Lebenszeit in der Tasche hatten."

Frank lachte. „In der DDR war es natürlich noch krasser, nicht zuletzt, weil in dem Land praktisch alles staatlich war. Im Grunde wären folgende Reime auf alle zugetroffen, aber irgendwie waren es auch dort bestimmte Berufsgruppen, die besonderer Häme ausgesetzt waren. Pass' auf:

Hast du einen dummen Sohn,
schicke ihn zur Bau-Union.

Hast du deren zwei,
schicke sie zur Polizei.

Ist einer noch viel dümmer,
die Reichsbahn nimmt ihn immer."

Ich lachte aus vollem Hals. „Dass ihr in eurer Lage extrem einfallsreich wart, habe ich mehrfach gehört. Dein Spruch bestätigt das."

Als wir im Büro wieder unsere Arbeitsplätze eingenommen hatten, war, als hätten unsere gemeinsamen Urlaubswochen nicht stattgefunden. Einen Monat später gab Frank seinen Abschiedsumtrunk, in dessen Verlauf er mich wenigstens einmal umarmte und küsste. Dann verschwand er auf Nimmerwiedersehen, denn er hatte, wie ich wusste, in seiner Heimat eine Eigentumswohnung erworben und nicht mehr die Absicht, jemals wieder den Westen mit seiner Anwesenheit zu beglücken.

Ich hoffe, seine Entscheidung findet ihre Ursache nicht in seiner Bekanntschaft mit mir.

Einige Wochen nach Franks Austritt fiel mir vom Boden meiner Handtasche seine Insulinspritze in die Hände, die ich ihm hatte zurückgeben wollen und dann vergessen hatte. Ich sah mir den Füllstand an: Sie war kaum angebrochen. Merkwürdig, dass Frank mich nicht von sich aus gefragt hatte, ob sie mir nicht in die Hände gefallen wäre. Vielleicht hatte er schon so oft eine verlegt oder verloren, dass diese

Ungeschicklichkeit in ihm keinen Handlungsbedarf mehr erzeugte. Wie auch immer. Ich entschied mich dagegen, das Medikament einfach wegzuwerfen, schob es in den hintersten Winkel meines Arzneimittelschränkchens und vergaß es erneut.

Weitere zehn Jahre vergingen und aus den ehemaligen Kindern und Jugendlichen waren Erwachsene geworden. Jerôme Junior hatte sein Studium des Ingenieurswesens abgeschlossen war nach München gezogen, weil ihm dort ein unwiderstehliches Angebot unterbreitet worden war. Da er über die pubertäre Scheu hinweg war, sich mit Älteren zu umgeben, hatte er mich, Tante Ethel, zu seiner Einweihungsparty eingeladen. Daher kannte ich seine aktuelle Adresse. Das brachte mich in Zugzwang, ob und wann ich ihn in das Geheimnis seiner Abstammung einweihen sollte, denn das war bekanntlich mein Plan, sobald er von seinen Eltern unabhängig geworden wäre. Dagegen stand, dass ich Linda endgültig vor den Kopf stoßen und wahrscheinlich verlieren würde, sollte ich den Plan in die Tat umsetzen.

Wie so häufig war es indes ein Schicksalsschlag, den ich nicht vorausgesehen hatte und der mein Leben, sofern ich weiterhin davon sprechen möchte, aus der Bahn warf. Allmählich biegt meine Biografie in ihre Zielgerade ein.

17

Eines Abends, als ich ohne böse Gedanken oder Vorahnung meinen Postkasten öffnete, fiel mir ein Umschlag in die Hände, der handschriftlich verfasst worden war. So etwas hatte ich – sehr selten! – von Jerôme erhalten, wenn er mir außer der Reihe etwas mitzuteilen für nötig befunden und solche Mitteilungen von irgendeinem Ort, meistens Zürich, auf die Reise geschickt hatte. Diesmal allerdings stand als Absender auf der Rückseite seine Waldshuter Adresse und – es war nicht seine Handschrift, die den Umschlag zierte, denn die war mir doch bestens vertraut. Etwa Marions? Kaum in meiner Wohnung angelangt, riss ich ungeduldig die Sendung auf und entfaltete das Blatt, das meinem Dasein eine entscheidende Wende geben sollte.

Liebe Ethel,

Jerôme hat mir Eure Liebe gestanden, bevor er starb, und ich habe Euch in Anbetracht meiner eigenen Defizite verziehen. Er ging mit 55 zu früh, aber gegen Lymphdrüsenkrebs findet jede irdische Macht ihren Meister. Was wirklich in ihm vorging, werde ich nie mehr erfahren. Vielleicht weißt Du mehr. Wahre Liebe kann nicht sterben, wenn sie im Herzen bleibt.

PS.: Die Urnenbeisetzung findet am nächsten Freitag um 14:00 Uhr auf dem Friedhof Lauchringen statt. Wenn Du dabei sein möchtest, bist Du herzlich willkommen.

Traurige Grüße

Marion

Viel Zeit war nicht vergangen, denn der Minutenzeiger meiner Wanduhr in klassischem Design hatte auf seiner Runde kaum Fortschritte zu verzeichnen, aber ich muss zum zweiten Mal im Leben ohnmächtig geworden sein. Zum Glück war ich im Sessel gut aufgehoben gewesen. Der Brief war zu Boden gesunken und ich hob ihn auf, wobei ich vermied, noch einmal einen Blick auf die Zeilen zu werfen. Mit abgewandtem Kopf schob ich ihn zwischen Blumenvase und einen Stephen King-Roman. Ich würde ihn erst wieder hervorholen und irgendwo abheften, wenn mein ärgster Kummer vorübergegangen sein würde – oder nie.

Nächsten Freitag war übermorgen. Ich war hin- und hergerissen, ob ich Marions freundlicher Einladung Folge leisten sollte, denn eine Beerdigung zerrt selbst nach überwundenem Schmerz wieder alles an die Oberfläche. Ich erinnerte mich an meine Mutter, die starb, bevor ich meine bescheidene Ausbildung abschließen konnte. Das hatte ich ihr in jugendlicher Unbedarftheit übelgenommen, so albern das klingt. Kurz, mein Bedauern hatte sich in Grenzen gehalten. Dennoch – als es zur Beisetzung ging, wurde ich beinahe verrückt vor widerstreitenden Gefühlen und der Rest der Verwandtschaft hatte mich festhalten müssen, damit ich ihr nicht hinterher in das Grab sprang. Beim Rest der Verwandtschaft fehlte übrigens mein Vater, denn der war verdunstet, kurz nachdem ich in die Grundschule eingetreten war. Zum einen war das der Grund, warum es später für mich nur zur Hauptschule reichen sollte, zum anderen der, warum ich Männern gegenüber immer skeptisch geblieben bin, obwohl ich in Jerôme und Marcel Anschauungsmaterial hatte, dass es auch anders geht. Mein Verhältnis mit Jerôme war genau das, was ich angestrebt hatte, nämlich bei aller Liebe und Zuneigung unabhängig bleiben zu dürfen.

Ich fand mich am Handy und die Verbindung zu meinem Vorgesetzten aufbauen. „Fred? Hier ist Ethel. Ein sehr guter alter Bekannter von mir ist verstorben und übermorgen ist die Beisetzung. Da die 500 Kilometer von hier entfernt abgehalten wird, müsste ich morgen und übermorgen freinehmen ... Gut, danke, Fred. Bis Montag!" Ich drückte auf das rote Telefonsymbol und atmete tief durch. Das wäre erledigt! Nun wappne dich, Ethel, für den schlimmen Tag und versuche, gefasst zu bleiben – wenigstens nach außen.

Obwohl ich mitten in Bonn kein Auto brauche, es sogar eher lästig als nützlich und ein Kostenfresser ist, besaß ich immer noch eins und war froh, dass ich dem System der Brennstoffzelle die Treue gehalten hatte. Den Aussagen des Kommissars und vor allem der vier Kfz-Meister in meiner Kneipe nach waren aufladbare Lithium-Ionen-Akkus für mich weniger Option denn je. Annabels Schicksal würde mich nicht treffen, auch wenn ich im Augenblick nicht mehr recht wusste, wozu ich weiterleben sollte. Nichtsdestoweniger verspürte ich keine Lust, jämmerlich in einem Blechgefängnis zu verbrennen. Da gab es sicher angenehmere Methoden.

Am Donnerstagnachmittag war ich in Lauchringen eingetroffen und erfreute mich der idyllischen Landschaft. Der Ort liegt nicht am Rhein, sondern an der Wutach, die wenige Kilometer weiter abwärts in den Altvater mündet, der indes hier, am Hochrhein, keineswegs gewaltig wirkt. Vorher hatte ich mich nie in diese Gegend getraut, aus Furcht, Jerôme und seiner Familie über den Weg zu laufen. Und dann war es in Meersburg doch passiert. Ich fragte mich, was eigentlich die Folge gewesen wäre, wäre ich bei Andermanns einfach hereingeplatzt, hätte die Katze aus dem Sack gelassen und Jerôme ein Ultimatum gestellt. Das heißt, ich fragte mich das nicht, denn die Antwort war klar: Jerôme hätte Marion und seiner Familie den Vorzug gegeben, nicht zuletzt aus Zorn, weil ich ihn seiner Würde beraubt hätte. Und wenn nicht, hätte ich ihn fortan am Hals gehabt. Ich schloss die Augen. Alles, was wir gemeinsam erlebt hatten, war genau das gewesen, was meinen Wünschen entsprach. Und Jerômes vermutlich auch.

Ich stand auf dem Friedhof und sah mich um. Das Grab war bereits ausgehoben, sodass ich morgen nicht lange würde suchen müssen, auch wenn ich am Gedenkgottesdienst nicht teilzunehmen gedachte – und auch nicht am Leichenschmaus, denn dazu fühlte ich mich nicht befugt.

Der schreckliche Tag war angebrochen. Ich stand vor der Grube und was mich aufrecht hielt, weiß ich nicht – jedenfalls nicht mein inneres Empfinden. Ich fühlte mich eher wie Psyche in Edgar Allan Poes düsterem Gedicht Ulalume:

Sie sprach im Schrecken, ließ sinken
　Die Flügel, bis sie unter Staub gebunden
Sie schluchzte verzweifelt, sah tief unten
　Ihre Federn, die im Staub verschwunden
　Aufgesogen von Sorgen und Kummer.

Die Sargträger schritten voran, als die Trauergemeinde von der Kapelle nahte. Unmittelbar dahinter folgte die Familie. Marion, umsäumt von Felicitas und Hendrik, die ich zum ersten Mal im Leben in Natura sah, sah mich und runzelte ihre Stirn. Wo um alles in der Welt mochte sie mir schon einmal begegnet sein?

Ich übergehe die eigentliche Zeremonie, denn deren Schilderung würde mich heute noch überwältigen. Die Schaufel Erde ...; nein, lassen wir das!

Als die Erde den Sarg bedeckte und die Kränze niedergelegt waren, schritt Marion auf mich zu. „Du bist Ethel?" fragte sie mich rundheraus.

Endlich offenbarte sich mir ihre Konfektionsgröße, denn unsere Begegnung in Meersburg hatte sich auf sitzende Posen beschränkt – sie hatte mit ungefähr 1,65 Metern gut zu Jerôme gepasst. „Ja, bin ich."

„Ich habe ein Blumengesteck mit deinem Namen gesehen und das Gefühl, dass wir uns schon einmal begegnet wären."

„Vor vielen Jahren im Alemannentorkel in Meersburg." Ich sah ihrem Gesicht an, wie sich die Szene schlagartig in ihre Erinnerung ergoss. Sie atmete tief ein und aus. „Jetzt wird mir vieles klar."

„Wie meinst du das?"

„Unser gemütlicher Abend damals war mir komisch vorgekommen. Dass Jerôme ins Hochdeutsch fällt ... fiel", korrigierte Marion sich, „war normal. Das tat er immer, sobald er mit Leuten aus dem Norden sprach. Aber irgendwie verhielt er sich anders als ich ihn kannte, ohne dass ich hätte sagen können, in welcher Hinsicht. Jetzt weiß ich es."

„Es tut mir leid, Marion. Ich hatte Urlaub am Bodensee gebucht und mich vorher vergewissert, dass Meersburg weit
genug weg von Waldshut liegt, dass eine zufällige Begegnung ausgeschlossen war – oder zumindest so unwahrscheinlich wie eine Lottomillion. Nun war die Lottomillion
eingetroffen."

„Es war also wirklich ein Zufall?!"

„Wirklich, das schwöre ich dir. Ich habe ich gehütet, jemals
am Hochrhein aufzutauchen, so schön es hier ist."

„Weißt du, irgendwann begann einiges, mir merkwürdig
vorzukommen. Auch nachdem seine französische Agentur
die Pforten dichtgemacht hatte, fuhr er regelmäßig, das
heißt in der ersten Septemberwoche, nach Paris. Er hatte
versucht, mir deren Pleite zu verschweigen, aber ich kriegte
es irgendwann doch spitz."

„Ahntest du …?"

Marion sah mich durchdringend an. „Er kam stets als glücklicher Mensch von der Seine zurück. Da dachte ich, dass
es vielleicht besser wäre, ihm sein Geheimnis zu lassen."

Sie überredete mich, an Kaffee und Kuchen teilzunehmen,
denn, so sagte sie, Ablenkung sei für jeden und jede gut,
der oder die Jerôme nahegestanden habe. Nun, da es vorbei war, freundete ich mich regelrecht mit ihr an. Du hast
Recht getan, Jerôme, sagte ich zu mir, bei ihr zu bleiben.
Frigide oder nicht, das Bett ist nicht alles, um nicht zu sagen,
der geringste Teil des Lebens. Der Alltag ist wichtiger. Und
wenn ich Feli und Hendrik betrachtete, war mir klar, dass
Jerôme sie nie und nimmer im Stich gelassen hätte, und
gratulierte ihm im Stillen dazu. Marion stellte mich ihnen als
‚alte Bekannte' vor, ohne genau zu erläutern, worin die Bekanntschaft bestanden hatte.

Dann war auch das vorüber und ich saß wieder in meinem
Büro. Dort ging es, aber allein zu Hause überwältigte mich
immer wieder ‚dat ärm Dier'. In zwei Wochen würde das
erste Septemberwochenende über mich hereinbrechen
und ich dachte, das überstehe ich nur, wenn ich nicht nur

nach St. Germain aufbrechen, sondern dort auch einen Schlusspunkt setzen würde. Überstehen in einem besonderen Sinn. Aber wie ...? Da fiel mir Franks Ampulle ein, die vergessen im hintersten Winkel meines Arzneimittelschränkchens ihr Dasein fristete. Was hatte er gesagt? Hundert Einheiten und du bist zuverlässig in den seligen Gefilden?! Umso besser!

Eins galt es vorher zu erledigen. Ich nahm ein Blatt Papier zur Hand und schrieb an Jerôme Junior einen klassischen Brief. Ob ich mir Linda damit zu einer unerbittlichen Feindin machen würde, war mir in Anbetracht der eingetretenen Umstände gleichgültig.

Mein Jerôme,

ob Linda Dir je anvertraut hat, dass sie nicht Deine leibliche Mutter ist, weiß ich nicht. Deine juristische ist sie auf jeden Fall, denn ich als Leihmutter habe keine Rechte an Dir, was nun keine Rolle mehr spielt. Der Grund für unser Vorgehen war, dass Linda glaubte und auch ärztlich bestätigt bekommen hatte, dass sie unfruchtbar wäre. Das Verrückte: Kaum warst Du auf der Welt, wurde sie schwanger und gebar Deinen Bruder Philip. Ich versichere Dir an dieser Stelle hoch und heilig, dass Linda und Marcel seine leiblichen Eltern sind. Falls Du Dich je gefragt haben solltest, warum Ihr so dicht aufeinander gefolgt seid, hast Du hiermit die Antwort.

Viel tiefschürfender ist meine nächste Beichte. Als Marcel glaubte, mich zu schwängern, war ich bereits in Umständen, und zwar erst seit zwei Wochen zuvor, sodass niemand den geringen zeitlichen Versatz merkte. Das bedeutet, dass nicht Marcel Dein Vater ist, sondern jemand, der zufällig auch Jerôme hieß. Hieß, schreibe ich, denn er starb vor ungefähr einem Monat. Ich lege Dir ein Bild von ihm bei, damit Du siehst, dass ich die Wahrheit schreibe. Das ewige Rätsel, wem um alles in der Welt Du ähnlich siehst, wäre damit auch aus der Welt. Du hast ihn übrigens einmal in persona in einem Café in Waldshut gesehen, als Du Sieben und mit Deinen Eltern am Hochrhein in Urlaub warst.

Falls Du jetzt enttäuscht von mir bist, habe ich dafür Verständnis. Ich bitte Dich nichtsdestoweniger um Verzeihung und Linda und Marcel gleich mit. Es hat keinen Zweck, mich zur Rede stellen zu wollen, denn wenn Du diesen Brief in Händen hältst, werde ich nicht mehr unter den Lebenden weilen.

Deine Dich liebende Mama Ethel

Ich kramte das Foto von Jerôme Senior hervor, das ich seit Jahren mit mir herumtrug, steckte es mit in den Umschlag und klebte diesen zu. Als ich vor dem Briefkasten stand, zögerte ich einen Augenblick. Wenn ich das Schreiben einwerfe, durchfuhr es mich, nimmt das Schicksal unabwendbar seinen Lauf. Dann gab ich mir einen Ruck und beförderte es mit Schwung in das Innere des gelben Behältnisses.

Mein Testament zu Jerômes Gunsten hatte ich längst notariell hinterlegt. Ich deponierte einen Zettel mitten auf meiner Schreibtischunterlage, in welcher Kanzlei das Dokument abzurufen sei, und dann … Noch einmal St. Germain, um Abschied zu nehmen. Abschied von diesem einen kleinen Raum, in dem ein Vierteljahrhundert lang ein Tag für ein ganzes Jahr gestanden hatte, und noch einmal alles Revue passieren lassen, was an schönen Erinnerungen in meiner Fantasie auf Abruf bereit steht.

Ich stieg in meinen Wagen und fuhr ins Abendrot.

Beim Check-in informierte ich den Rezeptionisten, dass ich heute allein übernachten würde, weil sich bei Jerôme unvorhergesehene Terminüberschneidungen ergeben hätten. Danach parkte ich meinen fahrbaren Untersatz in der hoteleigenen Garage, steuerte unser Stammrestaurant an, in dem ich dasselbe Märchen erzählte, und ließ sozusagen als Henkersmahlzeit alles auffahren, was gut und teuer ist. Nach meinem finalen Schluck edlen Weins zahlte ich und kehrte in meine Unterkunft zurück, denn nun, das schwante mir, sollte ich nicht mehr allzu lange zögern. Zimmer- und Garagenmiete hatte ich gleich nach meiner Ankunft beglichen, damit meine Gastgeber nicht hinter ihrem Geld herzurennen gezwungen wären.

Ich sank auf das Bett, das wir gemeinsam so intensiv genutzt hatten, allerdings weniger zum Schlafen, vermied, ins Grübeln zu geraten, zerrte die Spritze hervor, drehte hundert Einheiten auf scharf und setzte sie an meinem Bauch an.

Dann harrte ich der Dinge, die da kommen würden. Hm, bis jetzt spürte ich nichts. Ich beschloss, noch einmal vor die Tür zu treten und die Ampulle im nächsten Gully zu versenken, damit sie nicht im Zimmer gefunden würde. War ich halt unerwarteterweise einem Zuckerschock erlegen. Wer wollte wen dafür verantwortlich machen? Hoffentlich erwischte es mich nicht gerade draußen ...

Ich sitze wieder auf der Bettkante und warte auf die versprochene Müdigkeit. Immer noch nichts. Hatte Frank nicht gesagt, das Insulin wäre sofort wirksam? Vielleicht bedeutete in dem Fall ‚sofort' einige Stunden. Na gut, lege ich mich hin. Da fällt mir etwas ein. Ich hatte doch vorgehabt, mir einmal John Gays Bettleroper anzusehen. Das habe ich versäumt. Schade, aber jetzt ist es zu spät.

EPILOG

Mein Festnetz-Diensttelefon zeigt eine mir unbekannte Mobilfunknummer an. Zwei Sekunden brauche ich für den Entschluss, das Gespräch anzunehmen. „Goldie GmbH, Gräuben Bischoff am Apparat."

„Deine direkte Durchwahl stimmt also noch. Erinnerst du dich an mich?"

Weitere zwei Sekunden brauche ich, um die Stimme aus einer fernen Vergangenheit in die brandaktuelle Gegenwart zurückzuholen. „Ethel, sag bloß …"

„Ja, ich bin's. Weißt du, ich habe vor, morgen nach Hamburg zu fahren, um mir John Gays ‚Beggar's Opera' anzuschauen, die bei euch im Stage Theater am Hafen läuft. Und da wollte ich dich fragen …"

„Eine gute Idee. Ich begleite dich gern, nicht zuletzt, weil ich selbst eine Karte ergattert habe. Wir können sicher mit den Plätzen 'was arrangieren. Darf ich trotzdem fragen, was dich bewogen hat …?"

„Naja, ich weiß ja, dass du kulturell interessiert bist. Und, ich will nicht um den heißen Brei herumreden, ich brauche etwas Halt."

„Weil ich das Gefühl habe, dass du so schnell wie möglich anbringen möchtest, was dich bedrückt, bitte ich dich loszulegen."

„In aller Kürze: Ich habe meinen Geliebten an den Krebs verloren und war soweit, ihm freiwillig nachzufolgen. Dafür wollte ich mir eine Überdosis Insulin einspritzen und tat das auch. Allerdings war das Zeug ungekühlt überlagert und hatte seine Wirkung verloren. Das nahm ich als Zeichen des Schicksals, dass ich noch nicht ‚dran' wäre … Bist du noch dran?"

„Sicher. Ich höre dir gebannt zu und bin froh, dass du lebst."

„Um dir mein Kopflabyrinth zu entwirren: Damals in Zürich, beim Besuch von Brechts Dreigroschenoper mit dir, poppte in mir der Wunsch hoch, das Original, die Bettleroper, einmal zu sehen. Unmittelbar vor Eintritt meines Todes hatte ich bedauert, dass ich das versäumt hatte. In meinem Gedankenchaos, nachdem ich am nächsten Morgen putzmunter aufgewacht war, interpretierte ich dieses Zeichen des Schicksals dahingehend, das neben einigen anderen Dingen nachzuholen. Nun wird sie bei euch gegeben. Wenn ich nicht allein hocken muss, fällt mir sicher leichter, meinen neuen Lebensmut zu festigen."

Ich lächle, was Ethel natürlich nicht sehen kann. Ihre Beweggründe und auch die Verbindung ihres ‚Kopflabyrinths' zu mir liegen auf der Hand. Und natürlich werde ich ihr helfen, ihren neuen Lebensmut zu festigen, wie sie es sich erhofft. Sie ist eine tolle Frau, die es verdient, wieder aufgerichtet zu werden. Ich habe manches Mal bedauert, sie aus den Augen verloren zu haben – oder sie mich, so genau ist das im Nachhinein nicht mehr festzustellen. „Ich hole dich morgen am Hauptbahnhof ab", höre ich mich sagen, „und du bleibst während deines gesamten Aufenthalts in Hamburg bei mir. Wir werden einiges zu besnack…, äh, zu bequatschen haben."

Ich bin dir dankbar für die Zeit
bis in alle Ewigkeit.